中國語言文字研究輯刊

五 編

許錟輝 主編

第 **6** 冊

《說文古本考》考（第三冊）

陶生魁 著

花木蘭文化出版社

國家圖書館出版品預行編目資料

《說文古本考》考（第三冊）／陶生魁 著 — 初版 — 新北市：
花木蘭文化出版社，2013〔民 102〕
目 4+200 面：21×29.7 公分
（中國語言文字研究輯刊 五編：第 6 冊）
ISBN：978-986-322-509-6（精裝）
1. 說文解字 2. 研究考訂

802.08   102017771

中國語言文字研究輯刊
五 編 第 六 冊   ISBN：978-986-322-509-6

《說文古本考》考（第三冊）

作　　　者　陶生魁
主　　　編　許錟輝
總 編 輯　杜潔祥
出　　　版　花木蘭文化出版社
發 行 所　花木蘭文化出版社
發 行 人　高小娟
聯絡地址　235 新北市中和區中安街七二號十三樓
　　　　　　電話：02-2923-1455／傳眞：02-2923-1452
網　　　址　http://www.huamulan.tw 信箱 sut81518@gmil.com
印　　　刷　普羅文化出版廣告事業
初　　　版　2013 年 9 月
定　　　價　五編 25 冊（精裝）新台幣 58,000 元

《說文古本考》考（第三冊）

陶生魁　著

目
次

《說文古本考》第八卷上 嘉興沈濤纂

人部

保（保）　養也。从人，从采省。采，古文孚。古文保。古文保不省。

濤案：《左傳》莊公六年正義引作「从人，采省聲」，是古本有「聲」字，小徐本亦有「聲」字。《一切經音義》卷六、卷二十三引「保，當也」，乃古本一曰以下之奪文。《周禮・大司徒》注：「保，猶任也。」當猶今人言「擔當」，亦即「肩任」之義。

又案：《九經字樣》引：「保，養也。从人，从子，从八」，「从子，从八」殊無義理，當是玄度所據誤本耳。

魁案：《古本考》認爲許書有「當也」一解，非是。保之本義當爲「養也」，餘者爲引申之義。《慧琳音義》卷五十「保任」條轉錄引《說文》云：「保，當也。」卷五十九「所保」條轉錄引云：「保，養也。亦守也。」後一訓亦是引申之義。《慧琳音義》卷四十六「師保」條轉錄《玄應音義》，卷三十二「保母」、卷三十九「保護」條引《說文》皆同今二徐本，許書原文如是。《古本考》認爲《九經字樣》所引有誤，是。

仞（仞）　伸臂一尋八尺。从人，刃聲。

濤案：《一切經音義》卷一、卷十二引作「申臂一尋也」，蓋古本如是。一尋即八尺，不必再言八尺矣。卷一「申」卜有「謂」字，乃元應所足。申、伸古今字。《龍龕手鑑》引「仞，一尋也」，乃節引，非完文。

魁案：《古本考》是。《慧琳音義》卷二十「七仞」條轉錄《玄應音義》，引《說文》云：「仞謂申臂一尋也。」「謂」字乃引者足。卷十一「諸仞」條引作「申臂一尋曰仞」，義同。卷七十八「諸仞」條引作「臂一尋也」，乃奪「申」。

佩（佩）　大帶佩也。从人，从凡，从巾。佩必有巾，巾謂之飾。

濤案：《六書故》曰：「林罕曰：『《說文》佩从重巾。』不知罕所見何本也。

李陽冰曰：『象佩尾倒垂，非重巾。』」據林罕則爲會意字，據李氏則爲象形字，而唐本《說文》凡字不必從巾，故林氏以爲重巾，李氏以爲非重巾，斷不如今本之單從巾也。

又案：《初學記》二十六引「佩，從人，凡聲也，佩必有巾，從巾」，似與林氏所據本不同，古音皆重脣，佩音如缶，故從凡得聲，乃會意兼形聲字。二徐以爲凡非聲而妄改，不然從凡何所取義邪？

又案：《文選・張平子〈四愁詩〉》注引「佩，巾也」，乃崇賢檃括節引，非所據本不同也。

魁案：《慧琳音義》所引《說文》材料甚豐，先臚列材料如下：（1）《慧琳音義》卷八十三「佩艦」條引《說文》云：「大帶佩也。從人凧聲。必有巾，從巾，巾謂之飾也。」（2）卷九十六「簪佩」條引作「大帶也。從人凡聲。佩必有巾，巾謂之帀。」（3）卷三十六「佩眾」條引《說文》云：「大帶曰佩。從人從凡。佩必有巾，巾爲之飾。」（4）小徐本作「大帶也。從人凡巾。佩必有巾，從巾，巾謂之飾。」三引與二徐異，所焦有二：佩字於六書何解；許書原文何從。先說前者，（1）以形聲解，不確。又，佩字當析爲人、凡、巾三構件。（2）解爲形聲，有譌奪。「凧聲」當作「凡聲」，本書《艸部》芃從「凡聲」，《鳥部》鳳從「凡聲」，《水部》汎從「凡聲」，《風部》風從「凡聲」，《車部》軓從「凡聲」皆可例之。佩字「從人凡聲」尚少「巾」，引者奪耳。由是，許書原文當作「從人從巾凡聲」，或作「從人巾凡聲」。《古本考》以會意兼形聲解，是。再訂許書原文，大徐「大帶佩也」，（2）（4）皆作「大帶也」，無「佩」字，（3）作「大帶曰佩」，是許書原文作「大帶也」。（1）作「大帶佩也」，而「必有巾」上無主語，疑是竄於帶下。「佩必有巾」下（1）（4）並有「從巾」二字，許書原文當有。大徐「巾謂之飾」，（1）作「巾謂之飾也」，（2）作「巾謂之帀」，帀即飾字。（3）作「巾爲之飾」，「爲」當爲「謂」字音近譌字。（4）小徐作「巾謂之飾」，與大徐同。合訂之，訓當作「巾謂之飾也」。綜上所訂，許書原文當作「大帶也。從人巾凡聲。佩必有巾。從巾，巾謂之飾也。」

俊（俊）　才過千人也。從人，夋聲。

濤案：《玉篇》引作「才過于人也」，《淮南・泰俗訓》曰：「智過千人者謂之俊。」《春秋繁露・爵國》及《皋陶謨》鄭注亦曰：「才德過千人爲俊。」作

「于」乃傳寫之誤，《一切經音義》卷二十二引同今本可證。《玉篇》又有「《書》曰：克明俊德」六字，當亦許君稱經語而今本奪之。

魁案：《古本考》是。《慧琳音義》卷八十一「稱儁」條：「《說文》作俊者，才過千人曰俊。」今二徐本同，許書原文如是。

傀（傀） 偉也。从人，鬼聲。《周禮》曰：「大傀異。」瓌 傀或从玉，襄聲。

濤案：《玉篇·玉部》「瓌，《說文》云：与傀同，大也」，是古本尚有「大也」一訓，今奪。《莊子·列禦寇篇》「達生之情者傀」，引司馬彪注曰：「傀，大也。」

偉（偉） 奇也。从人，韋聲。

濤案：《文選·魏都賦》：「休徵之所偉兆。」注引云：「偉，大也。」亦古本之一訓。《文選·漢武帝賢良詔》注引：「偉，大也」。《華嚴經》卷上《音義》引《珠叢》曰「偉，大也」，傀、偉義同，故偉亦有大訓。又《文賦》注引「偉，猶奇也」，「猶」字乃崇賢所足。

份（份） 文質備也。从人，分聲。《論語》曰：「文質份份。」彬 古文份从彡、林。林者，从焚省聲。

濤案：《一切經音義》卷十二引「份份，文質備也」，蓋古本重一「份」字，淺人以爲複字而刪之。

侔（侔） 具也。从人，矛聲。讀若汝南侔水。《虞書》曰：「旁救侔功。」

濤案：《文選·魏都賦》注引「侔，具也」，又曰「侔，取也」，蓋古本之一訓。

儻（儻） 長壯儻儻也。从人，巤聲。《春秋傳》曰：「長儻者相之。」

濤案：《廣韻·二十九葉》引「壯」作「狀」，乃傳寫之誤，非古本如是。《玉篇》正同今本。

魁案：《古本考》是。《唐寫本唐韻·入葉》718 儻字下引《說文》云：「長壯。」所引雖有奪文，然「壯」字在。今二徐本同，許書原文如是。

俚（俚）　聊也。从人，里聲。

　　濤案：《漢書·季布傳贊》注晉灼引許慎云「俚，賴也」，蓋古本如是。《孟子·盡心篇》：「稽大不理於口。」注云：「理，賴也。」理即俚之假借字，聊、賴一聲之轉。《方言》云「俚，聊也」，今本蓋用《方言》改許書耳。《玉篇》既以「賴」訓「俚」，而又引《說文》作「聊」，恐非顧氏原文。

偲（偲）　彊力也。从人，思聲。《詩》曰：「其人美且偲。」

　　濤案：《詩·盧令》釋文引無「力」字，蓋傳寫譌奪，非古本如是。

仿（仿）　相似也。从人，方聲。㑃籒文仿从丙。

　　濤案：《文選·甘泉賦》注、《魯靈光殿賦》注兩引皆作「彷彿，相似視不諟也」，蓋古本如是，今本乃二徐妄刪。《文選》注：「不〔註209〕諟即諦字」。又《西京賦》注、《潘仁安〈悼亡詩〉》注引「仿佛，相似，見不諦也」，《長門賦》注又引「髣髴，見不審諟也」，皆傳寫譌誤，當以《甘泉》《靈光》兩賦注所引爲正。「彷彿」、「髣髴」皆「仿佛」之別體字。《彡部》別出「髴」字，恐係後人妄竄。

　　魁案：《古本考》非是。《慧琳音義》卷一百「傚前」條：「《說文》從人作仿，相似也。」與大徐同。小徐本作「相似皃」，「皃」當作「也」字。

佛（佛）　見不審也。从人，弗聲。

　　濤案：《文選·海賦》注引「髣髴，見不諟也」，《舞賦》注引「彷彿，見不審也」，今大徐本作「審」，小徐本作「諟」，古本皆不如是。上文「仿」字注既云「仿佛，相似視不諟也」，則此注當云「佛，仿佛也」，方合許書體例。《海賦》、《舞賦》所引乃「仿」字注之節文耳。

何（何）　儋也。从人，可聲。

　　濤案：《一切經音義》卷三云：「《說文》何，古文抲，同。胡歌反。」則古本尚有重文抲篆，當云「古文何从手」。卷二十三「抲」誤作「柯」，又「儋」

上衍一「揭」字。

又案：《後漢書・班固傳》注引「荷，負也」，荷即何字之俗，擔、負義同，蓋古文〔註210〕本亦有如是作者。《詩・商頌》：「何謂擔負。」

魁案：《古本考》非是。《玄應音義》卷三「荷擔」條原文作「《說文》何，古文柯，同。胡歌反。」卷二十三「又荷」條原文作「古文柯，同。胡歌、胡可二反。《說文》：柯，揭擔也。」《慧琳音義》卷五十九「荷擔」條轉錄《玄應音義》，作「古文抲，同。胡我反。又音何。荷，負也。《說文》何，擔也。」《音義》兩引「古文某」均在《說文》之上，則當與《說文》無涉，且三字不同。《玄應音義》傳至今日，譌誤不少，不可盡據。本部「儋，何也」，兩字互訓，許書原文當如是。

𠈇（俟）　待也。从人，从待。

濤案：《文選・曹子建〈贈丁翼〉詩》注引「待也」，下有「一曰具也」四字，蓋古本如是，今奪。《玉篇》俟字亦有「具也」一訓。

魁案：《古本考》是。《慧琳音義》卷五十四「儲俟」條引《說文》云：「具也。從人待聲。」卷五十七「儲俟」條轉錄《玄應音義》，引《說文》云：「儲俟，具也。亦待。」俟下當奪也字。儲字亦有「具也」一訓，見下字。卷七十五「儲俟」條：「《說文》：俟，待也。儲俟，具也。」此與上引同，詳見下字。合訂之，許書原文當作「俟，待也。一曰具也。」

𠌦（儲）　俟也。从人，詩聲〔註211〕。

濤案：《文選・西京賦》注引「儲，具也」，《一切經音義》卷十引「儲，俟也，稸也，待也」，卷十二、卷十三兩引「儲俟，具也」，《羽獵賦》注引「儲俟，待也」，《左太沖〈詠史詩〉》注引「儲，蓄也」，皆各不同，未知古本何者為定。案，「具」乃俟之一訓，見《曹子建〈贈丁翼〉詩》注。儲既訓俟，即有「具」義，不必再訓為具，古本當作「儲，俟也，一曰蓄也」。《西京賦》注「具」字乃「俟」字傳寫之誤。《羽獵賦》注及元應所引皆有誤衍。《詠史詩》注又有「謂

〔註210〕刻本「文」字衍。

〔註211〕「詩聲」當作「諸聲」。

蓄積以待用也」七字，乃庾氏注中語。

　　魁案：《慧琳音義》及其轉錄《玄應音義》所引不一，梳理如下。(1)《慧琳音義》卷九「儲水」條、卷五十六「儲宮」條、卷七十六「倉儲」條三引同今二徐本。前二引並轉錄《玄應音義》。(2)《慧琳音義》卷四十九、卷五十九「儲積」條並轉錄《玄應音義》，引《說文》作「儲，待也。穧也。待也」。(3)《慧琳音義》卷五十四「儲偫」條引作「偫也。蓄也」。卷五十七「儲偫」條轉錄《玄應音義》引作「儲偫，具也。亦待。」卷七十「儲蓄」條轉錄引作「儲，待也。儲，具也。一曰蓄財也。」卷七十五「儲偫」條轉錄引作：「儲偫，具也。」據諸引，許書原文有「偫也」一訓當無疑。

　　又，卷七十六「倉儲」條：「《文字典說》：儲，蓄也。」據此「蓄也」「穧也」當非是《說文》之文，蓄與穧同。《集韻·屋韻》：「蓄，《說文》：『積也。』或作穧。」「一曰蓄財也」亦當非許書之文。卷四十九、五十九所引尚有「待也」一訓，儲既訓「偫」，偫又訓「待」，則不必有此訓。卷七十「待也」當是「偫也」之誤。又，《音義》兩引「儲偫（待），具也」，竊以為儲亦有「具也」一訓，卷七十引「儲，具也」，上文已訂「偫」字有「具也」一解是其證。《音義》所引因皆有「具也」而合并之，當讀作「《說文》儲，偫，具也」，《音義》引書合而并之者甚夥。綜合以上所考，竊以為許書原文當作「偫也。一曰具也。」

儞（備）　慎也。从人，𩰊聲。𤰞古文備。

　　濤案：《華嚴經音義》下引「備，具也」，備即𩰊字通假字。《用部》「𩰊，具也」，經典皆假備字為之，慧苑當就經文通用字釋之，非古本備字有此一解也。

　　魁案：《古本考》是。《慧琳音義》卷十二「淳備」引《說文》作「具也」，當以備為「𩰊」字。卷二十九「備整」條、卷四十一「備受」條並引《說文》同今二徐本，許書原文如是。

𨻶（位）　列中庭之左右謂之位。从人、立。

　　濤案：《玉篇》引作「列中庭左右曰位」，義得兩通。

倫（倫）　輩也。从人，侖聲。一曰，道也。

濤案：《玉篇》所引尚有「《書》曰：無相奪倫」六字，當亦許君稱經語而今本奪之。

併（併）　並也。从人，并聲。

濤案：《一切經音義》卷十二引「併，聚也」，蓋古本一曰以下之奪文。

倚（倚）　依也。从人，奇聲。

濤案：《一切經音義》卷二、卷十八引「倚猶依也」，卷三引「倚猶依倚也」，「猶」字乃元應所足，「倚」字乃傳寫誤衍，非古本如是。下文「依，倚也」，依、倚互訓，不得如元應書所引。

魁案：《古本考》是。《慧琳音義》卷九「倚法」條轉錄《玄應音義》，引《說文》：「倚猶依倚也。」卷七十二「猗息」條亦轉錄，云：「《說文》：倚猶依也。」並同沈濤所引。今二徐本同，《類篇》卷二十、《集韻》卷五、《六書故》卷八所引皆同二徐，許書原文如是。

佽（佽）　便利也。从人，次聲。《詩》曰：「決拾既佽。」一曰，遞也。

濤案：《漢書·宣帝紀》注引「佽，飛便利也」，乃傳寫涉正文衍一「飛」字，非古本如是。師古曰：「便利矰繳以弋鳬雁，故曰佽飛。」正以「便利」釋佽，以「弋鳬雁」釋飛。

侁（侁）　行皃。从人，先聲。

濤案：《一切經音義》卷七引「侁侁，往來行皃也。亦行聲也」，蓋古本如是，今本爲二徐妄刪。《楚辭·招魂》注曰：「侁侁，來往聲也」，是古本有「一曰行聲也」五字。

魁案：《慧琳音義》卷十九「侁侁」條引《說文》云：「侁侁，往來行皃也。亦齊整皃也。」合沈濤所引許書原文當作「侁侁，往來行皃也。」《古本考》認爲有「一曰行聲也」五字，似不足據。

仰（仰）　舉也。从人，从卬。

濤案：《一切經音義》卷八引「仰，舉首也」，是古本多一「首」字。書傳

皆「俛仰」並稱，俛爲「低首」，則仰爲「舉首」矣。

魁案：《玄應音義》卷八「俛仰」條原文作「《說文》：俛，此俗頻字，謂低頭也。仰謂舉首也。」《慧琳音義》卷二十八「俛仰」條轉錄與此同。卷八「俛仰」條引《說文》云：「舉首也。從人從印聲也。」據此，許書當有「首」字。卷十三「祗仰」條引《說文》云：「仰，望也。」似不可據。合訂之，許書原文當作「舉首也」。又，二徐以會意解之，似當從卷八以形聲解爲宜。

紋（散）　妙也。从人，从攴，豈省聲。

濤案：《六書故》曰：「唐本在《耑部》曰：『微見其耑也。』」是古本不但訓解不同，即部分亦異。然《廣韻·八微》、《文選·文賦》注所引皆與今本相同，則今本不誤。疑「微見其耑」乃一曰以下之奪文。臣鉉等曰：「案，豈字从散省，散不應从豈省，疑从耑省。『耑，物初生之題尙散也。』」足見此字古本應在《耑部》，據鼎臣所云，則今本聲字亦誤也。許書無「妙」字，當作「玅」。

俟（候）　伺望也。从人，侯聲。

濤案：《玉篇》引作「伺望也」，下有「《周禮》有侯人」五字，當亦許君稱經語而今本奪之。

僅（僅）　材能也。从人，堇聲。

濤案：《華嚴經音義》上引作「僅，纔也」，蓋古本如此。纔即才字之俗，諸書或作裁，或作財，皆才之假借。才爲「草木之初生」，而引伸之，則凡初義皆得爲才。陳文學（潮）曰：「物終則有始，因其亾幸其存，亦得爲才。《國策·齊策》『邯鄲僅存』，《禮·射義》『蓋廑有存者』，《公羊》『僅然後得免』，皆其義也。僅單訓才，疑與最初之才不別，故以『劣也』足之，劣者，少力也。何注《公羊》僖十六年傳：『僅逮是月』爲『劣及是月。』又注桓三年傳：僅有年之『僅』猶『劣』也。又韋昭注《國語·周語》：『余一人僅亦守府。』同合二者，而僅之義始備。」其說甚確，今本蓋淺人誤仞〔註212〕爲才能之才，因改爲「材」，而又加「能」字以足之，妄矣。又，《一切經音義》卷一引《字林》

〔註212〕「仞」字當作「認」。

云：「僅，才能也。」呂氏不應謬誤若此，當由傳寫《字林》者衍一「能」字，後人又據《字林》以改《說文》耳。

又案：此引《華嚴經音義》，據北藏本、金陵陳氏所刊據明南藏本，則引云「僅，纔能也」已被後人以今本竄改，惟「纔」字尚不作「材」，則改之未盡也。

魁案：《古本考》認為「材」當作「才」，是。《慧琳音義》卷二十一「僅」字下轉錄《慧苑音義》，引《說文》曰：「僅，纔能也。」卷六十二「僅有」條引《說文》云：「裁能也。」卷八十九「僅以」條引作「財能也」。小徐注曰：「僅能如此，是財能如此，財、纔、才、裁古皆借為始字意，才本始詞也。」桂馥曰：「材、財、裁、纔皆同聲假借，當以才為正。」二說是。今小徐作「才能也」，當許書原文。

伐（代） 更也。从人，弋聲。

濤案：《玉篇》所引尚有「《書》曰：天工人其代之」八字，當亦許君稱經語而今本奪之。

傍（傍） 近也。从人，旁聲。

濤案：《文選・邱希範〈發漁浦潭〉詩》注引作「附也」，蓋古本一曰以下之奪文。

㠯（㠯） 象也。从人，㠯聲。

濤案：《六書故》曰：「唐本《說文》㠯，象也用也。从已从人」又曰：「唐本㠯，象也用也，左㠯而右人，有以而無㠯。徐本㠯象也，左人而右㠯，有㠯而無以。李陽冰曰：已為蚚，象形，借為已止之已，反已為㠯，㠯，用也。已㠯音相近，而文難辨，故加人於右為以用之以。」據當塗此說，則古本《說文》「以」為「㠯」之重文。秦刻石「㠯」字作㠯，則《說文》之有「以」斷然矣。古已、以、似三字相通用。《易・明夷》：「文王以之」，釋文云：「以，荀向本作似。」《論語》：「毋吾以也。」釋文云：「以，鄭本作已。」「其斯而已矣」，《漢石經》作「其斯以乎」。《詩・匏有苦葉》「不我屑以」，《孟子・公孫丑》注作「不我屑已」。《詩・旄丘》「必有以也」，《儀禮・特牲・饋食禮》注作「必有

似也」。又《詩・維天之命》「於穆不已」，正義引《譜》云：「子思論詩『於穆不已』，孟仲子曰：『於穆不似。』」《詩・斯干》：「似續妣祖。」箋云：「『似』讀爲已午之『已』（古已午字與已止字同字，後人強爲分別）。」正義曰：「直讀爲已。」不云字誤，則古者似、己字同。二徐不知「佀」即「以」字，遂將《己部》㠯字重文刪去而竄入《人部》，又移易其左右，不但與唐本、秦刻石不合，而於經典訓詁無一合者，其亦無知妄作矣。

任（任） 符也。从人，壬聲。

濤案：《一切經音義》卷六、卷二十三、《玉篇》皆引作「保也」，蓋古本如是。「保任」古人恒語，今本符字義不可通。《音義》又有「言可保信也」五字，乃庾氏注中語。

魁案：《古本考》是。《慧琳音義》卷四「任持」條引《說文》云：「保也，從人壬聲。」卷五十「保任」條轉錄《玄應音義》引《說文》云：「任，保也。」是許書原文當作「保也」，大徐誤矣。今小徐本作「保也」，是小徐尚不誤。

俔（俔） 譬諭也。一曰，間 [註213] 見。从人，从見。《詩》曰：「俔天之妹。」

濤案：《詩・大明》正義引作「諭也」，蓋傳寫奪一「譬」字。《後漢書・胡廣傳》注所引正同今本。

又案：《詩・大明》釋文引「俔，譬譽也」，毛居正以爲「喻」字之誤，盧學士謂「譽是喻，非譬而譽之者稱美也」，曲說不可從。

倌（倌） 小臣也 [註214]。从人，从官。《詩》曰：「命彼倌人。」

濤案：《龍龕手鑑》引有「一曰，夙駕」四字，是古本有之，今奪。

偋（偋） 僻寠也。从人，屏聲。

濤案：《荀子・榮辱篇》注引「偋，寠也」，是古本無「僻」字。

〔註213〕刻本作「聞」，今正。

〔註214〕刻本作「人臣也」，誤。

𤕭（㷋） 意騃也。从人，然聲。

濤案：《玉篇》所引尚有「一曰，意急而懼也。一曰，難也」，是古本尚有此二義而今本奪之。

僭（僭） 假也。从人，朁聲。

濤案：《玉篇》引「假」作「儗」，蓋古本如是。下文「儗，僭也」，僭、儗互訓，今本乃形近傳寫之誤。《玉篇》又有「《書》曰：天命不僭」六字，當亦許君稱經語而今本奪之。

佃（佃） 中也。从人，田聲。《春秋傳》曰：「乘中佃。」一轅車。

濤案：《龍龕手鑑》引「佃，一轅車，古卿車也。又堂練反，營佃也」，疑今本有誤，「佃」之訓「中」義無可攷，「中佃」乃車名，不得訓「佃」爲「中」。古本引《春秋》當在「古卿車也」之下，「从人田聲」之上。「營佃」爲此字之一解，然《左氏》哀十七年釋文引同今本，或後人據今本改也。

魁案：《古本考》非是。小徐與大徐同，徐鍇曰：「佃訓『中也』，古載物大車雙轅，乘車一轅當中也。」《慧琳音義》卷五十四「田家」條：「經文作佃。《說文》：佃，中也。《春秋傳》曰：乘中佃。謂一轅車也。」與二徐殆同。合訂之許書原文當作「佃，中也。从人，田聲。《春秋傳》曰：『乘中佃。』一轅車也。」

僻（僻） 避也。从人，辟聲。《詩》曰：「宛如左僻。」一曰，從旁牽也。

濤案：《一切經音義》卷十一引作「辟也」，蓋古本如是。僻爲邪僻正字，「從旁牽」則有避義，若如今本則一解與正解同矣。

魁案：《古本考》非是。《玄應音義》卷十一「僻處」條引作「辟也」，然《慧琳音義》卷五十二「僻處」條轉錄此條，引《說文》云：「僻，僻也。」下「僻」字當爲「避」字之誤。《慧琳音義》卷三十三「軵我」條：「經作僻我。《說文》：僻，避也。《毛詩》云：僻從旁牽也。」「毛詩」以下有奪文，「從旁牽也」即「一曰」之辭。又，卷四十七「僻執」條、卷八十九「紕僻」條並引《說文》作「避也」，許書原文當如是，今大徐不誤。小徐作「辟也」，辟當作「避」。

伿（伿）　惰也。从人，只聲。

濤案：「惰」，《玉篇》引作「憜」，許書無「憜」字，蓋傳寫之誤。

儤（儥）　輕也。从人，票聲。

濤案：《史記‧高祖本紀》索隱引「儥，疾也」，蓋古本如是。索隱又引《方言》曰：「儥，輕也。」（監本、柯本皆作亦云：「儥，輕也」，蓋淺人據今本改，汲古閣單行本如是，正與《方言》合）是今本乃後人據《方言》改耳。輕、疾義相近，而許書自作「疾」，不作「輕」。《漢書‧高帝紀》「儥」字作「嫖」，亦訓「疾」也。今《說文‧心部》「慓」字正訓為「疾」。或謂《史記》儥字乃慓字之假借，然小司馬引《說文》訓疾，《方言》訓輕，同作儥字，則所據本自作「疾」不作「輕」也，儥、慓同聲，故當同訓。

魁案：《古本考》非是。《慧琳音義》卷七十五「儥樂」條引《說文》同今二徐本，是許書原文如此。

倡（倡）　樂也。从人，昌聲。

濤案：《史記‧陳涉世家》索隱引作「倡，首也」，乃導字之誤。《口部》「唱，導也」，唱、倡二字皆从昌聲，故經典每通用。《史記》倡字乃唱字之假借，小司馬涉正文而誤。《廣雅‧釋詁》云「唱，道也」，張氏正本許書。又《文選》注、《一切經音義》屢引「倡，樂也」，與今本同，知今本不誤。

魁案：《古本考》是。《慧琳音義》轉錄《玄應音義》卷三十四「倡優」條，卷四十五、七十「倡伎」條，卷四十七、四十八「倡女」條凡引皆同今二徐本。《慧琳音義》卷十四「倡技」條亦同二徐，許書原文當如是。

俳（俳）　戲也。从人，非聲。

濤案：《一切經音義》卷四引「俳，戲，樂人所為戲笑，自怡悅也」，「樂人」以下十字乃庾氏注中語。

魁案：《古本考》是。《慧琳音義》卷五十九轉錄《玄應音義》，「倡伎」條下所引同今二徐本，卷四、四十一、六十八及《希麟音義》卷一「俳優」條，卷九十四「俳戲」條皆引《說文》亦同二徐，許書原文當如是。

僛（僛）　醉舞兒。从人，欺聲。《詩》曰：「屢舞僛僛。」

濤案：《詩・賓之初筵》釋文引作「醉舞也」，葢古本作「醉舞兒也」，許書傳寫奪一「也」字，釋文傳寫奪一「兒」字。

侮（侮）　傷也。从人，每聲。[圖]古文从母。

濤案：《一切經音義》二十五引「侮，惕也。謂輕惕」，「惕」乃「傷」之誤，葢古本作「傷」不作「傷」。本部傷訓爲輕，侮無傷義，今本乃傳寫之誤。《音義》卷一引「侮，傷也」，又申之曰：「謂輕傷翫弄也。」「輕傷」乃「輕傷」之誤，是亦作傷不作傷。今作傷者，淺人據今本改耳。

魁案：《古本考》是。《慧琳音義》卷七十一「侮蔑」條轉錄《玄應音義》引《說文》云：「侮，傷也。謂輕傷也。」許書原文當作「傷也」。本部下字「傷，輕也」。《慧琳音義》卷二十「侮慢」條引《說文》作「傷也」，亦誤。

傷（傷）　輕也。从人，易聲。一曰，交傷。

濤案：《一切經音義》卷三引「傷，亦輕也」，「亦」字乃元應所足，非古本有之，卷一及卷九所引皆無「亦」字可證。

魁案：《古本考》是。《慧琳音義》卷九「輕易」條轉錄《玄應音義》，下引《說文》云：「傷，亦輕也。」與沈濤所引同，「亦」字乃引者所足。同卷「凌傷」條及卷四十六「凌傷」條轉錄所引並同今二徐本，許書原文如是。

僵（僵）　僨也。从人，畺聲。

濤案：《爾雅・釋木》釋文、《一切經音義》卷十三皆引作「偃也」，小徐本亦作「偃也」，疑古本作「偃」不作「僨」。然上文「僨，僵也」，僵、僨互訓，大徐本亦不誤。《一切經音義》卷九、卷二十二引「僵，卻偃也」，卷十三又有「卻偃之也」，當是古本之一訓。

魁案：《古本考》認爲許書原文作「偃也」，是。《慧琳音義》卷十六「仆僵」條轉錄《玄應音義》，引《說文》云：「僵，偃也。謂卻偃也。」「謂卻偃也」四字乃引者續申之辭，非許書原文。卷四十六「則蹙」條與卷四十八「僵仆」條亦轉錄，並引《說文》作「卻偃也」，亦當引者續申之辭，非許書原文，沈濤據以爲許書原文有「卻偃之也」一解，非是。

仆（仆）　頓也。从人，卜聲。

濤案：《詩·賓客之初筵》釋文、《文選·西都》《上林》賦注、《一切經音義》各卷所引皆同今本，惟元應書卷三、卷十六、卷二十引「仆，頓也，謂前覆也」，卷十三引「仆，頓也，謂覆也」，二十二引「仆，前覆也」，僵爲「卻偃」，僕爲「前覆」，其義甚精。葢古本作「仆，頓也。一曰前覆也」，此與僵字同訓。

魁案：《古本考》非是。《慧琳音義》及其轉錄《玄應音義》所引《說文》如下：(1)《慧琳音義》卷十「倒仆」條引《說文》作「仆，頓也。謂前覆者也。」卷十六「仆僵」條轉錄《玄應音義》，引《說文》作「仆，頓也。謂前覆也。」卷三十三「仆地」條轉錄引作「仆，頓也。謂前覆也。」卷六十七「傎伏」條轉錄引作「仆，頓也。謂覆也。」卷七十三「仆地」條轉錄引作「仆，頓也。謂前覆。」(2)《慧琳音義》卷四十「仆面」條引《說文》同今二徐本。卷四十八「僵仆」條轉錄《玄應音義》引作「前覆也」，卷五十五「傷斃」亦轉錄《玄應音義》，下引《說文》：「仆，頓也。亦斷也。」(3)《慧琳音義》卷四十一「偃仆」條、卷六十九「顚仆」條及《希麟音義》卷一「偃仆」三引《說文》作「傾頓也」。(1)諸引辭例同，先云「頓也」，再以「謂」字領起續申，非許書之文。《段注》云：「仆謂前覆，葢演《說文》者語。」其說是也。《音義》引書如此之類者甚夥，若以之爲許書一解，則許書面目全非矣。許書原文當只作「頓也」。卷四十「仆面」條引《說文》與今二徐本同。(2)(3)所引皆誤衍。

係（係）　絜束也。从人，从系，系亦聲。

濤案：《一切經音義》卷三、卷十八引作「結束也」，葢古本如是。《孟子》：「係累其子弟」，注云：「係累猶縛結也。」《漢書·張釋之傳》注：「結讀曰係。」則當作「結」，不當作「絜」。卷十二、十六、二十二仍引作「絜」，當是後人據今本改。

魁案：《古本考》非是。《慧琳音義》及其轉錄《玄應音義》所引《說文》分三種情形：(1)卷六十四「係縛」條轉錄引同今二徐本，卷七十五「係念」條亦同二徐。(2)卷四十八「係念」條與卷五十五「無係」條並轉錄，引《說文》作「潔束也」。(3)卷九「繫念」條及卷七十二「係在」條並轉錄，與卷九十四

「係韇」條皆引《說文》作「結束也」。(2)(3)所引與今二徐本不同。「潔」當爲「絜」之分化字。「結」當「絜」字因音義相近而誤。結，古音在見紐質部；絜，古音在見紐月部，見紐雙聲，質月旁轉。《廣韻》則均作古屑切，音同〔註215〕。本書《糸部》：「絜，麻一耑也。」《段注》云：「一耑猶一束也。耑，頭也。束之必齊其首，故曰耑。《人部》係下云：絜束也。是知絜爲束也。束之必圍之，故引申之圍度曰絜。束之則不橄曼，故又引申爲潔淨。俗作潔，經典作絜。」張舜徽《約注》云：「係字本義，當爲以繩縛人，故從人從糸。大徐本以會意兼形聲說之，當爲許書原文。」二說是也。合訂之，今二徐本不誤，許書原文如是。

㑗（儡）　相敗也。从人，畾聲。讀若雷。

濤案：《文選・西征賦》注引「儡，壞敗之皃」，蓋古本如是。《寡婦賦》注引作「敗也」，乃崇賢節引。今本「相」字尤屬無義。《禮記》「喪容纍纍」，《選》注引作「儡儡」，即所謂「壞敗之皃」也。

㓦（咎）　災也。从人，从各。各者，相違也。

濤案：《一切經音義》卷九引尙有「人各相違即成罪咎」八字，疑古本之奪文。卷五又引「咎，罪也」，乃古本之一訓。《玉篇》引「者」作「有」，乃傳寫之誤。

魁案：《古本考》認爲許書原文有「人各相違，即成罪咎」八字，非是。《玄應音義》卷九此引在「無咎」條，其文作「渠九反。《詩》云：或慘慘畏咎。注云：咎猶罪過也。《廣雅》：咎，惡也。《說文》：咎，災也。字體從人從各。人各相違即成罪咎。又，二人同心，其利斷金；二人相違，其禍成災。」《慧琳音義》卷四十六即轉錄此條，「注云」單作「云」。「字體」之下乃引者續申之辭，旨在說明「從人從各」之由，非是許書之文。《希麟音義》卷六「殃咎」條引《說文》云：「從人各。謂人各心相違，即咎生也。」謂字以下亦引者續申之辭，非是許書之文。沈濤所言八字與之同。

沈濤所言「罪也」一訓在《玄應音義》卷五「愆咎」條，其文作「《說文》：

〔註215〕郭錫良《漢字古音手冊》（增訂本），商務印書館，2010 年，第 60 頁。

僭，過也。亦失也。咎，罪也。」《慧琳音義》卷四十二轉錄此條，「僭」即愆字。《慧琳音義》卷五十八「咎釁」條轉錄《玄應音義》，其文作「渠九反。《詩》云：慘畏咎。《箋》云：咎，猶罪過也。《爾雅》：咎，病也。《說文》：咎，災也。亦惡也。」此引鄭《箋》《爾雅》《說文》並舉，訓釋各有側重，若許書有「罪也」一訓，自不必舉鄭《箋》矣，是許書本無此訓可知。《古本考》非是。卷五十八所引尚有「亦惡也」一訓，《音義》卷六十「愆咎」條：「下音舊。古字也。孔注《尙書》云：咎，惡也。《說文》：災也。」此與上同，「惡也」自非許書之文。除上諸引外，《慧琳音義》卷二十二「身相休咎」條轉錄《慧苑音義》，卷八十二「罹咎」亦並引作「災也」，許書原文如是。

又《慧琳音義》卷六十引《說文》云：「從人從各。人各者相違也。」卷八十二「罹咎」條引云：「從人從各。人各人各者違也。」《希麟音義》卷七「愆咎」條引云：「人各相違也。從人各。」據諸引，許書原文「各者」上當有「人」字。綜上所訂，許書原文當作「災也。從人，從各。人各者相違也」。小徐作「人各者相違」，是。

僔（倦）　罷也。从人，卷聲。

濤案：《玉篇》所引尚有「《書》曰：耄期倦於勤」，當亦許君偁經語而今本奪之。

魁案：《古本考》認爲許書原文有稱《書》語，可備一說。本書《网部》「罷，遣有辠也」，與義不合。徐鍇曰：「罷，疲字也。」罷爲疲之借字典籍常見，本書《疒部》：「疲，勞也。」是二徐所見本以借字爲釋。《慧琳音義》卷八十九「忘倦」條、卷九十六「俱倦」條並引作「疲也」，許書原文當如是。卷八十「不倦」條引《說文》作「勞也。罷也」，「勞也」一訓乃引者涉「疲」字之解而衍，非許書眞有此一解。

偶（偶）　桐人也。从人，禺聲。

濤案：《御覽》三百九十六人事部引「偶，人也」，乃傳寫奪一「桐」字。

弔（弔）　問終也。古之葬者，厚衣之以薪。从人，持弓，會敺禽。

濤案：徐鍇《祛妄》引作「古者葬之中野，以弓驅禽獸。人持弓爲弔。」

與今本微不同，義得兩通。二語皆本《繫辭》，而有「中野」字，則與「驅禽」意尤近。

𠑵（仚）　人在山上。从人，从山。

　　濤案：《一切經音義》卷十四引「仚，人上山皃也，亦古文危字」，然則古本當有「古文以爲危字」六字，今奪。小徐本作「人在山上皃」，元應所引當亦同之，而傳寫稍誤。許書言古文以爲某字者，非即本字。嚴孝廉以爲此字舊《說文》當在《危部》者，非也。

補 𠈆

　　濤案：《玉篇》引「倒，仆也」，是古本有此篆，而今轉以之入《新附》。

補 𠊳

　　濤案：《玉篇》云「俊，《說文》傁」，是古本存俊篆。

補 𠋫

　　濤案：《玉篇》仮字注引《說文》云：「僮子也。」是古本尚有仮篆，而今本奪之。大徐轉以之入《新附》，誤矣。

匕部

眞（真）　僊人變形而登天也。从匕，从目，从乚（音隱）；八，所乘載也。𧴦古文真。

　　濤案：《汗簡》卷中之一引《說文》眞字作𧴦，蓋古本古文篆體如此，今本微誤。

　　又案：《文選·江賦》及《謝靈運〈登江中孤嶼〉詩》注引「眞，仙人變形也」，乃崇賢節引，非古本無「而登天」三字。

化（化）　教行也。从匕，从人，匕亦聲。

　　濤案：《華嚴經音義》上引「依教行曰化也」，蓋古本「教」上有「依」字，今本奪。《音義》又引《珠叢》曰：「教成於上而易俗於下謂之化也。」依教行

則俗易矣，依字乃淺人所刪。

　　魁案：《慧琳音義》卷二十二「感德從化」條轉錄《慧苑音義》引同沈濤所引。《古本考》可備一說。

匕部

Λ（匕）　相與比敍也。从反人。匕，亦所以用比取飯，一名柶。凡匕之屬皆从匕。

　　濤案：《一切經音義》卷十四引無「用比」二字，蓋節取，非完文。

艮（艮）　很也。从匕、目。匕目，猶目相匕，不相下也。《易》曰：「艮其限。」匕目爲艮，匕目爲眞也。

　　濤案：《廣韻・二十七恨》引「很」作「限」，蓋古本如是。《易》傳曰：「艮，止也。」止即限義，許引《易》「艮其限」正釋訓限之義，今本乃字形相近之誤。

丘部

虛（虛）　大丘也。崐崘丘謂之崐崘虛。古者九夫爲井，四井爲邑，四邑爲丘。丘謂之虛。从丘，虍聲。

　　濤案：《御覽》五十六地部引「崐崘謂之墟」，蓋古本如是。此句承上「大丘」，丘之大者莫過于崐崘，古人文字簡質，正不必複舉「丘」字也，虛作墟從俗體。

仦部

衆（衆）　多也。从乑、目，衆意。

　　濤案：《汗簡》卷中之一引《說文》「衆」字作象，蓋古本篆體如此，隸變衆字上不從目，則今本云「從目」者恐誤也。

　　魁案：《慧琳音義》卷三「衆喻」條引《說文》云：「衆，多也。從乑，衆立也。從目，衆意也。」卷八「植衆」條引云：「衆，多也，從乑，從橫目，目衆意也。」卷四十九「閱衆」條引云：「多也，從乑，從橫目字是衆

意。」兩引云「橫目」，橫字乃引者足，可知唐時「眾」字爲「乑」上「橫目」。又三引均以會意解之，文字不一，小徐本作「從乑從目，目眾意」，蓋許書原义。

𪒠（臮） 眾詞與也。从乑，自聲。《虞書》曰：「臮咎繇。」𪙧古文臮。

　　濤案：《廣韻·六志》引作「眾與詞也」，蓋古本如是。「臮」爲「暨與」正字，經典皆訓暨爲與，以其从乑，故爲眾與之詞，今本「與詞」二字誤倒。

　　魁案：《古本考》非是。《慧琳音義》卷五十一「臮令」條引《說文》云：「眾辭興也。」「興」乃「與」字之譌，今小徐本作「眾辭與也」，當許書原文。大徐「辭」字作「詞」，同。

壬部

𦣞（朢） 月滿與日相朢，以朝君也。从月，从臣，从壬。壬，朝廷也。𦣞，古文朢省。

　　濤案：《一切經音義》卷三引「相朢」作「相望」，蓋古本如是。《釋名·釋天》：「望，月滿之名也。月大十六日，小十五日，日在東，月在西，遙相望也。」以「日月相望」故以「月滿」爲望，今經典「月滿」之望亦作「望」矣。又《音義》無「以朝君」三字，乃節引，非完文。

　　魁案：《慧琳音義》卷九「希望」條轉錄《玄應音義》，所引同沈濤所言。今二徐同，《古本考》可備一說。

重部

𨤲（量） 稱輕重也。从重省，曏省聲。𨤲古文量。

　　濤案：《汗簡》卷中之一引《說文》量字作𨤲，蓋古本篆體如此，郭氏書載於《日部》，字必从日，今本之譌誤無疑。

　　魁案：《古本考》可從。《慧琳音義》卷十「虛空可數量」條下云「正從日從童作量」。卷二十九「測量」條：「《說文》正體從童作量。」卷七十「貶量」條：「《說文》量字從曰童，正體字。」

臥部

盥（監） 臨下也。从臥，衉省聲。鹽古文監从言。

濤案：《汗簡》卷中之一「鹽監見《說文》」，是古本古文篆體如此，今本微誤。

身部

身（身） 躬也。象人之身。从人，厂聲。凡身之屬皆从身。

濤案：《汗簡》卷中之一引「《說文》身字作身」〔註216〕，疑古本尙有古文身字。

又案：《玉篇》尙有「《易》曰：近取諸身」六字，當亦許君稱經語，而今本奪之。

衣部

袞（袞） 天子享先王，卷龍繡於下幅，一龍蟠阿上鄉。从衣，公聲。

濤案：《爾雅·釋言》釋文云：「袞，古本反。《說文》云：从衣从合也。合，羊奜反，或云从公衣。」據此則古本袞字从合，其从公者乃或體耳。嚴孝廉云：「經典袞字多借卷爲之，合、卷聲相近，《爾雅》釋文从合，疑當作合聲。」

又案：《干祿字書》云：「袞袞上通下正。」《佩觽》亦云：「袞从合」，則知今本从「公」者誤。

魁案：《古本考》非是。《慧琳音義》卷八十七「袞飾」條、卷九十二「袞冕」條、卷九十八「命袞」俱引《說文》作「從衣公聲」，與今二徐本同，許書原文當如是。

袗（袗） 玄服。从衣，㐱聲。袗袗或从辰。

濤案：《六書故》引蜀本「玄服」作「袨服」，小徐本亦同，許書無「袨」字，《新附》有之。《玉篇》：「袨，黑衣。」則袨即玄之別體，《儀禮·士冠禮》：

〔註216〕「作」字刻本作「生」，誤，今據《校勘記》正。

「兄弟畢袗玄。」注曰：「袗，同也，玄者，玄衣玄裳也。」鄭、許解袗字雖不同，而其為「玄服」則一，不應作「袨」，小徐蓋踵蜀本之誤耳。

衿（衿）　交衽也。从衣，金聲。

濤案：《一切經音義》二十五引「衿，衽也」，乃傳寫奪一「交」字，《後漢書・馬援傳》注引同今本可證。

魁案：《古本考》是。《慧琳音義》卷十三「衣襟」條引《說文》同今二徐本，許書原文如是。卷七十一「匈襟」條轉錄《玄應音義》，引《說文》云：「襟，衽也。」奪「交」字。襟同衿。

襲（襲）　左衽袍〔註217〕。从衣，龖省聲。𧝓籀文襲，不省。

濤案：《文選・廣絕交論》注引「襲，因也」，蓋古本一曰以下之奪文。襲之訓因屢見《禮記》、《淮南》等注及《廣雅》、《小爾雅》諸書。

又案：《文選・王命論》注引「襲，重衣也」，蓋古本如是，今本義不可解。

魁案：《古本考》非是。《慧琳音義》卷九十一「內襲」條引《說文》云：「左衽衣。」與今二徐本不同。《段注》云：「小斂大斂之前，衣死者謂之襲。《士喪禮》：『乃襲三稱。』注曰：『遷尸於襲上而衣之。凡衣死者，左衽不紐。』按《喪大記》：小斂大斂，祭服不倒，皆左衽結絞不紐。襲亦左衽不紐也。袍，褻衣也。斂始終襲，襲始於袍，故單言袍也。」又，張舜徽《約注》云：「《玉篇》襲下云：『左衽袍也。入也。重衣也。因也。還也。掩其不備也。』《玉篇》第一義當本許書。『入也』以下諸義，乃《字林》及傳注家之說。《文選》李注所引，蓋誤以《字林》文《說文》，不足據也。」二說是也。合訂之，今二徐本不誤，許書原文如是。慧琳書所引當有誤。

襺（襺）　袍衣也。从衣，繭聲。以絮曰襺，以縕曰袍。《春秋傳》曰：「盛夏重襺。」

濤案：《御覽》六百九十三服章部引「以絮曰繭，以縕曰袍」，繭即襺字之省。《禮記・玉藻》：「纊為繭，縕曰袍。」《雜記》：「子羔之襲也，繭衣裳。」

〔註217〕刻本作「在衽袍」，今正。

皆止作「繭」字。《左氏》襄二十一年傳「重繭衣裳」，亦作「繭」。

宏（袤） 衣帶以上。从衣，矛聲。一曰，南北曰袤，東西曰廣。**㰦**籀文袤从楙。

濤案：《華嚴經音義》上云：「《切韻》稱：袤，廣也；《聲類》云：袤，長也；《史記》曰：『蒙恬築長城延袤萬餘里』是也，《說文》亦同。」此釋即指「南北曰袤，東西曰廣」二語之解，非古本有「廣也」「長也」之訓也。

魁案：《古本考》是。《慧琳音義》卷七十七「延袤」條引《說文》云：「南北爲袤。從衣矛聲。」卷八十一「廣袤」條引云：「東西曰廣，南北曰袤。從衣矛聲也。」卷八十三「廣袤」條引云：「南北曰袤，東西曰廣。從衣矛聲。」皆節引，許書原文當如今二徐本。

褧（褧） 檾也。《詩》曰：「衣錦褧衣。」示反古文〔註 218〕。从衣，耿聲。

濤案：《詩·碩人》釋文云：「褧，《說文》作檾，枲屬也。」今「檾」下稱《詩》語與元朗所見本同，則此處引《詩》乃二徐妄竄，古本必無是也。

襜（襜） 衣蔽前。从衣，詹聲。

濤案：《史記·魏其武安列傳》正義云：「《爾雅》：衣蔽前謂之襜。《說文》《字林》並謂之短衣。」是古本訓「短衣」，不作「衣蔽前」，今本乃涉《爾雅》而誤耳。索隱引《字林》曰「襜褕，短衣」，呂氏率本許君。本部褕解字云「一曰直裾謂之襜褕」，是襜、褕二字連文，古本疑當作「襜褕，短衣也」，二徐見說解中單舉「褕」字，以爲不詞，遂據《爾雅》妄改之矣。

襗（襗） 絝也。从衣，睪聲。

濤案：《詩·無衣》釋文云：「澤，《說文》作襗，云袴也」，是古本有引《詩》語。許書無「袴」字，「袴」當作「絝」，正義引「襗，袴也」，亦當作「絝」。

襄（襄）　綺也。从衣，寒省聲。《春秋傳》曰：「徵褰與襦。」

　　濤案：《詩・狡童》、《左氏》襄二十六年傳釋文兩引「綺」皆作「袴」，乃傳寫之誤，非古本如是。《左氏》昭二十五年傳釋文「袴，《說文》作綺」，可證元朗所見本不作「袴」也。《左》正義亦誤作「袴」。

裔（裔）　衣裾也。从衣，冏聲。𣎵古文裔。

　　濤案：《一切經音義》卷五引「裔，衣裾也。以雲孫爲苗裔，取其下垂之義，字从衣从冏，音俱永反」，卷十三引「裔，衣裾也。以子孫爲苗裔者，取其下垂之義也」，「以雲孫」二句當是庾氏注中語。臣鉉等曰：「冏非聲，疑象衣裙之形。」元應書云：「字从衣从冏」，是古本不作「冏聲」。然言俱永反，則又似从冏得聲，疑不能明，而大徐以爲象形則非也。

　　魁案：《古本考》認爲「以雲孫」云云非是許書之文，是。《慧琳音義》卷十二「延裔」條引《說文》云：「裔，衣裾也。從衣從冏。」卷九十三「南裔」條作「從衣從冏聲」。裔字今二徐並以形聲解之，《慧琳音義》卷三十九「妒裔」條、卷五十四「苗裔」條、卷九十三「南裔」條與之同。卷三十八「繁矞」條轉錄《玄應音義》，卷七十四「苗裔」條並以會意解之。本書《冏部》：「冏，从口从內。」似當以形聲解之爲勝。

褺（褺）　重衣也。从衣，執聲。巴郡有褺江縣。

　　濤案：《一切經音義》卷九引作「南有迭江縣」，乃傳寫譌誤，非所據異本也。《漢書》注引孟康「音重迭之迭」，故誤「褺」爲「迭」。

　　魁案：《古本考》是。今小徐本作「褺」字，許書原文如是。《慧琳音義》卷六十二、八十一「襞褺」條與卷六十四「褺被」條皆節引《說文》作「重衣也」。

褊（褊）　衣小也〔註219〕。从衣，扁聲。

　　濤案：《爾雅・釋言》釋文云：「褊，小衣也。《說文》同。」是古本作「小衣」，不作「衣小」。以上文「短衣」、「長衣」例之，當作小衣，今本誤倒，當

〔註219〕刻本奪「小」字，今補。

乙正。《一切經音義》卷十八、卷二十二兩引「襦，小也」，乃元應節取小字之
義。

魁案：《慧琳音義》卷四十八「微襦」條、卷七十三「襦吝」條轉錄《玄應
音義》，並引《說文》作「小也」。卷八十二「襦衣」條、卷九十「量襦」條、
卷九十四「襦淺」條三引亦作「小也」，作「小」無義，小徐本作「衣小」，較
大徐少一也字，許書原文當同大徐。《古本考》非是。

𧚨（袒） 日日所常衣。从衣，从日，日亦聲。

濤案：《左氏》宣九年傳釋文引作「日日所衣裳也」，乃傳寫誤倒其文，又
誤常爲裳，非古本如是。古本蓋有也字，今奪。

褻（褻） 私服。从衣，執聲。《詩》曰：「是褻袢也。」

濤案：《六書故》云：「唐本《說文》从㔾，曰：从執非。」〔註220〕戴氏所
引唐本即晁悅之所見之本，曰「从執非」，則他古本有「从執」者矣。「从衣執
聲」乃重衣之字，此字今本从埶，亦不从執。然徐鼎臣謂从熱者乃得聲，疑大
徐本从執不从埶也。

裨（裨） 接益也。从衣，卑聲。

濤案：《一切經音義》卷五引「裨，增也，亦補也」，卷十引「裨，增也，
厚也，補也，亦助也」，「厚」當爲「益」字之誤，蓋古本訓增訓益，而以「補」
「助」爲一訓，訓「補」見《國語‧晉語》注，訓「助」見《漢書‧項籍傳》
注。今本作「接益」義不可曉。《玉篇》云：「接也，益也。」豈二徐據《玉篇》
以改《說文》而又奪「也」字邪？然裨之訓「接」傳注亦無所見，《文選‧長笛
賦》注引「裨，益也」，亦無「接」字。

魁案：《慧琳音義》卷二十八「裨體」條轉錄《玄應音義》：「《說文》作埤，
或作𤲬，同。避移反。埤，增也。厚也。助也。」本書《土部》「埤，增也」，
餘二訓非許書之文，且明釋「埤」字，於「裨」字無涉。卷三十二「庶裨」條、
卷四十七「裨之」條、卷八十「裨助」並引《說文》作「益也」，皆許書之一解。

〔註220〕「从執」之「从」刻本奪，今據《六書故》及下文補。

卷四十二「裨敗」條引作「接也。益也」，今二徐作「接益」，義不可曉，當以「接也。益也」讀之。段玉裁徑據《玉篇》改作「接也。益也」，頗有眼識。合訂竊以爲許書原文當作「接也。益也」。

襅（襅）　奪衣也。从衣，虒聲。讀若池。

濤案：《文選・東京賦》《吳都賦》兩注引「襅，奪也」，此崇賢節取「奪」字之義，非古本如此也。襅本「奪衣」，故从衣，而引申之，凡奪物皆謂之襅。《淮南・人間訓》：「秦牛缺遇盜扡其衣。」高誘注云：「扡，奪也。」《易・訟》上九：「終朝三襅之。」荀爽、翟元皆作「扡」，云「奪也」，扡即襅之假字，二書皆就衣帶而言，則「奪衣」之訓確不可易。

魁案：《古本考》非是。《希麟音義》卷十「襅運」條引《說文》亦作「奪也」，與《文選》注引同，則許書原文如是。今二徐本並衍「衣」字。

裎（裎）　袒也。从衣，呈聲。

濤案：《後漢書・馬融傳》注引「裎，裸也」，蓋古本如此。《孟子》言「袒裼裸裎」皆爲露體之事，而微有不同。袒、裼蓋微露其體，裸、裎則全露其形。臝、裎蓋互訓耳，渾言則臝、裎、裼皆可訓袒。《廣雅・釋詁》云：「臝裎徒裼，袒也。」許與張正不必相同耳。《晉書》卷三十五《音義》引同今本，疑後人據今本改，或當時自有異本也。

衺（衺）　㒸也。从衣，牙聲。

濤案：《六書故》引蜀本《說文》曰：「衺，紕也。」疑古本有「一曰紕也」四字。《㒸部》「㒸，衺也」，互相訓，則今本不誤。嚴孝廉曰：「《玄部》紕氏人縭也，此蓋縭文之衺者。」

魁案：《古本考》認爲有「紕也」一訓，是。今小徐本作「紕也」。又，《慧琳音義》卷六十二「呂衺」條引《說文》云：「衺，囊也。」待考。

裝（裝）　裹也。从衣，壯聲。

濤案：《一切經音義》卷十別〔註221〕「裝，束也，裹也」，卷十八引「裝，

裹也；束也」，蓋古本尚有「束也」一訓，今奪。《文選・七發》注引許慎《淮南》注曰：「裝，束也。」《廣韻》亦云：「裝，裝束。」

　　魁案：《古本考》非是。《慧琳音義》卷九十二「氈裝」條云：「許叔重云：裝猶束也。《說文》：裝，裹也。」據字「束也」一訓雖出自許君，然非出《說文》可知。《慧琳音義》卷七十三「裝揀」條轉錄《玄應音義》，引同卷十沈濤所引。今小徐本作「裹」下奪「也」字，《類篇》卷二十三、《集韻》卷三所引同今大徐本，許書原文當如是。

裛（裛）　　書囊也。从衣，邑聲。

　　濤案：《文選・西都賦》《琴賦》注、《後漢書・班固傳》注引「裛，纏也」，蓋古本如此。《巾部》「帙，書衣也」，帙衣作裛。《廣雅・釋器》曰：「裛謂之帙。」則「裛」又通作「帙」，「書囊」之訓亦非無本，疑古本作「裛，纏也。一曰書囊也」。二徐以一解爲正解，而裛之本義晦矣。《玉篇》亦有「纏也」一訓。

裋（裋）　　豎使布長襦。从衣，豆聲。

　　濤案：《列子・力命》釋文引「裋，粗衣也。又敝布襦也。」又云：「襜衣短者曰裋褕」，皆與今本不同，蓋古本如是。「粗衣」之訓今本在「褐」字注，注誤，說見下。

褐（褐）　　編枲韈。一曰，粗衣。从衣，曷聲。

　　濤案：《御覽》六百九十三服章部、《廣韻・十二曷》皆引「褐，短衣也」，「短」蓋「裋」字之誤。《淮南・齊俗訓》「裋褐不完」，而《覽冥訓》作「短褐」。《後漢書・王望傳》注引許慎《淮南》注「楚人謂袍爲短褐」，而《列子・力命》釋文引作「楚人謂袍爲短（當奪褐字）」，是「短褐」乃「裋褐」之誤，古本當作「一曰裋衣也」。「粗衣」之訓乃「裋」字之解見《列子》釋文，二徐既刪彼訓而又竄於此，誤矣。《文選・藉田賦》注引亦作「麤衣」，殆後人據今本改。

　　魁案：《古本考》認爲「粗衣之訓乃裋字之解」，二徐妄刪，非是。《慧琳音義》卷八十六「巾褐」條引《說文》云：「麤衣也。從衣曷聲。」麤同粗。今二徐本同，許書原文當如是。

𠣘（卒）　隸人給事者衣為卒。卒，衣有題識者。

濤案：《一切經音義》卷十一引「隸人給事者曰卒，古以染衣題識，表其形也」，蓋古本如是。《御覽》三百兵部引作「隸人給事者為卒，衣有題識者也」，則稍有刪節矣，今本誤衍誤奪，遂不可讀。《六書故》引李陽冰曰：「所謂短後衣而丿者斷也」，野說不可從。

魁案：《古本考》可從。《慧琳音義》卷五十二「有卒」轉錄《玄應音義》，引同沈濤所引。

襚（襚）　衣死人也。从衣，遂聲。《春秋傳》曰：「楚使公親襚。」

濤案：《左氏》文九年傳、襄二十九年傳兩引作「衣死人衣」，蓋古本如是。今本奪「衣」字。《御覽》五百五十禮儀部引同今本，亦是傳寫誤奪。

裞（裞）　贈終者衣被曰裞。从衣，兌聲。

濤案：《史記・陸賈傳》索隱引「裞，贈終服也」，乃小司馬隱括節引，非古本如是，《左氏》文九年傳釋文引同今本可證。

褮（褮）　鬼衣。从衣，熒省聲。讀若《詩》曰「葛藟縈之」。一曰，若「靜女其袾」之袾。

濤案：《御覽》五百五十二禮儀部引「褮，鬼衣也」，是古本有也字。又有小注曰『『褮』讀如『葛藟縈之』之『縈』」，是古本「縈之」下尚有「之縈」二字，今本皆奪。

又案：《詩・樛木》釋文：「帶之本又作縈，《說文》作䒌。」是古本「縈」字作「䒌」，今本及《御覽》皆後人據毛詩改耳。

補 袀

濤案：《文選・閒居賦》注引「袀，玄服也，音均」，是古本有袀篆。《左氏》僖五［註222］年傳「均服振振」，釋文「均，《字書》作袀」，所云「字書」蓋即指《說文》。《禮・月令・孟冬》：「乘元路。」注云：「今《月令》作袗。」似當為袀聲之誤也。《文選・吳都賦》：「六軍袀服。」劉逵注云：「袀，早服也。」

〔註222〕「五」字今補。

魁案：《古本考》以「字書」葢即指《說文》，非是。「字書」當是六朝字書之名，陸德明撰《經典釋文》多有引用。《古本考》於《舟部》之末補「𦩻」篆，引《詩經・河廣》釋文云：「刀，小船也，《字書》作舠，《說文》作𦩻，並音刀。」《字書》與《說文》並舉，則其不為同一本書可知。

老部

𦳕（耆） 老也。从老省，旨聲。

濤案：《類聚》十八人部引「七十曰耆」，葢古本與耊、薹一例，而今本奪之。「七十」當為「六十」之誤，古本當作「耆，老也。年六十曰耆」，即耊薹字，亦當有「老也」之訓，所謂「同意相受」也，今本為二徐所妄削者不少矣。

魁案：《古本考》非是。《慧琳音義》卷八十二「耆艾」條引《說文》同今大徐本，小徐奪「也」字。徐鍇云：「《禮》六十曰耆。」是徐鍇所見本無「六十曰耆」一解。合訂之，許書原文當如大徐。

𦲤（耇） 老人面凍黎若垢。从老省，句聲。

濤案：《玉篇》「凍黎」作「凍棃」，棃、黎古通用字。《儀禮・士冠禮》注：「耇，凍棃也。」《方言》曰：「東齊曰眉，燕代之北郊曰棃，秦晉之交、陳變之會曰耇鮐。」《尚書・泰誓》、《詩・南山有臺》正義引《爾雅》孫炎注曰：「耇，面凍棃色如浮垢。」棃即黎字之假借，然皆作黎不作棃，可見古本不作棃。《尚書》「黎老」作「犁老」，亦假借字。

𡕢（孝） 善事父母者。从老省，从子。子承老也。

濤案：《玉篇》作「从子承老省」，葢古本如是。「从子承老」猶《食部》飤字「从人仰食」，《戈部》戍字「从人何戈」一例，淺人不知遂妄改如此。

毛部

𣮧（毨） 撰毛也。从毛，宣聲。

濤案：《御覽》七百八服用部引「撰毛可以為毡」，葢古本尚有「可以為毡」

四字。氈本撚毛所爲，單訓撚毛義未足，故又加此四字，今本乃二徐妄刪。

尸部

屈（居） 蹲也。从尸、古者，居从古。𡲡俗居从足。

濤案：《汗簡》卷中之一「𡲰居，見《說文》」，《玉篇》亦云：「𡲡，古文居」，是古本《說文》有重文𡲡字矣，當云：「古文居从立」。今本奪而正字說解中誤衍「古者居」三字。

㡰（眉） 臥息也。从尸、自。

濤案：《一切經音義》卷十一引作「从尸从自聲」，則今本無「聲」字者誤也，小徐本亦有「聲」字。

尻（尻） 脽也。从尸，九聲。

濤案：《一切經音義》卷十四引作「𦞠也」，蓋古本如是。《肉部》「𦞠，屍也」，《御覽》引作「尻也」，知古尻、𦞠互訓矣。

魁案：《古本考》是。本書《肉部》「𦞠，屍也」，《段注》云：「尻今俗云溝子是也，脽今俗云屁股是也。析言是二，統言是一。故許云：尻，脽也。」《尸部》「屍，髀也。脽，屍或从肉、隼」，段玉裁曰：「與肉部脽字義同字異。」「《慧琳音義》卷五十九「尻不」條轉錄《玄應音義》，引《說文》同沈濤所引。

屖（屖） 屖遲也。从尸，辛聲。

濤案：《一切經音義》卷十四、《廣韻·十齊》皆引「屖，遲也」，不重「屖」字，則今本注中「屖」字誤衍。屖、遲雙聲，即今之栖遲字（《玉篇》云屖今作栖）。故許君以「遲」釋「屖」，遲籀文即从屖聲也。

屧（屧） 履中薦也。从尸，枼聲。

濤案：《一切經音義》卷十四引作「履之薦也」，蓋古本如是，今本「中」字誤。段先生曰：「此藉於履中，非同履中苴也。」

魁案：《古本考》非是。《慧琳音義》卷四十「木屧」條：「《說文》作屧，云：履中薦也。」與今大徐同。《玉篇》卷十一、《類篇》卷二十四、《六書故》

卷三十三所引皆同今大徐本，許書原文當如是。今小徐本奪「也」字。

屏（屏）　屏蔽也。从尸，并聲。

濤案：《一切經音義》卷一、《御覽》百八十五居處部皆引「屏，蔽也」，不重「屏」字，則今本注中「屏」字誤衍，此與屖字注中屖字皆淺人妄增。

魁案：《古本考》是。《慧琳音義》卷二十九「屏除」條引《說文》云：「屏，蔽也。」許書原文當如是。

層（層）　重屋也。从尸，曾聲。

濤案：《一切經音義》卷二十三引「層，重累也」，「累」字乃傳寫誤衍。元應蓋節取「重」字以釋層級之義，淺人妄增「累」字，他卷皆同今本可證。

魁案：《古本考》是。《慧琳音義》卷四十七「層級」條轉錄《玄應音義》，引《說文》作「重累也」，亦誤。卷十二、五十三「層樓」條，卷四十七、七十「層級」條，卷五十二「四層」條，卷五十六「層閣」條，卷九十二「層巘」條俱引《說文》與今大徐本同，許書原文如是，小徐本脫一「也」字。

《說文古本考》第八卷下　嘉興沈濤纂

尾部

屄（尾）　微也。从到毛在尸後。古人或飾系尾，西南夷亦然。凡尾之屬皆从尾。

　　濤案：《史記·五帝紀》集解引「尾，交接也」，蓋古本一曰以下之奪文。「乳化曰孳，交接曰尾」雖係僞孔傳之文，然必古來相傳舊訓。「孳」，《史記》作「字」，《說文》訓「字」爲「乳」，則此二語實本許書也，今本乃二徐妄刪。

屄（屎）　人小便也。从尾，从水。

　　濤案：《一切經音義》卷十一引無人字，蓋古本如是，今誤衍。元應書卷七、卷二十二引《字林》亦無人字。

　　魁案：《慧琳音義》卷五「屎屎」條、卷三十九「牛屎」條、卷五十四「屎屎」條、卷五十五「菌屎」條引《說文》皆有「人」字。《慧琳音義》卷五十二「溺者」條轉錄《玄應音義》所引與卷七十五「屎屎」條所引並無「人」字。《類聚抄》卷三形體部屎字下引《說文》亦無「人」字。今小徐本亦有「人」字，《集韻》卷八、《六書故》卷八引並同大徐。合訂之，許書原文當同大徐。《音義》諸引無「人」字者，當是引者疏漏。

履部

屐（屐）　屬也。从履省，支聲。

　　濤案：《一切經音義》卷十四、十五兩引皆同今本，惟卷二引「屐，履屬也」，蓋古本一曰以下之奪文。

　　魁案：《慧琳音義》卷五十八「屐支」、卷五十九「木屐」條並轉錄《玄應音義》，引《說文》同今大徐本。卷十三、十五「寶屐」條，卷十六「著屐」條，卷九十六「破屐」亦俱引《說文》作「屬也」，與今大徐本同。卷八十九「著屐」條：「《說文》履謂屬也。」據文意「履」字當作「屐」。卷七十八「之屐」條：「《字書》云：履屬也。《說文》：履有木腳也。」此引《字書》與《說文》並舉，則「履屬也」非許書之文，玄應所引疏漏矣。依諸引，「履有木腳也」亦不足據。

許書原文當如大徐，今小徐本脫一「也」字。

舟部

膌（艐）　船著不行也。从舟，夒聲。讀若葦。

濤案：《廣韻・一東》、《三十三箇》引「艐，著沙不行也」，是古本有「沙」字，今奪。《韻會》所引亦有之，是小徐本尚不誤。

魁案：《古本考》是。原本《玉篇》₃₄₄艐字下引《說文》云：「船著沙不行也。」《類聚抄》卷十一船部引《說文》云：「艐，船著沙不行也。」許書原文當如是。今二徐本奪「沙」字，小徐又奪「也」字。

舫（舫）　船師也。《明堂月令》曰「舫人」。習水者。从舟，方聲。

濤案：《類聚》卷七十一舟車部、《御覽》七百七十舟部皆引「舫，併船也」（《御覽》無也字）。《文選・王仲宣〈從軍詩〉》注引「舫，併舟也」，乃《方部》方字之訓。後人以方爲方圓字，而「併船」之「方」皆假「舫」字爲之，諸書所引皆用假借字，非異本也。

補 舠

濤案：《詩・河廣》釋文云：「刀，小船也，《字書》作舠，《說文》作舠，並音刀。」正義云：「《說文》作舠，小船也。」是陸、孔所據本皆有舠篆，訓爲「小船」，其爲今本誤奪無疑，當以[註223]舟、周聲。

方部

航（䑱）　方舟也。从方，亢聲。《禮》：天子造舟，諸侯維舟，大夫方舟，士特舟。

濤案：《華嚴經音義》引「航，方舟也」，《御覽》七百七十舟部同。「航」即「䑱」字之別體。《後漢書・文苑・杜篤傳》：「北䑱涇流。」注曰：「䑱，舟度也。《說文》䑱字在《方部》，今流俗不解，遂與杭字相亂者，誤也。」是章懷所見本作「䑱」，不作「航」者，或疑唐本《舟部》有「航」字，非也。

[註223]　「以」蓋當作「从」。

魁案：《古本考》是。唐寫本《玉篇》350 航下云：「《說文》：方舟也。《字書》或爲航字，在《舟部》也。」唐寫本《玉篇・舟部》347 航下云：「《說文》爲航字，在《方部》也。」《慧琳音義》二十一「架險航深」條引《說文》云：「航，方舟也。卷二十九「舟航」條：「《說文》從方作航。」

儿部

補 亮

濤案：《六書故》云：「徐本《說文》無亮字，唐本曰：明也，从儿从高省。」則是古本有亮字。《後漢書・蘇竟傳》注、《文選・稽叔夜〈雜詩〉》注皆云「亮，明也」，葢本許書。經典中訓「信」者乃「亮」之假字，非「諒」之別字也。

又案：《先部》「嫽，事有不善，言嫽也。《爾雅》：嫽，薄也。从先京聲。」臣鉉等曰：「今俗隸書作亮。」半農惠氏曰：「嫽，今作涼，非亮也。直亮非不善之言。」是惠氏知亮非嫽字之俗，而不知許書本有亮字，亦非諒字之俗也。

先部

先（先）　首笄也。从人，匕象簪形。凡先之屬皆从先。氏，俗先从竹从簪。

濤案：《後漢書・皇后紀》注引「簪，笄也」，是古本無「首」字。《竹部》「笄，簪也」，簪、笄互訓，言笄不必更言首。《廣韻・二十一侵》所引有之，疑後人據今本改。

皃部

皃（皃）　頌儀也。从人、白，象人面形。凡皃之屬皆从皃。貌皃或从頁，豹省聲。貌籀文皃从豹省。

濤案：《玉篇》云：「《說文》从白，下儿也。」葢古本如是，與篆體合，今本作「从人白」者誤。

卯部

兂（兜） 兜鍪，首鎧也。从兜，从皃省。皃象人頭也。

濤案：《玉篇》引作：「从卯皃，象人頭也」，葢希馮書奪「省」字，今本衍「皃」字。

又案：《文選・長楊賦》注引「鞮鍪首鐵也」，首鎧、首鐵義得兩通。鞮字乃涉賦文傳寫而誤，鞮爲「革履」，與「首鎧」無涉。

禿部

禿（禿） 無髮也。从儿，上象禾粟之形，取其聲。凡禿之屬皆从禿。王育說：倉頡出見禿人伏禾中，因以制字。未知其審。

濤案：《廣韻・一屋》禿字注引《說文》云「無髮也。从儿，上象禾粟之形。《文字音義》云：倉頡出，見禿人伏於禾中，因以制字」，是《廣韻》不以倉頡云云爲許君語，疑古本無之。

魁案：《希麟音義》卷十「禿丁」條引《說文》云：「無髮也。從人在禾下也。」與今二徐本不同。

見部

尋（尋） 取也。从見，从寸。寸，度之，亦手也。

濤案：《一切經音義》卷一、卷六皆引「尋，取也。《尚書》：『高宗夢得說』是也。」是古本有稱《書》語而今本奪之。

魁案：《古本考》是。《慧琳音義》卷二十「罜礙」條轉錄《玄應音義》，下引《說文》云：「得，取也。《尚書》：『高宗夢得說』是也。」卷二十七「無礙」條下云：「《說文》：得，取也。《尚書》：『高宗夢得說』是也。」得即尋字。卷二十七實轉錄《玄應音義》。

覘（覘） 窺也。从見，占聲。《春秋傳》曰：「公使覘之，信。」

濤案：《九經字樣》、《廣韻・五十豔》引作「闚視也」，是古本有「視」字，今奪。小徐本亦有「視」字。

魁案：《慧琳音義》卷八十四「覻見」條引《說文》作「候也」。卷九十二「覻國」條引作「視也」。卷九十六「望覻」條引作「闚也。視也」。三引不同，本部「見，視也」，覻從見，訓爲「候也」當不足據。以《慧琳音義》《九經字樣》《廣韻》所引及小徐本合訂之，許書原文當作「窺視也」，《古本考》是。闚與窺古文同用。

覓（覓）　突前也。从見、冂。

濤案：《六書故》引「唐本从見从月」，《一切經音義》卷九引云：「覓，突前也。」又引《國語》：「戎狄覓後輕儳。賈逵曰：覓後，猶輕觸也。字體從月從見。」卷十二引云：「覓，突前也。猶輕觸直進也。字從月從見。」是古本從月不從冂，二徐本皆誤。小徐本又于《月部》別出覓字，云：「犯而見也，從月從見也。」「犯而見」即「突前」之義，自必一字誤分，古本蓋有覓無覓，其在《月部》或在《見部》則不可知矣。《玉篇》「覓，突前也」，字正從月。

魁案：《古本考》可備一說。《慧琳音義》卷四十六「覓死」條轉錄《玄應音義》，引同卷九沈濤所引。卷五十三「覓突」條亦轉錄，引同卷十二沈濤所引。

覬（覬）　钦幸也。从見，豈聲。

濤案：《文選·九錫文》注、《王命論》注、《一切經音義》卷二皆引作「幸也」是古本無「钦」字。

魁案：《古本考》是。《慧琳音義》卷二十六「難覬」條：「《玉篇》云：望也。又作覬。《說文》：覬，幸也。」卷九十七「覬欲」條引《說文》云：「覬，望也。」「望也」當是《玉篇》之訓，非出許書。今二徐並衍「钦」字。

補覓

濤案：《六書故》云：「覛，又作眽，唐本覓，尋也，從爪。徐本從辰，眽，辰聲，覛、眽兩出，音同。」是古本有覓字矣。《目部》：「眽，目財視也。從目辰聲。」《辰部》：「覛，衺視也。從辰從見。眽，籀文。」竊意古本不如此，許書重文皆與正字字畫有異，今籀文「覛」字僅移「見」於左，而《目部》眽

字「財視也」之義亦不可通，疑「从氐从見」者乃「眽」字之籀文，而「衺視」之訓乃「眽」字之解義，《廣韻·二十一麥》引作「目衺視」可證。其尋覓字則「从見从爪」，應在《見部》，二徐誤分眽、覛為二，遂刪《見部》覓字，而於《氐部》別出覛字，又於「眽」字之訓改為「財視」以別於《氐部》之「覛」。二徐之無知妄作大率類是。《玉篇》云：「覓，索也。覔，同上，俗。」「覔」為俗字，則覓為正字矣。

欠部

秂（欠）　張口气悟也。象气从人上出之形。凡欠之屬皆从欠。

濤案：《御覽》三百八十七人事部引作「張口出氣也」，蓋以二語檃括之，非古本不作「气悟也」。悟當作悟。

魁案：《古本考》是。唐寫本《玉篇》113欠下引《說文》：「張口氣悟也。」《慧琳音義》卷三十五「欠欿」條：「《說文》氣悟俗謂之欠，即張口出氣也。」乃述許書之義，義同。合訂之，今二徐本不誤，許書原文當如是。

魷（欨）　吹也。一曰，笑意。从欠，句聲。

濤案：《文選·琴賦》注引「笑意」作「笑兒」，蓋古本如是。許書多言「兒」，罕言「意」，今本誤。

魁案：《古本考》非是。唐寫本《玉篇》113欨下引《說文》：「欨，欠也，一曰笑意也。」欠當為「吹」字之誤。今二徐本同，許書原文如是。

𣢑（欣）　笑喜也。从欠，斤聲。

濤案：《史記·萬石君傳》：「訢訢如也。」晉灼曰：「許慎云古欣字也。」是古本此字有重文「訢」字，今本奪之，而於《言部》別出「訢」字，誤也。

魁案：《古本考》認為「有重文訢字」，非是。唐寫本《玉篇》115欣下云：「《說文》：茂皇也。《廣雅》：欣欣，喜也。亦與訢字同，在《言部》。」即王筠所謂「異部重文」。「茂皇」當為「笑兒」之誤，形近也。《慧琳音義》卷十二「訢逮」條引《說文》云：「喜也。或作欣字也。」卷三十二「忻樂」條引云：「欣，

笑喜兒也。從心斤聲。或作訢，又作欣也。」慧琳以忻、訢、欣三字爲異體，「欣」
爲被釋字，則合訂之許書原文當作「笑喜兒也」。

款（歀）　意有所欲也。从欠，窾省。𣢏歀或从柰〔註224〕。

　　濤案：《一切經音義》卷十九引無所字，乃傳寫偶奪，他卷所引皆有之可
證。

　　魁案：《古本考》是。唐寫本《玉篇》₁₁₅歀下引「款」作「欵」，引《說文》
同。又云：「款，《說文》或欵字也。」似許書有或體「欵」字。《慧琳音義》卷
五十六「面欵」條轉錄《玄應音義》所引亦奪「所」字。卷三十四「蜜欵」條、
卷七十四「親款」條、卷七十五「至款」條所引俱同今大徐本，許書原文如是，
小徐本脫一「也」字。

歌（歌）　詠也。从欠，哥聲。謌謌或从言。

　　濤案：《類聚》四十三樂部引作「詠詩曰歌」，是古本「詠」下有「詩」字，
今奪。《九經字樣》引同今本，義得兩通。

　　魁案：《古本考》非是。唐寫本《玉篇》₁₁₆歌下引《說文》云：「詠歌也。」
今二徐本奪「歌」字。許書原文當作「詠歌也」。

歔（歔）　人相笑相歔瘉。从欠，虖聲。

　　濤案：《後漢書・王霸傳》：「市人皆大笑，舉手邪揄之。」注引《說文》曰
「歔歔，手相笑也。歔音戈支反，歔音踰，或音由」，是章懷所見本有歔篆，
亦不作「人相笑」，後許書奪去歔篆，淺人遂將注語竄易。古本當作「歔歔，
手相笑也。歔，歔歔也」，方合許書之例。

　　又案：《广部》無瘉篆，其字不應从瘉，疑當作「俞」〔註225〕，从欠，俞
聲。今大徐以爲《新附》字。

　　又案：《御覽》四百九十八人事部引「歔，人相咲相耶歔也」，是今本義得
兩通，而作「歔「不作」瘉「，則歔非《新附》字。《玉篇》亦作「歔歔」。

　　魁案：《古本考》非是。唐寫本《玉篇》₁₁₆歔下引《說文》云：「相咲相歔

〔註224〕「柰」字，刻本作「款」，今改。
〔註225〕據後文「从欠，俞聲」，此字當作「歈」。

・457・

輪也。」據此，許書原文當無「人」字，李賢所引有「手」字亦誤。又，唐本《玉篇》野王案云：「《東觀漢記》：市中人舉手厰揄。」則唐寫本所引「輪」字當爲「揄」字之誤。今大徐「厰痛」當作「厰揄」。合訂之，許書原文當作「相咲相厰揄也」。咲同笑。

䚈（歊） 歊歊，气出皃。从欠、高，高亦聲。

濤案：《文選・寶鼎詩》注引作「氣上出皃」，是古本有「上「字，今奪。《勵志詩》注引張揖《字詁》亦云「歊，氣上出皃」。《後漢書・班固傳》注引同今本，疑後人據今本刪。

魁案：《古本考》非是。唐寫本《玉篇》116 歊下引《說文》：「嚻嚻，氣出皃也。」《慧琳音義》卷九十九「歊赫」條引《說文》云：「嚻嚻，氣出皃也。」同卷「歊暑」條引作「嚻嚻，氣出貌也」。嚻、嚻、歊三字同。許書原文當作「歊歊，氣出皃也」。

歎（歎） 吟也。从欠[註226]，鸛省聲。歎籀文歎不省。

濤案：《文選・曹子建〈三良詩〉》、《古詩十九首》注引：「歎，太息也」，蓋古本一日以下之奪文。

魁案：《古本考》非是。唐寫本《玉篇》116 歎下引《說文》與今大徐本同，許書原文如是，小徐本脫一「也」字。《文選》注此引不足據。

欷（欷） 歔也。从欠，稀省聲。

濤案：《廣韻・八微》引作「戲也」，乃傳寫之誤。欷、歔雙聲字，本部二字互訓，不應作戲。

魁案：《古本考》認爲《廣韻》傳寫誤，是。本部二字互訓，今二徐本同，許書原文當如是。《慧琳音義》卷八十一「歔欷」條引《說文》云：「歔欷，出氣也。」以連語釋之，可備一說。

欱（欱） 歠也。从欠，合聲。

濤案：《文選・西京》《南都》賦注、《一切經音義》卷十五、十六引皆同。

[註226]「欠」字刻本缺，今補。

惟《東都賦》注及《音義》卷十二引「歠」作「啜」，乃傳寫字〔註227〕誤。

魁案：《古本考》是。《慧琳音義》卷三十七「欱取」條引《說文》云：「欱，啜也。」卷五十二「呼哈」條轉錄《玄應音義》，下引亦作「啜也。」皆因音義相近而誤。《慧琳音義》卷四十「吸欱」、卷五十八「欱烟」條轉錄，卷六十三「歠欱」、卷六十五「欱作」、卷七十六「呼欱」俱引同今大徐，許書原文如是，小徐本脫一「也」字。卷六十五所引又有「合也」一訓，當不足據。又，寫本《玉篇》272欱下引《說文》：作「揖也」，未知其故，暫存疑。

（欯）　**咽中息不利也。从欠，骨聲。**

濤案：《一切經音義》卷十一、十五引「欯，咽中气息不利也」，是古本「息」上尚有「气」字，今奪。

魁案：《古本考》是。唐寫本《玉篇》69欯下引《說文》云：「咽中气息不利也。」息上有「气」字。許書原文當如是。《慧琳音義》卷五十六「欯欯」條轉錄《玄應音義》，引《說文》「咽」下奪中字。卷五十八「欯欯」條轉錄引《說文》同唐本《玉篇》所引。

次部

（羨）　**貪欲也。从次，从羑省。羑呼之羑，文王所拘羑里。**

濤案：《一切經音義》卷十二引作「願欲也」，葢古本如是。《文選・歸田賦》注引《字林》云「羨，貪食欲也」，則今本乃後人據《字林》改耳。

魁案：《古本考》非是。唐寫本《玉篇》103引《說文》作「貪慾也。」慾同欲。《慧琳音義》卷十四「歎羨」條、卷三十二「貪羨」條並引《說文》同今大徐，許書原文如是。

旡部

（𣄚）　**屰惡驚詞也。从旡，咼聲。讀若楚人名多夥。**

濤案：《玉篇》引無「惡」字，葢傳寫偶奪，又有「神不福也」四字，則是古本有之而今奪耳。

〔註227〕案《古本考》語例，「字」字當作「之」。

《說文古本考》第九卷上 <small>嘉興沈濤纂</small>

頁部

顏（顏） 眉目之間也。从頁，彥聲。𩕄籀文。

濤案：《玉篇》：「𩕄，籀文顏。」蓋籀文顏字以𦣻〔註228〕，故希馮列于𦣻部，今本篆體非𦣻非頁，誤也。

題（題） 額也。从頁，是聲。

濤案：《文選・謝惠連〈擣衣詩〉》注、《廣韻・十二齊》所引皆同，惟顏延年《楊給事誄》注引「題，名也」。姚尚書疑「額」字之傳寫殘脫，然誄文云：「題子行間」，則不得訓爲「額」，蓋古本一曰以下之奪文。《詩・商頌・譜》正義引「中候契握」，注「題，名也」，題之訓名乃漢人之達詁矣。

項（項） 頭後也。从頁，工聲。

濤案：《九經字樣》、《文選・洛神賦》注皆引「項，頸也」，蓋古本如是。《玉篇》作「頸後也」，是今本據《玉篇》以改《說文》而誤「頸」爲「頭」耳。

魁案：《古本考》非是。《慧琳音義》卷一「項胭」條引《說文》云：「前曰頸，後曰項。」卷十五「頸項」條：「《蒼頡篇》云：頸在前，項在後。《說文》：頭莖也。」此引《蒼頡篇》與《說文》並舉，據此，則卷一所引當非許書之文。「頭莖也」乃「頸」字之訓。頸、項相對，今大徐作「頭後」無義。《慧琳音義》卷三十九「胭項」條引《說文》云：「項，頸後也。」許書原文當如是。《玉篇》卷四解作「頸後也」，當本許書。

顀（顀） 出額也。从頁，隹聲。

濤案：《一切經音義》卷五、卷十五引「出額」作「額出」，蓋古本有如是作者。「額出」、「出額」義可兩通，故卷十一引同今本。《玉篇》亦云：「出額也。」

魁案：《慧琳音義》卷三十三「三顀」條轉錄《玄應音義》，引作「額出也」，額同額。卷五十八「項顀」條轉錄所引作「額出也」。卷五十六「顀起」轉錄所

〔註228〕「以𦣻」當作「从𦣻」。

引同今二徐本，竊以爲許書原文當如是。

顒（頵）　頭頵頵大也。从頁，君聲。

濤案：《文選‧長笛賦》注引「頵，頭頵也」，當係傳寫奪誤，非古本如是。滄熙尤本作「頭落也」，尤誤。《篇》、《韻》所引正同今本。

顗（顗）　面色顗顗皃。从頁，員聲。讀若隕。

濤案：《玉篇》引作「面作顗顗也」，蓋古本如是，今本「皃」字誤。

碩（碩）　頭大也。从頁，石聲。

濤案：《御覽》三百六十三人事部引曰：「顒、碩、顯，大頭也。」是古本此字與顒、顯同訓，「大頭」今本作「頭大」，乃傳寫誤倒。《玉篇》顯字注亦引作「大頭也」，同一誤倒耳。

頒（頒）　大頭也。从頁，分聲。一曰，鬢也。《詩》曰：「有頒其首。」

濤案：《詩‧魚藻》釋文引作「大首皃」，蓋古本如是。首與頭雖無區別，而許既偁《詩》，自當以《詩》字釋之。毛傳亦云「大首皃」，許君正用毛義耳。

又案：《書‧洛誥》正義引「頒，分也」，此乃《攴部》攽字之訓。彼注明引《周書》，似孔氏作正義時《書》字本與《說文》同，故沖遠引之，後乃爲衛包所改，非此字有一訓也。

魁案：《古本考》認爲當作「大首皃」，非是。《慧琳音義》卷四十一「頒告」條引《說文》作「大頭也。鬢也。」與今二徐本同，許書原文如是。《古本考》認爲頒字非有「分也」一訓，是。卷四十六「頒告」條尙引鄭注《禮記》云：「頒，分布也。」鄭注與《說文》並舉，是許書原文無「分也」之訓可知。《慧琳音義》卷九十一「已頒」條引《說文》作「分也」，不足據。

顋（顋）　大頭也。从頁，禺聲。《詩》曰：「其大有顒。」

濤案：「大頭」，《玉篇》引作「頭大」，義得兩通〔註229〕。

〔註229〕「通」字刻本原缺，今補。

魁案：《慧琳音義》卷七十八「顒顒」條引《說文》云：「大頭皃也。從頁禺聲。」許書原文當如是。

顒（顒）　面前岳岳也。从頁，岳聲。

濤案：《龍龕手鑑》引作「面前顒」，固屬傳寫有奪，而古本「岳岳」必作「顒顒」。本部「頢，頭頢頢大也」，「顤，面色顤顤皃」，「顦，面瘦淺顦顦也」，「顝，頭顝謹皃」，「項，頭項項謹皃」，皆不改字，此解亦不應改字，爲「岳」當是二徐妄改。

頲（頲）　狹頭頲也。从頁，廷聲。

濤案：《玉篇》引無「頲」字，「狹頭頲」語亦不詞。段先生曰：「疑當作狹頭頲頲也」。

魁案：《箋注本切韻・上迥》（伯 3693） [197] 頲字下云：「狹頭頲也，出《說文》。」則許書原文當作「狹頭頲頲也。」段說是也。

頍（頍）　舉頭也。从頁，支聲。《詩》曰：「有頍者弁。」

濤案：《詩・頍弁》釋文引作「舉頭皃」，則今本作「也」者誤。《韻會》亦作「舉頭皃」，小徐本尚不誤也。

魁案：《古本考》非是。《慧琳音義》卷九十三「王頍」條引《說文》云：「頭小銳，舉頭也。」「頭小銳」三字當是衍文。今二徐本同，許書原文當如是。

頷（頷）　低頭也。从頁，金聲。《春秋傳》曰：「迎丁門，頷之而已。」

濤案：《一切經音義》卷五、卷十六、卷二十皆引同今本，《玉篇》亦同，惟卷十一引曰：「頷，搖其頭也」，當是古本一曰以下之奪文。今《春秋傳》「頷」作「顉」，杜注曰：「顉，搖其頭也」，其說正合釋文。顉「一作頷」乃「一作頷」之誤，「搖頭」謂動搖其頭。《廣雅・釋詁》：「頷，動也。」《列子・湯問篇》云：「頷其頭則歌應節。」《廣韻・四十八感》：「頷頜，搖頭皃。」則頷有搖義，許引《春秋》當在一解之下。

魁案：《古本考》認爲「搖其頭」爲許書之一解，非是。《慧琳音義》卷三十三「頷頭」條轉錄《玄應音義》，云：「《說文》：低頭也。《廣雅》：頷，搖也。

謂搖其頭也。」此引《說文》《廣雅》與玄應與並舉，可知「搖其頭也」非出許書。玄應書他條所引與今二徐本同，則許書原文當如是。

（頫）　**低頭也。从頁，逃省。太史卜書，頫仰字如此。揚雄曰：人面頫。頫或从人、免。**

濤案：《一切經音義》卷八云：「《說文》俛，此俗頫字。」則今本作或字者誤也。小徐本亦作「俗頫字」，《晉書音義》引同。

又案：《廣韻・九麌》引「太史卜書」作「太史公書」，乃淺人臆改，非古本如是也。《匡謬正俗》、《晉書音義》皆引作「卜書」，可見今本不誤。

魁案：《古本考》認爲「頫或从人免」誤，未必是。觀《音義》所言正俗尤爲混淆，或以許書爲正，或以許書爲俗，矛盾之處甚多，不可盡據。今大徐、小徐不同，當各有所本。《慧琳音義》卷八「俛仰」條引《說文》：「低頭正體從頁從兆作頫。」卷二十八「俛仰」條轉錄《玄應音義》，說同沈濤所引。

（顧）　**頭鬢少髮也。从頁，肩聲。《周禮》：「數目顧脰。」**

濤案：《玉篇》引作「頭鬢少髮皃」，葢古本如是，今本「也」字誤。

（顊）　**傾首也。从頁，卑聲。**

濤案：《一切經音義》卷七、卷八、卷十、卷十二、卷十三、卷十七皆引作「顊，傾頭也」，葢古本如是。本部訓釋皆言「頭」不言「首」，則今本作「首」者誤（惟頓訓下首，則以《周禮》有頓首字耳）。

魁案：《古本考》是。《慧琳音義》卷二十八、五十四「顊頭」條，卷四十九「顊面」條皆轉錄《玄應音義》，所引皆作「頭」，則許書原文當作「傾頭也」。

（煩）　**顫也。从頁，尤聲。疣煩或从疒。**

（顫）　**頭不正也。从頁，亶聲。**

濤案：《一切經音義》卷七云：「戰煩，字體作顫。下又作疣，《說文》：顫煩，謂掉動不定也。」卷十五：「疣頭，古文𩑔、疣、煩三形，今作疣。《說文》：煩顫，謂擅掉不正也。」卷十三：「戰煩，字體作顫，下又作疣。《說文》：顫煩，

謂掉動不定也。」據此三文，蓋古本作頯从又聲，不从尤聲，重文作疣。其作疣者，乃當時俗體。《音義》中有作煩者，乃淺人據今本改，謂「掉動」云云當是《演說文》語。

　　魁案：《慧琳音義》卷五十三「顫動」條轉錄《玄應音義》，下引《說文》：「頑，顫也。」據今二徐本，「頑」當作「煩」。卷七十五「顫疣」條引《說文》云：「疣，顫。」乃以重文爲詞頭而釋，顫下奪也字。《慧琳音義》所引《說文》條目如下：卷五十五「戰頯」條轉錄《玄應音義》，云：「字體作顫，又作懺，同。之見反。下又作疣，同。有瘤反。《說文》：顫頯。謂掉動不定也。」此條同卷七所引，沈濤節引。卷五十八「疣頭」條亦轉錄，引云：「古文鈗、疣二形，今作疣，同。有留反。《說文》顫也。謂顫掉不正也。」此引同卷十五沈濤所引而稍異。《古本考》認爲煩當「作頯从又聲，不从尤聲」，似可商榷，理由有三：一、《玄應音義》卷十三有詞頭作「戰煩」；二、《慧琳音義》卷五十三「顫動」轉錄「頑，顫也」，頑與煩形近，而與頯易辨；三、從尤聲之字有「動」義，本書《肉部》「肬，贅也」、《水部》「沈，水也」、《心部》「忧，不動也」，煩訓「顫也」與義合。

顙（顙）　癡不聰明也。从頁，蒙聲。

　　濤案：《廣韻・八末》《十八怪》引作「癡顙，不聰明也」，蓋古本如是。「癡顙」二字當是古時恒語，今本奪「顙」字，乃淺人妄刪。《十四賄》引「顙」作「顇」，乃傳寫之誤。

糐（頪）　難曉也。从頁、米。一曰，鮮白皃。从粉省。

　　濤案：《六書故》引唐本《說文》曰：「从迷省，音闕。」蓋古本不作「从米」也。迷故難曉，从米則不可通，此會意字，「从迷省」則爲難曉，「从粉省」則爲鮮白矣。

頎（頎）　頭佳皃。从頁，斤聲。讀又若鬢。〔註230〕

　　濤案：《六書故》云：「唐本作頭住，誤。」此蓋傳寫之誤，非唐本誤也。

〔註230〕　《古本考》此篆據小徐本，大徐本無。

百部

自（百） 頭也。象形。凡百之屬皆从百。

濤案：《一切經音義》卷十四、《藝文類聚》卷十七人事部、《御覽》卷三百六十三人事部所引皆同。惟《玉篇》引作「人頭也」，乃傳寫誤衍一「人」字，非古本如此。

魁案：《古本考》是。今二徐本同，許書原文當如是。

面部

䫉（䫉） 面見也。从面、見，見亦聲。《詩》曰：「有䫉面目。」**䫉**或从旦。

濤案：《詩・何人斯》正義引「䫉，面見人」，是古本多一「人」字，今奪。

魁案：《古本考》非是。《慧琳音義》卷六十二「䫉面」條引《說文》云：「䫉，見也。」當奪「面」字。《慧琳音義》卷八十八「䫉顏」條引《說文》云：「面見兒。」兒字當作「也」。兩引均無「人」字。今二徐本同，許書原文如是。

酺（酺） 頰也。从面，甫聲。

濤案：《玉篇》尚有「《左氏傳》曰：酺車相依」八字，蓋古本有偁經語，當曰：「《春秋傳》曰：輔車相依。」古人〔註231〕《左傳》「輔」字作「酺」，故服氏解爲「上頜車」，杜氏解爲「頰車」，輔酺，皆从甫聲，經典每假輔爲酺。《易・咸》「其輔」，虞本作酺（見《釋文》），《易・艮》「其輔」，虞氏解爲「面頰骨，工頰車」，則字亦當作「酺」，此與《左傳》之輔皆酺字之假借也。二徐見經傳作「輔」不作「酺」，遂刪去偁經語，而小徐又將此八字妄竄於《車部》輔字之下，誤矣。

又案：《車部》輔字注大徐本曰：「人頰車也。从車甫聲。」小徐本曰：「《春秋傳》曰：輔車相依。从車甫聲，人頰車也。」竊意輔字从車不應訓爲「人頰」，且《面部》本有「从面甫聲」訓頰之字，不得又訓輔爲頰。上頜爲「頰車」乃

〔註231〕「古人」二字不可解。

假車以譬況，初非車何得列於《車部》。先師陳進士曰：「《詩·正月篇》：『終其永懷，又窘陰雨，其車既載，乃棄爾輔。』箋謂：『棄輔喻遠賢也。』又云：『載輸爾載，將伯助予。』箋謂：『墮女之載，乃請長者見助。』又云：『無棄爾輔，員於爾輔。』傳謂：『員，益也。』『屢顧爾僕，不輸爾載。』箋謂：『僕，將車者也。』正義曰『考工爲車』，又不言作輔，則『輔』是可解脫之物，蓋如今人縛杖於輻以防輔車也。觀《詩》意，傳、箋、正義皆謂『窘于陰雨』，泥陷車必須輔。輔者人夾車，如《周禮》：『王巡守，則夾王車者』是也。故既輸爾載，則請伯以助。又云『屢顧爾僕』，曰『伯』、曰『僕』皆謂人也，曰『助』是須人輔也。字從甫，甫字從父從用。甫者，夫也，輔者，扶也。輔從車，是車之扶者名輔也。《大部》『夾，持也。從大俠二人』，《易》『輔頰』孟喜作『挾』，「夾谷」《公羊》作「頰谷」。頰與俠、夾同，謂人俠車名爲輔也。物之夾者皆可爲輔，故『口兩旁』爲頰，而『頰之間』亦爲輔，或許君本作『人俠車』，後人惑于輔車爲車牙所載者，改『俠』爲『頰』，又增《春秋傳》語，而意遂不可通矣。」濤謂此說確不可易，古本《說文》或作「人夾車」，或作「人俠車」，皆不可知。而要之，總非「頰」字也。

須部

𩓣（須）　面毛也。從頁，從彡。凡須之屬皆從須。

濤案：《御覽》三百七十四人事部引「須，面上毛也」，是古本有「上」字。以「髭，口上須」例之，則有上字者爲是。《廣韻·十虞》引同今本，義得兩通。

又案：《禮記·禮運》正義引《說文》云：「鬚，謂頤下之毛，象形字也。」鬚即須字之別，是沖遠所據本作「頤下毛」，不作「面上毛」。以本部髭訓「口上須」，䫇訓「頰須」例之，則作「頤下」爲是，蓋須、髭、䫇三字各有區別，似較今本「面毛」爲近理。且今本會意字，而沖遠所據則爲象形字，恐篆法亦有不同。

魁案：《古本考》非是。《慧琳音義》卷十五「鬚髮」條、卷三十四「鬚須」條、卷六十四「鬢髮」條、卷八十八「須髮」條所引《說文》均作「面毛也」，與二徐同，許書原文如是。

𩔖（頯）　頰須也。从須，从刄，刄亦聲。

　　濤案：《一切經音義》卷十九引「𩔖，鬚毛也」，「鬚毛」當是「頰毛」之誤，蓋古本亦有如是作者。

彡部

彡（彡）　毛飾畫文也。象形。凡彡之屬皆从彡。

　　濤案：《匡謬正俗》七引作「毛飾畫之文也」，蓋古本有「之」字，文義始完。

㐱（㐱）　稠髮也。从彡，从人。《詩》曰：「㐱髮如雲。」鬒㐱或从髟真聲。

　　濤案：《詩·君子偕老》釋文「稠髮」引作「髮稠」，蓋古本如是，今本當乙正。《左氏》昭二十八年釋文、正義引皆同今本，疑後人據今本改。

　　魁案：《古本考》非是。《慧琳音義》卷三十一「鬒髮」條：「《說文》正作㐱，云：稠髮也。」與今二徐本同，許書原文如是。小徐少一「也」字。

彰（彰）　文彰也。从彡，从章，章亦聲。

　　濤案：《九經字樣》引「彰，明也」，當是古本之一訓。

彣部

彣（彣）　馘也。从彡，从文。凡彣之屬皆从彣。

　　濤案：《汗簡》卷中之二「𢒉彣見《說文》」，是古本尚有重文，今奪。

髟部

髟（髟）　長髮猋猋也。从長，从彡。凡髟之屬皆从髟。

　　濤案：《文選·秋興賦》注引「白黑髮雜而髟」，蓋古本一日以下之奪文。段先生日：「而似當作日。」

鬈（鬈）　髮好也。从髟，卷聲。《詩》曰：「其人美且鬈。」

濤案：《詩・盧令》釋文引作「髮好兒」，蓋古本不作「也」〔註232〕。

ᾧ（髦）　髮也。从髟，从毛。

濤案：《一切經音義》卷四「髦，髮中豪也」，蓋古本如是。《爾雅》釋文云：「毛中之長豪曰髦。」正用許義，知今本譌奪。卷二引云：「髦，髮也。謂髮中之髦也。」「髮中之髦」當作「髮中之豪」，「謂」字元應所足，「髮也」二字後人據今本妄增。

魁案：《古本考》非是。《慧琳音義》卷二十六「髦尾」條、卷七十七「髦蠻」條、卷八十二「髦彥」條三引《說文》作「髮也」，與二徐同，許書原文如是。

ᾧ（ᾧ）　束髮少也。从髟，截聲。

濤案：《廣韻・十六屑》《十七薛》兩引皆作「束髮少小也」，「小」字當是誤衍，非古本如是。《文選・西京賦》注引《通俗文》曰「露髻曰ᾧ，以麻雜為髻，如今撮也」，又薛注曰「露頭髻束髮少」，則「露頭」不應再加「小」字。

又案：《龍龕手鑑》引「婦人束小髮也」，蓋古本又有如是作者。「髮少」「小髮」義得兩通，要不得如《廣韻》所引「少小」連文耳。

魁案：《唐寫本唐韻・去霽》₆₄₉ᾧ字下引《說文》云：「婦人束小髻。」可見傳本已有誤。今二徐本同，許書原文當如是。《古本考》認為「小」字誤衍，是也。

ᾧ（髲）　鬄也。从髟，皮聲。

濤案：《詩・君子偕老》正義云「髲，益髮也」，蓋古本如是。正義下文又云「言人髮少聚他人髮益之」，段先生曰：「十字古注語。」

ᾧ（髻）　潔髮也。从髟，昏聲。

濤案：《玉篇》引作「絜髮也」，蓋古本如是。「絜髮」猶言束髮，今本作「潔」非義。《御覽》三百七十三人事部引作「結髮」，絜、結聲義皆相近，蓋

古本亦有如是作者。古詩云「結髮爲夫妻」是也。

𢁥（鬘）　帶結飾也。从髟，莫聲。

濤案：《文選・西京賦》注引「鬘，帶髻頭飾也」，是古本多一「頭」字，今奪。崇賢「音鬘，莫惡切」，即今之帕，薛注所謂「絳帕額」是也。髻即結字之俗。

𩖅（鬣）　髮鬣鬣也。从髟，巤聲。𣬠鬣或从毛。𤢴或从豕。

濤案：《一切經音義》卷十九引作「毛鬣也」，乃《囟部》巤字之訓，恐元應書傳寫有誤，非古本如是。

魁案：《古本考》認爲「毛鬣」乃巤字之訓，是。《慧琳音義》卷五十六「豬獵」條轉錄《玄應音義》，完文曰：「又作鬣、巤二形，同。驢涉反。《說文》：毛巤也。亦長毛也。」「巤」爲被釋字。又《慧琳音義》卷二十四「鬣毛」條引《說文》云：「鬣，髦也。從髟巤聲。或從毛作氎，或從犭作獵，義皆同。」此引所言或體皆與今二徐同，唯訓釋異。卷七十七「髦鬣」條引云：「髮鬣也。從髟鼠聲。」髮同髮。許書有迭字相訓例，則許書原文當如今二徐本。

𩘹（髯）　髮隋也。从髟，隋省。

濤案：《匡謬正俗》引「髯，髮墮也」，《六書故》引李陽冰曰：「墮也。」則是古本作「墮」，不作「隋」。隋爲「裂肉」，「髮隋」無義。《廣韻》以爲「髮落」，則作[註233]墮者是，「隋省」亦當從小徐本作「墮省聲」。

𩕌（髡）　鬄髮也。从髟，兀聲。𩖼或从元。

濤案：《一切經音義》卷十二引作「剃也」，「剃」即「鬄」字之俗，蓋古本作「鬄髮也」，元應書傳寫奪一「髮」字耳。

魁案：《古本考》認爲「剃」即「鬄」字之俗，是。《慧琳音義》卷八十八「髡削」引《說文》云：「髡，剃也。」與沈濤所引《玄應音義》同。卷九十五「髡道」條引《說文》云：「髡，鬄也」。據此二引，許書原文似無「髮」字而作「鬄也」。下文「鬄，鬄髮也」，則當以無「髮」者爲是。

〔註233〕「作」字刻本原缺，據《校勘記》抄本有，今據補。

鬄（鬄）　鬄髮也。从髟，弟聲。大人曰髡，小人曰鬄，盡及身毛曰鬄。

濤案：《一切經音義》卷十六引作「剔也，盡及身毛曰鬄」，剔乃鬄字之壞，傳寫又奪一「髮」字耳，鬄亦鬄字傳寫之誤。

魁案：《古本考》是。《慧琳音義》卷六十五「鬄臊」條轉錄《玄應音義》，引《說文》同卷十六沈濤所引。《慧琳音義》卷六「鬄除」條引《說文》云：「鬄髮也。從髟弟聲也。大人曰髡，小兒曰鬄。」卷十五「鬄髮」條引作「鬚髮也。從髟弟聲。大曰髡，小兒曰鬄。盡及身毛曰鬄。」鬚當爲「鬄」字之誤。「鬄」亦當「鬄」字之誤。卷二十四「鬄除」條引作「鬄髮也。大人曰髡，小兒曰鬄，從髟弟聲。」鬄當作「鬄」。所引「小人」均作「小兒」，與小徐同。今小徐本作「鬄髮也。从髟，弟聲。大人曰髡，小兒曰鬄，盡及身毛曰鬄。」許書原文當如是。《慧琳音義》卷六十六」一剃」條：「正體從髟作鬄，《說文》云：翦也。」當不足據。

補鬄

濤案：《止觀輔行傳宏決》八之一引「鬄馬鬄鬣也」，是古本有鬄篆，其字當從髟者聲。二徐妄刪此篆，而大徐又節去鬄字列爲《新附》，妄甚。

司部

詞（詞）　意內而言外也。从司，从言。

濤案：《玉篇》：「嗣，籀文。」是古本此字尚有重文，今奪。《玉篇》云：「古文者不必盡出許書，而云籀文者無不本於《說文》也。」

魁案：《古本考》可備一說。《慧琳音義》卷七十一「言詞」條引《說文》云：「詞者，意內而言外也。」「者」字乃引者所足。

卮部

甎（甎）　小卮有耳葢者。从卮，專聲。

濤案：《廣韻·二十八獮》引作「小卮有葢也」，葢傳寫奪「耳」字「者」字，今本亦奪「也」字。

卪部

卪（卪）　瑞信也。守國者用玉卪，守都鄙者用角卪，使山邦者用虎卪，土邦者用人卪，澤邦者用龍卪，門關者用符卪，貨賄用璽卪，道路用旌卪。象相合之形。凡卪之屬皆从卪。

　　濤案：《御覽》六百八十一儀飾部引「節，信也」，蓋古本無「瑞」字。古惟守國者用玉節，餘皆不必以玉爲信也。《廣韻・十六屑》引同今本，乃後人據今本改。卪、節古今字。

刜（刜）　脛頭卪也。从卪，桼聲。

　　濤案：《廣韻・五質》引「刜，脛節也」，蓋古本無「頭」字。

　　魁案：《古本考》非是。《慧琳音義》卷一「兩膝」條、卷三十五「髀刜」條、卷四十「至刜」條三引《說文》皆作「脛頭節也」，則許書原文當有「頭「字。且「卪」字作「節」，引者以今字易古字。卷八十一「雙膝」條：「《說文》正作刜，云脛頭卪也。」與今二徐本同，許書原文如是。

印部

印（印）　執政所持信也。从爪，从卪。凡印之屬皆从印。

　　濤案：《一切經音義》卷七引「印，玉信也」〔註234〕，以「璽，玉者印也」例之，疑當作「王者信也」，蓋古本一曰以下之奪文。

　　魁案：《古本考》非是。《慧琳音義》卷二十「璽印」條引《說文》云：「印，執政者之所持信也。從爪從卪。」較今二徐本多「者之」二字，乃引者所足，非許書原文有此二字。卷二十八「致印」條轉錄《玄應音義》，引《說文》云：「印，王信也。」不足據。合訂之，今二徐本不誤，許書原文當如是。

色部

艴（艴）　色艴如也。从色，弗聲。《論語》曰：「色艴如也。」

　　濤案：《玉篇》引「色艴如也」下有「孟子曰：『曾西艴然不悅』」九字，蓋

―――――――――

〔註234〕「玉信也」當作「王信也」。

古本如是。「色觛如也」即用《論語》語而又偁《論語》以複舉之，許書無此體例，且《枲部》引《論語》「色孛如也」，是許君所偁《論語》作「孛」，不作「觛」矣。

卯部

𝌆（卯）　事之制也。从卩、𠄌。凡卯之屬皆从卯。闕。

　　濤案：《六書故》引唐本曰「反卩爲𠄌」，本書《卩部》「𠄌，卩也，闕。」此即合卩𠄌二字爲文，唐本「反卩」云云當在𠄌字注，𠄌不得訓「卩也」，二字乃从反卩之誤。

　　又案：《六書故》引林罕曰：「卩，止𠄌進也。」許既云闕，則其義未聞，此葢肊説。

𤰞（卿）　章也。六卿：天官冢宰、地官司徒、春官宗伯、夏官司馬、秋官司寇、冬官司空。从卯，皀聲。

　　濤案：《廣韻・十二庚》引「卿，章也，公卿」，「公」乃「六」字之誤，非古本如是。

辟部

𤕝（𤕪）　治也。从辟，从井。《周書》曰：「我之不𤕪。」

　　濤案：《書・金縢》釋文引作「法也」，葢古本如是。今本涉下「嬖」字説解而誤耳。此字从辟从井皆有法義。

勹部

𫈚（匍）　手行也。从勹，甫聲。

　　濤案：《文選・長楊賦》注、《一切經音義》卷十皆引「匍匐，手行也」，葢古本如是。今本爲二徐妄刪。匍、匐雙聲字，下文「匐，伏地也」，以許書之例，當作「匐，匍匐也」，「伏地」之訓見《釋名》，非《説文》。

　　魁案：《古本考》非是。《慧琳音義》卷四十七、一百「匍匐」條，卷四十九「匍匐」條轉録《玄應音義》三引《説文》作「手行也」，此「匍匐」連語例。

卷十五「匍匐」引《說文》云：「手行也。伏也。」卷六十九「匍匐」條引云：「匍，手行也；匐，伏地也。」卷九十六「匍匐」條引作「匍，手行也；匐，伏也」，此單舉例。《段注》云：匍匐「二篆可合用，可析言。」張舜徽《約注》云：「匍匐二字。雙聲義近，故可連言，可單舉也。」二說是也。沈濤以連語解之，誤。《慧琳音義》卷七十九「匍匐」條引《說文》云：「匍匐者，肘膝伏地行。」乃引者之辭，非是許書之文，不足據。

𠣜（勻）　少也。从勹、二。

濤案：《一切經音義》卷十五引作「調勻也」，蓋古本如是。今俗語猶曰「調勻」。段先生曰：「《廣韻》曰：『勻，徧也，齊也。』作少必譌。」

魁案：《古本考》非是。《類篇》卷二十五、《六書故》卷八所引皆同今二徐本，許書原文當如是。《慧琳音義》卷五十八「不勻」條轉錄《玄應音義》，引《說文》同卷十五沈濤所引，不足據。

包部

𦙄（胞）　兒生裹也。从肉，从包。

濤案：《一切經音義》卷一、卷九、卷十四、卷二十四所引皆同，惟卷三引「兒生裹衣者曰胞也」，當是所引《演說文》語。

魁案：《古本考》是。《慧琳音義》卷九「胞胎」條轉錄《玄應音義》，引《說文》同卷三沈濤所引，「兒生裹衣者曰胞也」乃引者依許書說解而爲之辭，非是許書原文。《慧琳音義》卷二十、四十六、五十九、七十「胞胎」條亦皆轉錄《玄應音義》，所引同沈濤所言，與今二徐本同，許書原文如是。卷二「胞胎」條引《說文》作「兒生衣也」，「衣」字當「裹」字傳寫之誤。卷六「胞胎」條引作「婦人懷姙，兒生衣也。」卷八「胞初生」條引作「婦人懷姙，兒生衣也」，「婦人」以下四字當是衍文。卷十六「胞胎」引作「生兒裹衣也」，「生兒」誤倒，又衍「衣」字。

鬼部

𩳳（魋）　老精物也。从鬼、彡。彡，鬼毛。𩴆或从未聲。𢅓古文。𢇛

籀文从象首，从尾省聲。

濤案：《文選·蕪城賦》注、《一切經音義》卷二、卷六、卷二十五皆引作「老物精也」，蓋古本如是。物老則成精，今本誤倒，當乙正。《左氏》文十八年傳釋文引同今本，疑後人據今本改。

又案：《一切經音義》卷六云：「古文髦勉二形。」髦即正字，今本無勉篆，恐古文篆體有誤。

魁案：《古本考》認爲今本誤倒，是。《慧琳音義》卷二十四「咸綜鬼髦」條、卷一百「精髦」條並引《說文》作「老物精也」。卷八十七「鬼勉」條引云：「《說文》正作髦，老物精也。」與今小徐本同，許書原文如是。卷十二「妖魅」條、卷四十一「魑魅」條並引作「老物之精也」，「之」字乃引者所足，非是許書原有。卷三十九「魘魅」條引作「物精也」，乃奪「老」字。

補 魑

濤案：《一切經音義》卷十二「勦，仕交反，健也。《說文》作魑，健也。」是古本有魑篆。《音義》又引《廣雅》：「魑，捷也。《聲類》：魑，疾也。」《古文苑·夢賦》注引《玉篇》：「魑，剽輕爲害之鬼。」

魁案：《古本考》是。《慧琳音義》卷三十三「孫勦」條轉錄《玄應音義》，云：「《說文》作魑，同。仕交反。便捷也。」卷五十六「勦勇」條轉錄，云：「《說文》作魑，同。助交反。捷健也。」卷五十八「勦疾」條亦轉錄，云：「作魑，同。仕交反。捷健也。」是許書確有「魑」篆。

由部

畏（畏）　惡也。从由，虎省。鬼頭而虎爪，可畏也。畏古文省。

濤案：《汗簡》卷中之二「畏畏，亦威字，見《說文》」，蓋古本古文篆體如此，並不省也。《女部》威字無重文，蓋奪。

又案：《九經字樣》云：「畏畏，鬼頭虎爪，人可畏也。上《說文》，下隸省。」是古本無「而」字有「人」字。

魁案：《古本考》認爲許書原文無「而」字有「人」字，非是。《慧琳音義》卷七「怯畏」條《說文》云：「畏，惡也。從爪而虎爪可畏也。從人從鬼省聲也。」

慧琳此引有誤，然許書原文無「人」字，有「而」字可知。許書原文當以大徐
爲是。

厶部

篡（篡）　屰而奪取曰篡。从厶，算聲。

　　濤案：《汗簡》卷中之二引《演說文》篡作篡，篆體並無大異，惟「从目」、
「从目」〔註235〕之別。

　　魁案：《慧琳音義》卷二十四「篡逆」條引《說文》云：「逆而奪取曰篡。」
小徐本與此同。卷八十二「篡弑」引云：「逆奪取曰篡。」當奪「而」字。屰與
逆同，本書《干部》「屰，不順也。」《段注》曰：「後人多用逆，逆行而屰廢矣。」
《玉篇·干部》：「屰，不順也。今作逆。」

羑（羑）　相訹呼也。从厶，从羑。誘或从言、秀。䛻或如此。羑古
文。

　　濤案：《一切經音義》卷十六引「誘，導也，引也，教也，亦相勸也」，《華
嚴經》卷二《音義》引「誘，教也」。誘之訓「道」見《詩》毛傳，誘之訓「教」
見《儀禮》鄭注，皆非相訹誘之義。且羑字見《羊部》，解云：「進善也」，不得
又以爲羑之古文，葢誘字乃《羊部》羑之重文，誤竄於此，「羑古文」三字亦誤
衍。葢羑字本爲「進善」之義，从厶則爲訹呼之字，「羑」下當有「聲」字，古
同聲字皆相假，故訹呼之字假借作誘，而誘之本義轉晦，此《野有死麕》一章
後人誤解之所由來也。

　　魁案：《古本考》認爲「誘字乃《羊部》羑之重文」，有一定道理。唐寫本
《玉篇·言部》34 誘字下云：「誘，餘手反，《說文》亦羑字也。……在《羊
部》。或復爲羑字，在《厶部》。」據此，誘字或在《羊部》，或在《厶部》，其
確切不得而知。《慧琳音義》卷八「誘化」條：「《說文》作羑。」卷十六「捲誘」
條：「《說文》或作羑也。」卷二十九「誘進」條：「《說文》作羑，進善也。」
卷八十「陶誘」條：「《說文》：導也。從言秀聲，或從盾作誚，亦作羑，音義
並同。」據諸引則許書原文似又同今二徐。唐本《玉篇》亦云：「誚，《說文》

〔註235〕據《校勘記》，兩「从目」字抄本后一「从日」。

亦誘字也。」

　　《古本考》認爲「羗下當有聲字」，是。《箋注本切韻·上有》（伯 3693）197「牖誘」下引《說文》：「相呼誘也，从厶，羗聲。作羑二同。」

嵬部

嵬（嵬）　高不平也。从山，鬼聲。凡嵬之屬皆从嵬。

　　濤案：《文選·南都賦》注引「崒嵬，山石崔嵬，高而不平也」，蓋古本如是，「崒」字當是衍文。《一切經音義》卷十九亦引「嵬，高而不平也」，有「而」字而文義始完。《荀子·非十二子篇》注引同今本，乃節引非完文。

　　魁案：《古本考》是。唐寫本《玉篇》442：「《說文》：高而不平。《說文》：高而不平也。」《慧琳音義》卷五十六「嵬崒」條轉錄《玄應音義》引《說文》作「高而平也」，「平」上奪「不」字。卷九十二「嵬然」條引《說文》作「嵬而不平也」，而上奪「高字」。合訂之，許書原文當作「高而不平也」。

《說文古本考》第九卷下 嘉興沈濤纂

山部

山（山）　宣也，宣气散，生萬物，有石而高。象形。凡山之屬皆从山。

濤案：《初學記》卷五、《御覽》卷三十八地部、《爾雅・釋山》釋文、《廣韻・二十八山》所引皆同今本。爲〔註236〕《莊子・山木》釋文引云：「山，宣也，謂能宣散氣生萬物也。」蓋古本亦有如是作者，「散气」二字疑傳寫誤倒。

魁案：唐寫本《玉篇》428引《說文》：「山者，宣也，宣氣散，生萬物，有石而高也。」與今二徐本同，是今二徐不誤，許書原文如是。

島（島）　海中往往有山可依止曰島。从山，鳥聲。讀若《詩》曰「蔦與女蘿」。

濤案：《文選・海賦》注引同，又一引「可依止」作「可居」。《華嚴經音義》下引無「依」字，《一切經音義》卷一引無「往往」二字，《廣韻・三十二皓》引「曰島」二字作「也」。《文選・邱希範〈漁浦潭〉詩》注引「島，海中有山」，五字皆節引，非全文。

魁案：唐寫本《玉篇》429島下引《說文》、《慧琳音義》卷六十二「海島」條、卷八十一「諸島」條所引《說文》皆同今二徐本，許書原文如是。島同島。卷二十三「海島」條轉錄《慧苑音義》，引《說文》止上奪「依」字，同沈濤所言。

猺（猺）　山，在齊地。从山，狃聲。《詩》曰：「遭我于猺之間兮。」

濤案：《詩・還》釋文引無「地」字，蓋古本如是。以本部「山在吳楚之間」、「山在蜀湔氐西徼外」諸文例之，今本「地」字衍。

魁案：《古本考》認爲今本「地」字衍，不確。地字當爲「也」字之誤。唐寫本《玉篇》429引《說文》：猺，山。在齊也。」與今二徐本同，許書原文當如是。

〔註236〕案《古本考》語例及此處文意，「爲」當作「唯」，或作「惟」。

嶧（嶧）　葛嶧山，在東海下邳。从山，睪聲。《夏書》曰：「嶧陽孤桐。」

濤案：「《夏書》」，《爾雅・釋山》釋文引作「《尚書》」，蓋古本如是。嚴孝廉曰：「《說文》舊本引《書》偁《尚書》或但偁《書》，其唐虞、夏、商、周等字皆校者所加。」

嶷（嶷）　九嶷山，舜所葬，在零陵營道。从山，疑聲。

濤案：《汗簡》卷中之二云：「嶷，魚力切，出張揖《集古文》，《說文》。」蓋古本此字有重文，今奪。

魁案：唐寫本《玉篇》429引《說文》：「舜所塋，在靈陵葬營道縣。」「塋」當即「塋」字，「葬」字之異體。「陵」下「葬」字衍。今二徐本同，許書原文如是。

崵（崵）　崵山，在遼西。从山，易聲。一曰，崵鋧崵谷也。

濤案：《史記・伯夷列傳》正義、《漢書・王貢兩龔鮑傳》注皆引「首陽山在遼西」，蓋古本如是，《玉篇》亦有「首」字可證。《廣韻・十陽》引同今本，蓋後人據今本改。

魁案：《古本考》是。唐寫本《玉篇》430引《說文》：「首崵山，在尞西，一曰崵鐵陽谷也。」有「首」字，「首崵山」同「首陽山」。唐寫本「尞」字當為「遼」字之誤。合訂之，許書原文當作「首崵山，在遼西。从山，易聲。一曰，崵鐵崵谷也。」

巒（巒）　山小而銳。从山，䜌聲。

濤案：《初學記》卷五、《御覽》卷三十八地部引「山狹而高曰巒」，蓋古本如是。《文選・徐敬業〈古意〉詩》注引「巒，山小而高」，乃傳寫譌誤。「山小而高」乃「岑」字之解，非巒字之解也。劉淵林《蜀都賦》注曰：「巒，山長而狹也。一曰，山小而銳也。」其一解與今本正同，則今本亦不誤。狹與小義近，銳與高義亦相近，古時自有二本，要不得如《選》注所引也。

魁案：唐寫本《玉篇》431引《說文》：「山而高也。」「山」下有奪文，據沈濤所引諸文當脫「狹」字。許書原文蓋作「山狹而高也」。

魯（密） 山如堂者。从山，宓聲。

濤案：《廣韻‧五質》引作「山脊也」，乃傳寫譌誤。「山脊」是「岡」字之解，非「密」字之解也。

岫（岫） 山穴也。从山，由聲。**宙**籀文从穴。

濤案：《文選‧張景陽〈雜詩〉》注引「山有穴曰岫」，蓋古本有「有」字，今奪。有穴之山謂之岫，非山穴謂之岫也。《初學記》卷五、《御覽》三十八地部引「山穴曰岫」，乃傳寫奪「有」字。

陵（陵） 高也。从山，陵聲。**嶝**陵或省。

濤案：《文選‧西都賦》注引「峻峭，高也」，是古本多一峭字，今奪。峭字當作陗。

魁案：《古本考》非是。《慧琳音義》卷十一「高峻」條：「《說文》正體作陵。《說文》：高也。」卷四十九「峻峙」條引《說文》云：「峻，高也。從陵作隆。」今小徐亦作「高也」，許書原文如是。卷二十「峻險」條：「《說文》作陵。云：高險貌也。從山陵聲。」當另有所據，非是許書之文。《慧琳音義》又以「峻」為「陵」，卷二十四「峻險」條：「《說文》作陵，陗高也。」與本書《𨸏部》「陵」字所釋同。是慧琳所見《說文》三字本同而異處，今據慧琳及二徐，許書原文「陵」字之訓解當作「高也」。

巖（巖） 岸也。从山，嚴聲。

濤案：《御覽》五十四地部引「巖者，厓也」，蓋古本作「厓」。《厂部》曰「厂，山石之厓，巖人所居」，今本作「岸」者誤。《一切經音義》卷一、《華嚴經音義》下皆作「巖，峰也」，峯篆為大徐所增十九文之一，然小徐本亦有之。《玉篇》亦有「峯也」之訓，或本許書之一解，《文選‧長笛賦》注引同今本，疑後人據今本改。

又案：《一切經音義》卷一引尚有「亦峻險也」四字，當亦古本之一訓。

魁案：《古本考》認為今本作「岸」者誤，非是。《慧琳音義》卷八「峯巖」條、卷七十五「嶄巖」條並引《說文》同今二徐本。卷五十四「巖崿」條引作「崖岸也」，「崖」字衍。據此，許書原文當作「岸也」，今二徐本不誤。《慧琳

音義》卷二十「巖嶸」條轉錄《玄應音義》，引《說文》云：「巖，峯也。亦峻嶮也。」與沈濤所言同。卷二十三「巖巘」條轉錄《慧苑音義》引《說文》曰：「巖，峰也。」兩引皆作「峰也」，則許書當有此訓，《古本考》可從。本部「峯，山耑也」，「岸，高邊也」，峰同峯。

岊（岊）　陂隅，高山之節。从山，从卪。

　　濤案：《一切經音義》卷七引作「陂隅而高山之節也」，蓋古本如是。有此而字語氣始完。《文選·吳都賦》劉注引無「高」字，傳寫偶奪。《初學記》卷五、《御覽》三十八地部引「陂隅高者曰岊」，乃節引非全文。

　　魁案：《古本考》是。《慧琳音義》卷二十八「崖底」條轉錄《玄應音義》，下引《說文》云：「陂禺而高山之節也。」「禺」字當作「隅」。

崔（崔）　大高也。从山，隹聲。

　　濤案：《文選·南都賦》注引「崔，高大也」，蓋古本如是，今本二字誤倒。《詩·南山》傳曰「崔崔，高大也」，許正用此。

屵部

崖（崖）　高邊也。从屵，圭聲。

　　濤案：《一切經音義》卷十六引「崖，岸高邊也」，是古本有「岸」字，今奪。水崖高者爲岸，岸之高邊爲崖，正合互訓之義。《厂部》「厓，山邊也」，此則爲岸邊，二字之義同，微別。

　　魁案：《古本考》非是。唐寫本《玉篇》₄₄₂崖下引《說文》同今二徐本。《慧琳音義》卷一、三十二「山崖」條，卷二十八「崖底」條，卷三十五「崖險」條，卷八十三「川崖」條皆引《說文》與今二徐本同，是今二徐本不誤，許書原文如是。卷十六「崖底」條，卷十八、六十六「崖岸」引作「山高邊也」，「山」字衍。卷六「山崖」條引作「高邊處也」，「處」字衍。卷六十四「无崖」條轉錄《玄應音義》，引作「岸高邊者也」，並衍「岸」、「者」二字。卷四「山崖」條引作「高山有崖是也」，乃引者之辭。

嶏（嶏）　崩也。从屵，肥聲。

濤案：《列子·黃帝篇》釋文「肥，《說文》《字林》皆作朓，又作圮，皆毀也」，是古本有「一曰毀也」四字，今奪。

魁案：唐寫本《玉篇》₄₄₃朓下引《說文》：云「朓，毀也。」合沈濤所訂，許書原文當作「毀也」。

广部

㢰（府） 文書藏也。从广，付聲。

濤案：《御覽》百九十一居處部引作「文書所藏也」，是古本有「所」字。《一切經音義》卷九引「府，藏也」，乃節引非全文。

魁案：《古本考》認爲有「所」字，非是。唐寫本《玉篇》₄₄₂引《說文》與今二徐本同，許書原文如是。《慧琳音義》卷四十六「善府」條轉錄《玄應音義》，引同沈濤所引。

廱（廱） 天子饗飲辟廱。从广，雝聲。

濤案：《藝文類聚》三十八禮部引「辟雝，天子饗飲處也」，蓋古本作「廱辟，廱，天子饗飲處也」，今本云「天子饗飲辟廱」，義雖不殊，語則不詞矣。

魁案：《古本考》非是。唐寫本《玉篇》₄₄₃廱下引《說文》作「天子饗諸侯辟廱」。唐寫本「廱」字說解中用「廱」，又云：「《字書》亦廱字也。」合《類聚》所引，許書原文當作「天子饗飲諸侯辟廱」。

廬（廬） 寄也。秋冬去，春夏居。从广，盧聲。

濤案：《御覽》百八十一居處部引作「春夏居，秋冬去之」，是古本二語互易，當乙正。

魁案：《古本考》非是。唐寫本《玉篇》₄₄₅盧下引《說文》云：「秋冬之，春夏居之，故爲寄。」唐本奪「去」字，今二徐本同，並奪「之」字與「故爲寄」三字。許書原文當作「寄也。秋冬去之，春夏居之，故爲寄」。

庭（庭） 宮中也。从广，廷聲。

濤案：《御覽》百八十五居處部引「庭，朝中也」，乃《廴部》廷字之解，

彼曰「廷，中朝也」，「朝中」「中朝」義得兩通。〔註237〕

　　魁案：唐寫本《玉篇》446 引《說文》：「向中也。」「向」當「宮」字形近而誤。今二徐本同，許書原文如是。

廡（廡）　堂下周屋。从广，無聲。**廡**籀文从舞。〔註238〕

　　濤案：《一切經音義》卷十七引「堂下周屋曰廡，幽冀之人謂之庌」，是古本「周屋」下〔註239〕尚有「幽冀」云云七字。《玉篇》「廡，堂下周屋也，幽冀曰庌」，正本許書。

　　魁案：《古本考》非是。唐寫本《玉篇》448 引《說文》：「堂下周屋也。《釋名》：大屋口廡，幽冀人謂之庌。」〔註240〕據此，「幽冀」云云當爲《釋名》語。唐本《玉篇》廡下又云：「廡，《字書》籀文廡字。」此言籀文與今二徐同。《慧琳音義》卷七十四「前庌」條轉錄《玄應音義》，引《說文》同沈濤所引。卷三十二「廊廡」、卷三十三「廡廊」條、卷四十二「簷廡」條、卷九十九「廣廡」條俱引《說文》作「堂下周屋也」，許書原文當如是。卷四十三「南庌」條引《說文》作「堂下周屋曰廡」，義同。卷六十三「廊廡」條引作「堂下周室屋也」，「室」字衍。卷八十七「廊廡」條引作「堂下周室也」，「室」字誤。小徐作「堂下周廡屋」，「廡」字亦衍。

庖（庖）　廚也。从广，包聲。

　　濤案：《史記·相如列傳》正義「庖，廚屋也」，蓋古本有「屋」字。下文「廚，庖屋也」，庖、廚互訓，則不得少「屋」字。

　　魁案：《古本考》非是。《慧琳音義》卷七十「庖廚」條引《說文》云：「庖，廚也。」與今二徐同，許書原文如是。

廚（廚）　庖屋也。从广，尌聲。

　　濤案：《御覽》百八十六居處部引「廚，庖室也」，蓋古本亦有如是作者。《一

─────────────────

〔註237〕「彼」下十三字刻本缺，今據《校勘記》補。

〔註238〕籀文今據大徐本補。

〔註239〕「下」字刻本無，據上下文意及《古本考》語例當有。

〔註240〕案，「口」當爲「曰」字之誤。

切經音義》卷十七引同今本,則今本亦不誤也。

魁案:《慧琳音義》卷七十「庖廚」條轉錄《玄應音義》,引《說文》同今二徐本,許書原文當如是。

庫(庫)　兵車藏也。从車在广下。

濤案:《初學記》二十四、《御覽》百九十一居處部皆引作「兵車所藏也」,是古本有「所」字,正與「府」字注一例。下文「廥,芻藁之藏」,「之」字似亦當作「所」,《白帖》卷十一引作「兵器所藏」。

廥(廥)　芻藁之藏。从广,會聲。

濤案:《後漢・蘇不韋傳》引無「之」字,古本「似」當作「所」。詳庫下。

廁(廁)　清也。从广,則聲。

濤案:《廣韻・七志》引「清」作「圊」,圊即清字之俗體。

魁案:《古本考》認爲「圊即清字之俗體」,非是。《釋名・釋宮室》:「廁,或曰圊,言至穢之處宜常修治使潔清也。」《廣雅・釋宮》:「圊,廁也。」徐鍇曰:「此溷廁也。古多謂之清者,以其不潔,常當清除之也。清今俗字,或作圊。」小徐所言當本《釋名》,是也。《慧琳音義》卷十九「圊廁」條、卷五十一「墮廁」條、卷六十八「廁圊」皆引《說文》作「圊也」,乃「廁」字本指,許書以「清」釋之,當是引申之義。唐寫本《玉篇》450引《說文》同今本二徐,許書原文如是。

底(底)　山居也。一曰,下也。从广,氐聲。

濤案:《龍龕手鑑》引「底,無盡也」,是古本尚有此一訓。

魁案:《段注》曰:「山當作止,字之誤也。《玉篇》曰:底,止也,下也。《廣韵》曰:底,下也,止也。皆本《說文》。」段說是也。《慧琳音義》卷三十八「厓底」條引《說文》云:「止居。一云下也。從广氐聲。」許書原文當作「止居也。一云下也。從广氐聲。」《古本考》認爲許書原文有「無盡」一訓,非是。

庋（庹） 舍也。从广，友聲。《詩》曰：「召伯所庹。」

濤案：《毛詩・甘棠》釋文引作「草舍也」，是古本有艸字。案《詩・召伯所茇》傳「茇，草舍也」，許君偁《詩》毛氏，作「草舍」正與傳訓合。《毛詩》茇字當从《說文》作庹。本書《草部》「茇，草根也」，茇可訓艸，不得訓「草舍」。《周禮・大司馬》「中夏教茇舍」，注云：「茇讀如萊沛之沛，茇，舍草止之也。軍中有草止之法」。鄭葢以「草」釋「茇」，以「止」釋「舍」。《左氏》僖十五年傳：「晉大夫反首拔舍從之。」注云：「拔，草舍。」即茇字之假借，是作「茇」必兼言「舍」，「茇舍」即「草舍」。《詩・載馳》：「大夫跋涉。」傳云：「艸行曰跋。」跋、庹皆从友聲，友有艸義，「艸舍」曰庹，「艸行」曰跋也。淺人見《毛傳》訓「草舍」，遂改爲从艸之茇。二徐又將《說文》刪去「艸」字，遂有疑許君所引爲《三家詩》者矣。《玉篇》亦云「庹，草也」，當本許書。

庈（庈） 卻屋也。从广，屰聲。

濤案：《一切經音義》卷二十二引作「卸屋也」，葢古本如是。卸有毀斥之義，今人屋壞，欲大修者輒言坼卸，坼即斥字之俗，卻字形近而誤。《廣韻・二十二昔》引作「卻行」，則更誤矣。

魁案：《段注》曰：「卻屋者，謂開拓其屋使廣也。」又曰：「俗作庎，作庍。」唐寫本《玉篇》455庈引《說文》作「卻庢也」，庈當即庈字，庢當即屋字。《慧琳音義》卷十五「擯庈」條、卷八十二「庈逐」條並引《說文》作「卻屋也」，卻同卻。卷六十「擯庈」條引作「卻也」，乃奪「屋」字。是今二徐本不誤，《古本考》非是。

廖（廖） 空虛也。从广，膠聲。

濤案：《文選・天台賦》注引「廖，虛空也」，廖即廖字之別，「虛空」、「空虛」義得兩通。

魁案：唐寫本《玉篇》456廫字兩出，一引《說文》作「空盧」，一引作「空盧也」。廫即廖字，則許書原文當作「空盧也」，虛、盧形近而誤矣。

厂部

厂（厂）　山石之厓巖，人可居。象形。凡厂之屬皆从厂。𢉉籒文从干。

濤案：《龍龕手鑑》引無「石」字，乃傳寫偶奪，又有「一曰舍也」四字，當是古本之一訓。

魁案：《古本考》認爲《龍龕手鑑》奪「石」字，是；認爲有「一曰舍也」四字，則非。唐寫本《玉篇》462引《說文》：「山石之崖巖，人可居者也。」許書當有「者也」二字，崖同厓。

厲（厲）　旱石也。从厂，蠆省聲。厲或不省。

濤案：《文選·陸士衡〈答賈謐〉詩》注引「厲，石也」，乃傳寫奪一「旱」字，非古本如是。旱，悍字之省，謂石之剛者。引伸之則爲悍厲矣。

魁案：《古本考》非是。唐寫本《玉篇》463厲下引《說文》云：「厲，摩石也。」張舜徽《約注》云：「摩即磨之本字。唐寫《文選集注》殘卷陸士衡《答賈長洲謐詩》注、曹子建《七啓》注皆引《說文》：『厲，磨石也。』亦足證今本許書之誤。」張說是也。

厝（厝）　厲石也。从厂，昔聲。《詩》曰：「他山之石，可以爲厝。」

濤案：《一切經音義》卷九引「厲石也」下尚有「摩也」，是古本有此一訓，今奪。

魁案：《古本考》非是。唐寫本《玉篇》464厝下引《說文》云：「厲石也。《詩》云：他山也古，可以爲厝。」無「摩也」一解，今二徐本同，許書原文如是。「也古」乃「之石」之誤。《慧琳音義》卷四十六「安措」條轉錄《玄應音義》引《說文》云：「厝，厲石也。摩也。《詩》云：他山之石，可以爲厝。」與沈濤引同，摩同磨。

危部

敧（敧）　敧陒也。从危，支聲。

濤案：《一切經音義》卷十一引「敧陒，傾側不安也。从危支聲」，卷十六引「攲陒，傾側不安也」，攲即敧字之別體，蓋古本如是。今本乃二徐妄刪，

又於解中複一「攲字」，誤矣。《音義》卷十八引「攲隑，傾側不安，不能久立也」，「不能久立」四字恐是注中語。《文選・魏都賦》注引「攲隑也」，乃崇賢節引，然亦不重攲字。

魁案：《古本考》以「攲隑，傾側不安也」爲許書原文，非是。《段注》曰：「攲，此複舉字之未刪者。玄應所引云：『攲隑，傾側不安也。』此乃以注家語入正文耳，非是。」段說是。唐寫本《玉篇》469引《說文》：「攲，隑也。」《慧琳音義》卷二十九「鼻梁攲」條：「顧野王云：傾側不正也。《說文》：陋也。從危支聲。」「陋」當是「隑」形近而誤。本書《𨸏部》「隑，攲也」，二字正互訓。合訂之，許書原文當如唐本《玉篇》所引。《慧琳音義》卷六十五「攲鉢」條引《說文》云：「不正也。從危支聲。」疑以他書爲《說文》，不足據。

石部

𥑐（礦）　銅鐵樸石也。从石，黃聲。讀若穬。卝古文礦。《周禮》有卝人。

濤案：《文選・江賦》注、《王子淵〈四子講德論〉》注、《一切經音義》卷二、卷四、卷二十四引皆無「石」字，蓋古本無之。樸在「石」與「銅鐵」之間，非即是石，今本爲淺人妄增。《玉篇》亦無「石」字，諸書「樸」字或作璞，乃別體字。

又案：《五經文字》：「卝，古患反，見《詩・風》，《說文》以爲古卵字。」《九經字樣》曰：「卝卵，上《說文》，下隸變。」段先生、嚴孝廉皆以爲《說文》卵字作卝，此重文礦字，爲後人妄增。濤謂元應書卷二、卷四、卷二十四皆云：「古文𥑐，《字書》作礦（當作礦）。」疑許書重文本作𥑐字，許君所見《周禮》亦作「𥑐人」，淺人見今本《周禮》作「卝」，遂改「𥑐」爲「卝」，又據《字林》改「卝」字爲「卵」。（《五經文字》云：卝，《字林》不見。段先生曰：可證卝變爲卵始於《字林》）而唐本之舊不可復合矣。

魁案：《古本考》認爲無「石」字，是。唐寫本《玉篇》470引《說文》作：「銅鐵樸也」，無「石」字。《慧琳音義》卷十五「金礦」條、卷四十九「礦論」條引《說文》同唐本《玉篇》所引，許書原文當如是。卷十二「金礦」條引《說

文》作「銅鐵樸謂之礦也」。卷三十一「在礦」條、卷六十九「鐵礦」並引《說文》作「銅鐵璞也」,「璞」字當作「樸」。卷七十「金礦」條轉錄《玄應音義》,引《說文》作「銅璞也」,乃奪「鐵」字,又誤樸爲璞。卷八「出礦」條、「銷礦」條並衍「石」字,誤樸爲璞。卷三十九「銀礦」條衍「石」字,奪「璞」字。卷八十三「銀礦」條衍「金等」二字,璞字亦誤。

硬（硬） 石次玉者。从石,奘聲。

濤案:《文選·西都賦》、《西京賦》注皆引作「石之次玉也」,蓋古本有「之」字文義始完。

魁案:《古本考》是。唐寫本《玉篇》470硬下引《說文》云:「石之次玉也。」許書原文當如是。《慧琳音義》卷九十九「硬石」條引《說文》作「石似玉也」,誤。

碣（碣） 特〔註241〕立之石。東海有碣石山。从石,曷聲。碣古文。

濤案:《一切經音義》卷十五引「碣,特立石」,《文選·班孟堅〈燕然山銘〉》注引「碣,立石也」,皆節引,非完文。

魁案:《古本考》是。唐寫本《玉篇》471碣下引《說文》云:「特立石也。東海有碣石。」據今二徐本,唐本《玉篇》所引當奪「山」字。《慧琳音義》卷五十八「三碣」條轉錄《玄應音義》,與卷八十三「豐碣」條並引《說文》作「特立石也。」合訂之,許書原文當作「特立石也。東海有碣石山。从石,曷聲。」

礫（礫） 小石也。从石,樂聲。

濤案:《爾雅·序》釋文引「礫,小礓石」,是古本有「礓」字。然《釋山》釋文引無「礓」字,而《一切經音義》卷六、《文選·高唐賦》注、《後漢書·黨錮傳贊》注所引皆同。《華嚴經音義》下亦引「小石曰礫」,是古本無「礓」字。此字許書所無,《雅·序》釋文傳寫誤衍。

魁案:以無「礓」字者爲是。唐寫本《玉篇》471引《說文》與今二徐同。《慧琳音義》卷十二、五十、八十一「沙（砂）礫」條,卷二十四、二十七、

〔註241〕刻本原作「時」,據《校勘記》抄本作「特」,今據以正。

三十、三十七、四十三、四十五、六十二「瓦礫」條，卷十六、七十八「礫石」
條，卷四十二「投礫」條，卷九十二「既礫」條，卷九十七「磧礫」條俱《說
文》同今二徐本，許書原文當如是。《慧琳音義》卷「穿沙礫」條所引奪「也」
字。卷三十三「砂礫」條引作「砂礫小石也」，衍「砂」字。卷二十三「瓦礫荊
棘株杌」條引作「小石曰礫也」，義同，非許書原文。卷三「瓦礫」條引作「碎
石也，亦小石也」，卷六「瓦礫」條引作「小石也。亦碎石也。麤砂也」，唯「小
石也」乃許書之文。

隘（磧）　水陼有石者。从石，責聲。

濤案：《一切經音義》各卷皆引「水陼有石曰磧」，惟二十五卷「磧」下多
一「灘」字，乃傳寫誤衍。《文選·吳都賦》注引作「水渚有石也」，乃傳寫奪
一「者」字，今本亦奪「也」字。渚，陼字之別。

魁案：《古本考》認爲《文選》注引奪「者」字，非是。唐寫本《玉篇》471
引《說文》：「水渚有石也。」《慧琳音義》卷四十二「磧中」條、卷四十八「砂
磧」條、卷五十六「大磧」條皆轉錄《玄應音義》，引《說文》云：「水渚有石
曰磧。」卷七十一「砂磧」條亦轉錄，引作「渚水有石曰磧」，「渚水」二字誤
倒。卷五十三「磧中」條引同唐本《玉篇》所引。合訂之，許書原文當作「水
渚有石也」，今二徐本「陼」「者」二字皆誤。

碚（硈）　石堅也。从石，吉聲。一曰，窒也。

濤案：《廣韻·十四黠》引無「石」字，葢傳寫誤奪，非古本如是。

礐（硻）　餘堅者。从石，堅省。

濤案：《廣韻·十三耕》引作「餘堅也」，葢古本如是。此處當作「也」，不
應作「者」。

魁案：《古本考》是。唐寫本《玉篇》473 硻下引《說文》：「餘堅也。」許
書原文如是。

哲（砓）　上摘巖空青珊瑚墮之。从石，折聲。《周禮》：有砓蔟氏。

濤案：《文選·吳都賦》注引「砓，摘空青珊瑚墮之。珠玉潛伏土間，隨

四時長」，蓋古本如是，今本誤奪誤衍。

　　魁案：唐寫本《玉篇》473 晢下引《說文》云：「山擿山巖空。」前一「山」字當爲「上」字之誤，「空」下當有奪文，今不可知。

磻（磻）　以石著惟繳也。从石[註242]**，番聲。**

　　濤案：《文選・西京賦》注、《嵇叔夜〈贈秀才入軍詩〉》兩見，皆無「惟」字，蓋古本如是。言繳不必再言惟矣，今本義得兩通。

　　魁案：《古本考》非是。唐寫本《玉篇》474 磻下引《說文》：「以石著惟繳也。」唐本「惟」字左邊有誤，然仍可斷定許書原文本有此字。唐本「著」字與小徐同，大徐作「箸」，當作「著」。繫、繳異體。許書原文當作「以石著惟繳也」。

硯（硯）　石滑也。从石，見聲。

　　濤案：《文選・江賦》注引「硯，滑石也」，蓋古本如是。賦文云：「綠苔鬖髿乎研上（注研與硯同）」，則當作「滑石」，不當作「石滑」矣。

　　魁案：《古本考》非是。唐寫本《玉篇》475 硯下引《說文》作「石滑」，奪「也」字。今二徐本同，許書原文如是。

補 礦

　　濤案：《汗簡》卷中之二云：「礦，見《說文》」，是古本有礦篆，并有重文矣。《廣雅・釋器》云「碬礦」，即礦字之別[註243]。

補 礩

　　濤案：《御覽》百八十八居處部引「礩，柱下石也。古从本，今以石」，是古本有礩篆，其說解如此。二徐既奪去此篆，大徐轉以入之《新附》，誤矣。

補 磉

　　濤案：《一切經音義》卷十一引「磉，柱下石」，此字蓋从石桑聲，今奪。

〔註242〕「石」字刻本缺，今補。

〔註243〕「釋器」之「器」刻本原缺，今補。又，今檢《廣雅・釋器》云：「碬礦也」，疑上「礦」字當作「碬」。

魁案：《慧琳音義》卷五十二「櫨鎟」條轉錄《玄應音義》，引《說文》同沈濤所引，許書原文當有此篆。

補磾

濤案：《廣韻·十二齊》引「磾，染繒黑石，出琅邪山。」字从石單聲，今奪。

補磔

濤案：《一切經音義》卷八引「磔，張也，開也」，卷十引「磔，辜也」，是古本有磔篆，今奪。

魁案：《古本考》是。《慧琳音義》卷四十六「磔牛」條轉錄《玄應音義》，引《說文》云：「磔，辜也。」卷五十九「磔手」亦轉錄，引作「亦披磔也」。《慧琳音義》卷五十三「五叉磔」條引《說文》作「辜也。從桀石聲。」《希麟音義》卷一「磔裂」條引作「殺而張膊也」。是許書原文有「磔」篆，當作「辜也。從桀石聲」。

長部

（長）　**久遠也。从兀，从匕。兀者，高遠意也。久則變化。亾聲。者，倒亾也。凡長之屬皆从長。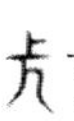古文長。亦古文長。**

濤案：徐鍇《祛妄》云：「《說文》曰：『从兀从匕从到亾。』陽冰云：『非到亾聲，到亡不亾也。』臣鍇以爲《說文》傳寫寔多聲字，非愼之過。」然則當塗、楚金所見《說文》本皆作「从到亾聲」，不得如今本所作，此與「去」之从到子同意。

魁案：《古本考》是。《慧琳音義》卷六「纖長」條：「《說文》云：久遠也。從兀。兀，高遠意也。從上（匕），久則化變也。從倒亡字。已上並說篆文長字，會意字也。」此引文字與二徐稍異，引者續申「會意字也」，許書原文當以會意解之。

（肆）　**極陳也。从長，隶聲。或从髟。**

濤案：《左氏》文四年傳正義云：「《說文》肆訓爲陳，字从長聿聲。」聿乃

隸字之誤，葢古本無「極」字。經典中訓肆爲陳，如《詩‧楚茨》《行葦》傳、《時邁》箋，《儀禮‧鄉飲酒》《鄉射》《燕禮》注不一而足，而無訓「極陳」者，今本「極」字誤衍。《廣韻‧六至》引同今本，乃後人據今本改。

𧋈（蚨）　蚅惡毒長也。从長，失聲。

　　濤案：《爾雅‧釋魚》釋文引作「蚅毒長也」，是古本無「惡」字，今本誤衍。《玉篇》亦云「蚅毒長也」，當本許書。

勿部

勿（勿）　州里所建旗。象其柄，有三游。雜帛，幅半異。所以趣民，故遽稱勿勿。凡勿之屬皆从勿。𣃟勿或从㫃。

　　濤案：《顏氏家訓‧勉學篇》引「勿者，里州所建之旗也，象其柄及三游之形，所以趣民事，故忽遽者稱爲勿勿。」詞義較完，葢古本如是。《韻會‧一東》引亦同，是小徐本尚不誤也。《廣韻‧八物》引同今本，乃後人據今本改，「者」字乃顏氏所足。

而部

耏（耏）　罪不至髡也。从而，从彡。耐或从寸。諸法度字从寸。

　　濤案：《禮記‧禮運》正義引「耐者鬚也，鬚謂頤下之毛，象形字也。古者犯罪以髡其鬚謂之耏罪，故字从寸，寸爲法也，以不虧形體，猶堪其事，故謂之耐」，所引疑是注中語。

　　又案：《一切經音義》卷十四云：「耏，本从刀。杜林改從寸。」當亦古本有是語，「从刀」無義，乃「从彡」傳寫之誤。《漢書‧高帝紀》注引應劭曰：「杜林以爲法度之字皆从寸。」仲遠說字往往與許書相合。

　　魁案：《古本考》認爲許書原文有「杜林改從寸」等語，非是。所引出自《玄應音義》卷十四「不耐」條，全文作「奴代反。《三蒼》：耐，忍也。字本从刀。杜林改從寸。」此引不言《說文》，不足爲據。《慧琳音義》卷二十「傲慢耐」條：「《說文》作耐（耏）古字也。從彡從而。又云：或從寸作耐。諸法度也故從寸。」「又云」以下一釋重文，二釋從寸之由，並與今二徐合。卷四十一「不

耐」條引《說文》云：「罪至不髡。從寸逐而。或作耏也。」「逐」字當爲「從」字之誤。「髡」下奪也字。卷四十五「堪耐」條：「《說文》從彡而聲。古字也。」此三引其二以會意解之，其一以形聲解之，今小徐作「从彡从而亦聲」，較勝。合訂之，許書原文當作「罪不至髡也。从彡从而亦聲。耐，或从寸。諸法度字从寸。」

豕部

（豯）　　生三月豚，腹豯豯兒也。从豕，奚聲。

　　濤案：《初學記》二十九獸部、《御覽》九百三獸部引作「肫生三月也」，蓋古本「豚」字在「生」字上，當乙正。肫，豚字之俗。

（豵）　　生六月豚。从豕，從聲。一曰，一歲豵，尚叢聚也。

　　濤案：《初學記》二十九、《御覽》九百三獸部引作「豚生六月也」，又「一歲」下有「曰」字，皆古本如是。

（豰）　　上谷名豬，豰。从豕，役省聲。

　　濤案：《初學記》二十九獸部引「豰，俗名豬曰豰」，「俗」乃「上谷」二字傳寫之誤。《御覽》九百三獸部引亦有「曰」字，則今本無「曰」字者誤。

（豢）　　以穀圈養豕也。从豕，𢍏聲。

　　濤案：《後漢書·蔡邕傳》注引曰「豢，養也」，乃章懷節取「養」字之養[註244]，非古本如此。《禮·樂記》注曰：「以穀食犬豕曰豢。」《月令》注曰：「養牛馬、芻犬豕曰豢。」許、鄭義正同矣。

　　魁案：《古本考》是。《慧琳音義》卷九十五「蒭豢」條引《說文》云：「穀圈養豕也。」奪「以」字。今二徐本同，許書原文如是。

（豲）　　逸也。从豕，原聲。《周書》曰：「豲有爪而不敢以撅。」讀若桓。

[註244] 據《校勘記》，抄本「養」字當作「義」，是。

濤案：《六書故》引唐本《說文》曰「豕屬也」，蓋古本如此。《篇》、《韻》皆云「豕屬」，《廣雅·釋畜》：「豕屬有𤝔。」段先生曰：「二徐皆云逸也，乃以下文《逸周書》割一字為之。」

𧰨（豦） 鬥相丮不解也。从豕、虍。豕、虍之鬥，不解也。讀若蘮蒘草之蘮。司馬相如說：豦，封豕之屬。一曰，虎兩足舉。

濤案：《廣韻·九魚》引「豕虍之鬥不解也」作「豕虍之鬥不相捨」，蓋古本如是。今本涉上文而誤耳。

𧰼（豩） 二豕也。𢖜从此。闕。

濤案：《汗簡》卷中之二云：「𢖜肆，見石經，《說文》音銑，又音邠。」此即豩字之重文，非肆字也。本部𢑱為豕古文，故𢖜為豩古文。許書音伯貧切，又呼關切，其非肆字可知，此字亦不應見《石經》，皆傳寫之誤。

補 𧱬

濤案：《詩·漸漸之石》釋文云「駁，《說文》作豥」，是古本有豥篆矣。《爾雅·釋獸》：「四蹢皆白。」豥豥實經典正字，今奪。

希部

𢄒（彙） 蟲，似豪豬者。从希，胃省聲。𧑣或从虫。

濤案：《廣韻·八未》引「彙蟲也，似豪豬而小」，蓋古本如是，今本為二徐妄刪。

豚部

𧱴（豚） 小豕也。从彖省，象形。从又持肉，以給祠祀。凡豚之屬皆从豚[註245]。𦜕篆文从肉、豕。

濤案：《爾雅·釋獸》釋文云：「豚，《說文》作𦜕，籀文也。」蓋謂《爾雅》之作豚乃用籀文字。《玉篇》𦜕字下亦云：「豚籀文。」則今本「篆文」乃

〔註245〕刻本「豚」字在「篆文」二字前，今正。

「籀文」之誤。

濤案：《古本考》認爲「今本篆文乃籀文之誤」，是《慧琳音義》卷九十五「豚魚」條：「《說文》正作𧱯，小豕也。從彖者，象形也。從持月，目給祠祀。從肉作豚，篆文字。」所引与今二徐稍異，亦以「豚」爲篆文字。「從持月」當從二徐作「從又持月（肉）」。

豸部

𧱸（豸）　獸長脊，行豸豸然，欲有所司殺形。凡豸之屬皆从豸。

濤案：《爾雅・釋蟲》釋文引作「有所伺殺也」，蓋古本「殺」下有「也」字，「形」上有「象」字，今本誤奪。《廣韻・四紙》引同今本，乃後人據今本改。許書無「伺」字，即司字之別。

魁案：《慧琳音義》卷九十四「蟲豸」條引《說文》云：「豸，獸長脊行曰豸。」乃節引，非完文。

豺（豺）　狼屬，狗聲。从豸，才聲。

濤案：《史記・相如傳》正義引「狼屬」作「狼爪」，蓋古本如是。《左氏》閔元年傳正義引同今本，義得兩通。

魁案：《古本考》非是。《慧琳音義》卷十二、四十一「豺狼」條，卷八十「豺虎」條，卷八十三「豺兒」條，卷九十七「豺武」條，卷九十九「豺犬」條及《希麟音義》卷一「豺狼」條俱引《說文》作「狼屬也」。卷七十六「豺貍」條與卷九十五「豺獺」條並引《說文》云：「狼屬，狗足。」合訂之，許書原文當作「狼屬，狗足也。」

貘（貘）　似熊而黃黑色，出蜀中。从豸，莫聲。

濤案：《御覽》九百八獸部引無「而黑」二字，蓋古本如是，今本誤衍。

貈（貈）　似狐，善睡獸。从豸，舟聲。《論語》曰：「狐貈之厚以居。」

濤案：《御覽》九百九獸部、《廣韻・十九鐸》引皆同今本，惟《列子・湯問》釋文引云：「貈（即貈字），狐類也。」義得兩通。

魁案：《古本考》不必「義得兩通」。《慧琳音義》卷五十一「狐貈」條引

《說文》云：「似狐，善睡獸也。從豸（音雉）冗聲，或作貁。」「獸」下較今本多一「也」字。又今二徐本無「貎」，當以「貁」爲正字。卷六十三「狐貁」條引云：「貁，似狐，多睡。」據此，許書原文當作「似狐善睡獸也。从豸，舟聲。《論語》曰：『狐貁之厚以居。』」

貂（貂） 鼠屬。大而黃黑，出胡丁零國。从豸，召聲。

濤案：《後漢書・東平王蒼傳》注、《藝文類聚》九十五獸部，《御覽》九百十二獸部引皆無「胡」字，蓋古本如是，今本誤衍。《御覽》「黑」下有「色」字，亦古本有之，章懷書傳寫偶奪耳。

貉（貉） 北方豸種。从豸，各聲。孔子曰：「貉之為言惡也。」

濤案：《書・周官》釋文引作「貉之言貉，貉，惡也」，蓋古本如是。許書無貊字，即狛字之別，《犬部》「狛，如狼，善驅羊」，貉本訓狛，故經典假借作貊，而以此爲狐貉字。《詩・韓奕》、《論語・衛靈公》、《禮記・中庸》釋文皆引作「北方人也」，是古本有「人」字，元朗節引去「豸種」二字耳。

魁案：《慧琳音義》卷八十四「戎貉」條：「《說文》從豸各聲。或從百作貊。」是「貊」爲「貉」之異體，二字古音同，均在明母鐸部〔註246〕。卷九十七「戎貊」條：「《周禮》：職方掌九貊之人。鄭眾注云：北方曰貊。《說文》：從豸百聲。《考聲》或作此貉。集作狛，音碧，非義。」是許書原文有「貊」字，《古本考》非是。

貁（貁） 鼠屬。善旋。从豸，穴聲。

濤案：《一切經音義》卷二十一引作「禺屬，善遊」，遊乃旋字之譌，蓋古本作「禺屬」，不作「鼠屬」。貁即《爾雅》之蜼，《周禮・司尊彝》注曰：「蜼，禺屬。」《淮南・覽冥訓》注曰：「貁，猨屬。」則不得爲「鼠屬」。《御覽》九百十三獸部引同今本，乃後人據今本改也。

〔註246〕郭錫良《漢字古音手冊》（增訂本），商務印書館，2010年，第40頁。

𢊊部

𢊊（𢊊）　如野牛而青。象形。與禽、离頭同。凡𢊊之屬皆从𢊊。𢊊古文从几。

濤案：《詩·何草不黃》正義引「兕，野牛，其皮堅厚，可爲鎧」。《左傳》宣二年正義引「兕，如野牛，青毛，其皮堅厚可制鎧」，《一切經音義》卷十七引「兕，如野牛，青色」。《後漢書·馬融傳》注引「兕，似野牛而青色」。《藝文類聚》九十五獸部引作「兕，如野牛，青皮堅厚，可以爲鎧，嶓塚之上其獸多兕」，《御覽》八百九十獸部引同，「堅厚」句其作「毛堅厚可爲鎧」。蓋古本作「兕，如野牛，青色，其皮堅厚，可爲鎧」，《類聚》奪「色其」二字，《御覽》又誤「色」爲「皮」，錯「皮」爲「毛」耳。今本殆爲二徐所刪削。

又案：《龍龕手鑑》引「兕，狀如牛，蒼黑色，一角，重千斤也」，與今本及各書所引皆不同。郭注《山海經》亦有「一角，重三千斤」之語，豈所據《說文》有異本歟？

魁案：《古本考》非是。《慧琳音義》卷八十三「豺兕」條引《說文》云：「如野牛而青。象形。與禽嵩頭同。」今二徐本同，「离」當作「嵩」。卷八十七「鼚兕」條引云：「如野牛而青。象形字。禽、嵩頭同也。」「字」字衍，「禽」上奪「與」字。據此，今二徐本微誤。合訂之，許書原文當作「如野牛而青。象形。與禽、嵩頭同也。」

象部

象（象）　長鼻牙，南越大獸，三年一乳，象耳牙四足之形。凡象之屬皆从象。

濤案：《初學記》二十九獸部引作「象身四足而大」，乃傳寫譌誤，非古本如是。《廣韻·三十六養》所引正同今本。又《初學記》「越」下有「之」字，「三年」作「三歲」，《御覽》八百九十獸部亦同，義得兩通。《白帖》九十七引作「五歲一乳」，《太平廣記》引古訓云：「象孕三歲始產」，則「三」乃「五」字之誤。

豫（豫）　象之大者。賈侍中說：不害於物。从象，予聲。豫古文。

　　濤案：《禮記・曲禮》曰：「定猶與也。」正義云：「《說文》云：猶，獸，玃屬。與，亦是獸名，象屬。此二獸皆進退多疑，人多疑惑者似之也。」與即豫字之假借，「此二獸」以下乃孔氏語或沖遠引《說文》注中語也。

　　魁案：《慧琳音義》卷六十九「猶豫」條引《說文》云：「豫，獸名。從象予聲。」乃節引。

《說文古本考》第十卷上 嘉興沈濤纂

馬部

（馬）　怒也。武也。象馬頭髦尾四足之形。凡馬之屬皆从馬。𢒠古文。𩤃籀文馬。與𩤃同，有髦。

濤案：《廣韻》引《說文》「頭」字上無「馬」字，葢奪文，非古本如是也。《玉篇》云：「馬，武獸也，怒也。」「武」字下多「獸」字，亦顧氏所增，非本《說文》。《御覽》八百九十三獸部引正同今本，作「怒也」、「武也」。

又案：《玉篇》：「𩤃，籀文。𢒠，古文。」是古本篆體如此，若如今本，則古文與籀文無別矣。

（騏）　馬青驪，文如博棊也。从馬，其聲。

濤案：《一切經音義》卷二引「馬文如綦文」，卷四引「馬文如綦曰騏」，卷七引「馬有青驪文，似綦也」，《文選・七發》注引「騏，馬驪文，如綦也」，是古本作「馬青驪，文如綦」。今本誤「綦」爲「棊」，又妄增「博」字耳。《詩・小戎》：「駕我騏馬。」傳曰：「騏，綦文也。」正義曰：「色之青黑者名爲綦，馬名爲騏，知其色作綦文駒。」傳曰：「蒼騏曰騏。」《鳲鳩》傳曰：「騏，騏文也。」騏即綦字之假借。《尚書・顧命》釋文引馬注云：「騏，青黑色。」馬色青驪，故曰文如綦，今本作「博棊」不可通。《荀子・性惡篇》注云：「騹讀爲騏，謂青驪文如博棊。」似唐中葉本許書已有作「博棊」者，故楊氏用之，而二徐因之耳。

魁案：《慧琳音義》卷三十「騏驥」條轉錄《玄應音義》，引《說文》云：「馬有青驪文，似綦也。」與《玄應音義》沈濤所引同。卷二十六「麒麟」條：「經文作騏驎字。《說文》云：馬文如綦文者也。」與《玄應音義》卷二所引同，《古本考》可從。

（驪）　馬深黑色。从馬，麗聲。

濤案：《詩・魯頌》、《爾雅・釋畜》釋文兩引《說文》云：「深黑色馬也（《爾雅音義》引無也字）。」「馬」字在「色」字下，以本書本部通例證之，今本未

誤。蓋釋文傳寫移馬字於下，非古本如是。《史記・匈奴列傳》索隱引云「驪，黑色」，此小馬有所節取矣。

騢（騢） 馬赤白雜毛。从馬，叚聲。謂色似鰕魚也。

濤案：《爾雅・釋畜》釋文引作「馬赤白雜色，文似鰕魚也」，《詩・魯頌》釋文又引作「赤白雜色，文似鰕魚。」蓋古本如是。且二句皆當在「从聲」之上，今本「色」字誤作「毛」，「文」字誤作「色」，又衍「謂」字，以「从馬叚聲」隔之，皆非也。

騅（騅） 馬蒼黑雜毛。从馬，隹聲。

濤案：戴侗《六書故》云：「騅，徐本《說文》曰：蒼黑雜毛。」正謂唐本不如是也。歷攷《玉篇》、《廣韻》、《經典釋文》俱云「蒼白雜毛」，而《釋畜》及毛傳皆同，未有言「黑」者，「蒼黑」、「黑」字爲今本譌誤無疑，以《六書故》證之可見。

駱（駱） 馬白色黑鬣尾也。从馬，各聲。

濤案：《爾雅・釋畜》釋文引作「白色馬，黑毛尾也」，蓋古本如此。毛當作髦，見《詩》釋文所引樊孫《爾雅注》，今本誤髦爲鬣耳。「白色馬」當從今本作「馬白色」。

驄（驄） 馬青白雜毛也。从馬，悤聲。

濤案：《爾雅・釋畜》釋文引云「青黑雜毛馬」，「白」作「黑」，又倒「馬」字於末，以本部通例之，「馬」字當在首。又《玉篇》、《廣韻》皆作「青白」，不作「黑」，此元朗書傳寫有誤，非古本如是也。

魁案：《古本考》是。《類聚抄》卷十一牛馬部「驄馬」下引《說文》云：「驄，青白雜毛馬也。」「馬」字當在「青」上，本部「騢，馬赤白雜毛」辭例與此同。今二徐本同，許書原文如是。

驃（驃） 黃馬發白色。一曰，白髦尾也。从馬，票聲。

濤案：《史記・衛青傳》正義引「驃，黃馬鬣白色，一曰髦尾」，發與鬣聲

相近，以下文「騜，馬頭有發赤色者」例之，則作「發」爲是，若作鬣，便與下「白髦尾」無別矣。「一曰」下《史》正義亦奪「白」字。

　　魁案：《古本考》是。《類篇》卷二十八、《六書故》卷十七所引並同今二徐本，許書原文如是。《類聚抄》卷十一牛馬部「驃馬」下引《說文》云：「驃，黃白色馬也。」既倒又奪。

驈（駓）　黃馬白毛也。从馬，丕聲。

　　濤案：《六書故》引唐本作「黃馬白雜毛」，蓋今本奪「雜」字。《釋畜》、《毛傳》皆曰「黃白雜毛曰駓」，無「雜」字便與古訓背戾矣。

騽（騽）　馬豪骭也。从馬，習聲。

　　濤案：《爾雅・釋畜》釋文云：「騽，《說文》作驔，音簟。」是唐初本有「驔」無「騽」明甚。《玉篇》騽字下云：「驪馬，黃脊。又馬豪骭。」一字兼二義，未嘗分析。蓋騽與驔本非兩字，而《說文》初無「騽」篆，古本當云：「驔，驪馬黃脊，一曰馬豪骭也。」後人添入騽篆，又以一訓分裂二處，宜以元朗書破其謬。

驁（驁）　駿馬。以壬申日死，乘馬忌之。从馬，敖聲。

　　濤案：《御覽》八百九十三獸部引作「驁，駿馬也，以壬申日死，乘馬者忌之」。蓋古本如是。今本妄刪「也」、「者」二字耳，「者」字尤不可刪。

驥（驥）　千里馬也，孫陽所相者。从馬，冀聲。天水有驥縣。

　　濤案：《一切經音義》卷七引作「驥，千里馬也。孫陽所相者也，赤驥也」，蓋古本有「一曰赤驥也」五字。又元應書云「又作驥」，而《玉篇》、《廣韻》驥下皆列「驥」，云「上同」，疑出《說文》，是古本尚有驥字重文，今奪。

　　魁案：《古本考》非是。《慧琳音義》卷三十「騏驥」條轉錄《玄應音義》，引同沈濤所引，有「赤驥也」三字。卷八十三「仙驥」條引云：「千里之馬，孫所相者也。」卷九十五「苾驥」條引云：「千里馬也。孫陽所相者也。」卷九十七「騄驥」條引云：「冀，謂千里之馬，孫陽所相者也。」「冀」當作「驥」。三引皆無「赤驥也」三字，是許書原文本無。又，卷九十八「駕與驥足」條、

卷一百「神驥」條並引作「千里馬也」，卷一百「慕驥」條引作「千里之馬也」，皆節引。「之」字當引者所足。合訂之，許書原文當作「千里馬也，孫陽所相者也。」

驟（駿）　馬之良材者。从馬，夋聲。

濤案：《一切經音義》卷二引作「駿，馬之才良者也」，卷二十一引作「駿，馬才良者也」（奪之字），卷二十二引「駿，才良者也」，蓋古本如是。今本「良材」誤倒，又「才」誤「材」。《華嚴經音義》上引「謂馬之良才也」，當亦傳寫誤倒，「謂」字乃慧苑所足。

魁案：《慧琳音義》卷二十二「駕以駿馬」條轉錄《慧苑音義》，引《說文》同沈濤所引。卷十五「驥駿馬」條與卷七十五「駿足」條並引作「馬之良才也」。卷十四「駿疾」條及卷八十九「駿逸」條並引同今二徐本，後者多一「也」字。卷二十六「駿馬」條引作「駿爲馬之才良者也」，「才良」誤倒。卷四十四「駿疾」條引作「馬之良者也」，當脫「才」字。卷八十三「郵駿」條引作「馬良才也」，當奪「之」字。諸引所焦有二：是「才」抑或「材」；句末是「者」、「也」抑或「者也」。據引文觀之，作「才」者居多。又，徐灝《說文解字注箋·才部》：「才、材古今字。因才爲才能所專，故又加木作材也。」故許書引文當作「才」。本部之訓，多以「也」字束之，引文亦多如是，不必再增「者」字。合訂之，許書原文當作「馬之良才也」。《慧琳音義》卷八十九「駿捷」條引作「良馬也」，此下文「驍」字之訓，當是竄誤。《古本考》非是。

驍（驍）　良馬也。从馬，堯聲。

駫（駫）　馬盛肥也。从馬，光聲。《詩》曰：「四牡駫駫。」

濤案：《詩·駉》釋文云：「駉，古熒反，《說文》作驍，又作駫，同。」是古本《說文》「駫」爲「驍」之重文，「驍」字下當引《詩》「驍驍牡馬」，「駫」字下無偁《詩》，今本乃二徐妄改。《毛傳》云「駉駉，良馬腹幹肥張也」，正與許解相合。古本當作「驍，良馬肥盛（據《廣韻》正）也」。今乃以「良馬盛肥」分注於二字之下，誤矣。又本部「駉，牧馬苑也，从馬冋聲。《詩》曰：在駉之野」，是許君所見《毛詩》本「駉」字作「驍」，「坰」字作「駉」，「冋」即「坰」

之正字，以其在「林外遠野」，故字從冋，以其爲「牧馬之苑」，故字從馬。《魯頌》之以「駉」名篇，乃以「駉野」而名，非以「駉馬」而名也。故下文云「薄言駉者，有驕有皇」云云，亦言「驕」、「皇」、「驪」、「黃」，諸馬牧苑中有之耳。鄭於「在坰之野」箋云：「必牧於坰野者，避民居與良田。」於「薄言駉者」箋云「坰之牧地，水草既美，牧人又良」云云，是明以「駉」爲「牧苑」，蓋康成所據《毛詩》本與叔重同。今毛傳乃云「牧之坰野」，則駉駉然與許鄭不同者，當是王子雍輩妄爲改竄，以難鄭耳。余謂欲求毛詩眞本當於說文中求之。

　　又案：《毛傳》「坰」字當爲「駉」字之誤，「駉駉」當是「驍驍」之誤，則與許書便合。臧茂才（琳）疑爲李陽冰改，錢少詹又謂「許君兼收二文」，皆據今之誤本《毛傳》，而轉疑不誤之許書也。

　　又案：《文選·赭白馬賦》注、《一切經音義》卷十三皆引「驍，良馬也」，與今本同，是二書節引，非古本如是。

　　魁案：《古本考》認爲今本「良馬也」乃節引，非是。《慧琳音義》卷五十五「驍勇」條轉錄《玄應音義》，引《說文》云：「良馬駿名也。」「駿名」二字當是誤衍。卷七十一「驍健」條轉錄引作「良馬駿勇」，「駿勇」亦衍，又奪「也」字。《慧琳音義》卷九十四「驍捍」引同今二徐本，許書原文如是。

驕（驕）　　馬高六尺爲驕。從馬，喬聲。《詩》曰：「我馬唯驕。」一曰野馬。

騋（騋）　　馬七尺爲騋，八尺爲龍。從馬，來聲。《詩》曰：「騋牝驪牡。」

　　濤案：《御覽》八百九十三馬部引曰：「高六尺曰驕，七尺曰騋，八尺曰龍。」「爲」字作「曰」，蓋古本如是。其節去兩「馬」字，則古書節引之例，非今本有衍字也。

駁（駁）　　馬赤鬣縞身，目若黃金，名曰媽。吉皇之乘，周文王時，犬戎獻之。從馬，從文，文亦聲。《春秋傳》曰：「媽馬百駟。」畫馬也。西伯獻紂，以全其身。

　　濤案：《漢書·王莽傳》注引晉灼曰：「許愼《說文》：文馬縞身金精，周成王時犬戎獻之。」是古本「目若黃金」四字作「金精」二字，「文王」作「成王」，

其他與今本不同者，則古人節引之例，不得以此疑後人妄竄也，「文馬」當作「駁馬」，《漢書》注因傳文「文馬」字而誤耳。

驤（驤）　馬之低仰也。从馬，襄聲。

濤案：《後漢·班固傳》注引「驤，舉也」，蓋古本一曰以下之奪文。

魁案：沈濤所言乃《後漢書·班固傳》引班固《西都賦》之文，文曰：「列棼橑以布翼，荷棟桴而高驤。」李賢注有云：「《說文》曰：棼，複屋之棟。橑，椽也。翼，屋之四阿也。荷，負也。驤，舉也。」棼、橑之訓今本《說文》誠有之，然「翼」以下則非本《說文》矣，許書斷無「舉也」一訓可知。《慧琳音義》卷九十六「高驤」條引《說文》云：「馬低仰也。」《慧琳音義》卷八十九「龍驤」條引《說文》云：「驤，低昂也。」當有脫文，大徐「昂」字入《新附》。《希麟音義》卷十「騰驤」引《說文》云：「馳也。」此不足據，《慧琳音義》卷五十一「鶩驤」條：「薛注《西京賦》云：驤，馳也。《說文》竝從馬，務襄皆聲。」此薛注與《說文》並舉，許書當無此訓可知。卷六十一「騰驤」條引作「馬奔走也」，亦不足爲據。今二徐本同，合訂之，許書原文如是。

騑（騑）　驂旁馬。从馬，非聲。

濤案：《文選·曹植〈洛神賦〉》注引曰：「騑，驂駕也。」又《北征賦》注、陸機《贈弟士龍詩》注、《左氏》桓三年傳正義引曰：「騑，驂旁馬也。」與今本同，則《洛神賦》注「駕」字乃「旁馬」二字之誤。《禮記·檀弓》正義引無「驂」字，亦是傳寫誤奪。

魁案：《古本考》是。《慧琳音義》卷三十三「驂駕」條轉錄《玄應音義》，下引《說文》云：「驂旁馬曰騑。」今二徐本同，合沈濤所引，許書原文當作「驂旁馬也」。

駢（駢）　駕二馬也。从馬，并聲。

濤案：《文選·張景陽〈七命〉》注引云：「餅，並也。」[註247]疑古本尙有「一曰並也」四字，今奪。《廣韻·一先》「餅，并駕二馬」[註248]，或古本

〔註247〕據文意餅當作駢。

〔註248〕據文意餅當作駢。

作「並駕二馬也」，今本奪「並」字，《選》注則有所節取耳。

魁案：《古本考》非是。《慧琳音義》卷六十一「駢闐」條引《說文》云：「駢，車駕二馬。」以下文「驂，駕三馬也」例之，「車」字衍，又奪「也」字。今小徐奪「也」字，許書原文當如大徐。

𨏖（驂） 駕三馬也。从馬，參聲

濤案：《一切經音義》卷五引「駕三馬也」下有「居右而驂乘，備非常也」九字，又卷七、卷八引有「旁馬曰驂，居右爲驂。乘者備非常也」十四字，當是庾崇儼《說文》注中語。卷七「三馬」作「四馬」，葢傳寫之誤。又《龍龕手鑑》亦引「右者曰驂也」五字。

魁案：《古本考》是。《慧琳音義》卷二十四「驂駕」條轉錄《玄應音義》，引《說文》云：「駕二馬也。旁馬曰驂，居右爲驂。乘者備非常也。」與沈濤引同，「二」當爲「三」字之誤。卷二十八「驂駕」條轉錄引作「駕三馬也。旁馬曰驂，居右爲驂乘之也。」卷三十三「驂駕」條轉錄引作「駕三馬也。居右而驂乘，備非常也。」三引「居右」以下當非許書之文。卷九十七「驂馭」條引《說文》作「駕之馬也」，「之」字當爲「三」字之誤。今二徐本同，許書原文如是。

𩦅（駙） 副馬也。从馬，付聲。一曰，近也。一曰，疾也。

濤案：《後漢書·魯恭傳》注引曰：「駙馬，副馬也。」又《初學記》儲宮部引云：「駙馬字从馬付聲。一曰駙，近也，疾也。」二書合證，古本「駙」字下當有「馬」字（許書連篆文讀，淺人不知此義，故刪去馬字），「近也」上當有「駙」字。

𩣑（駾） 馬行疾來皃。从馬，兌聲。《詩》曰：「昆夷駾矣。」

濤案：《詩·緜》正義引作「馬行疾皃」，是古本無「來」字，今本誤衍。

𩢲（馴） 馬順也。从馬，川聲。

濤案：《一切經音義》卷七引「謂養鳥獸使服習謂之馴」，卷二十又引「謂養野鳥獸使服謂之馴」，此亦是注中語，乃馴字引伸之義。《文選·鸚鵡賦》注

引「訓，順也」〔註249〕，乃節取，非完文。

魁案：《古本考》是。《慧琳音義》卷二十八「懱馴」條、卷七十六「訓馴」皆轉錄《玄應音義》，引同沈濤所引。又卷七十六「訓馴」條引《說文》：「順也。從馬川聲。」乃奪「馬」字。今二徐本同，許書原文如是。

騷（騷） 擾也。一曰，摩馬。从馬，蚤聲。

濤案：《一切經音義》卷十二引曰：「騷，擾也。又摩馬也。亦大疾也。」是古本「一曰摩馬」下有「也」字，又有「一曰大疾也」五字，今奪。又卷五引「騷擾謂擾動也」下四字乃注中語。

魁案：《古本考》非是。《慧琳音義》卷四十四「騷動」條轉錄《玄應音義》，引《說文》云：「騷，擾也。謂擾動也。」「謂」字以下乃引者續申。卷七十四「騷騷」條亦轉錄，引同卷十二沈濤所引。《段注》曰：「人曰搔，馬曰騷，其意一也。摩馬如今人之刷馬，引伸之義爲騷動，《大雅·常武》傳曰：『騷，動也』是也。《檀弓》注曰：騷騷爾，大疾。」是許書無「大疾」之訓可知。《慧琳音義》卷七十七「騷動」引《說文》作「擾也」，乃節引。今二徐同，許書原文如是。

駔（駔） 牡馬也。从馬，且聲。一曰，馬蹲駔也。

濤案：《六書故》引唐本《說文》曰：「奘馬也。」《文選·魏都賦》注、《廣絕交論》注皆引作「壯馬也」（《赭白馬賦》注引「駔，壯也。蓋傳寫奪馬字），則今本「牡」字乃「奘」字之誤。蓋奘省壯，壯又誤爲牡耳。《爾雅·釋言》：「奘，駔也。」注云：「今江東呼爲大駔，駔猶麤也。」則駔當訓「壯馬」，不當訓「牡馬」。

又案：《後漢書·郭太傳》注引「駔，會也」，《御覽》八百二十八資產部引：「儈，駔馬也」，本書無「儈」字，儈即會字之別。此引當作「駔，馬會也」。傳寫者從俗作儈，又誤倒其文耳。蓋古本作「一曰駔，馬會也」。今本「馬蹲駔」三字義不可通，乃傳寫之誤。《史記·貨殖傳》集解引徐廣曰：「駔，馬儈也」，當本許書爲說。《淮南·泛論訓》：「段干木晉國之大駔。」《御覽》八百二十資

產部引許注曰：「駔，市儈。」與此不同者，葢駔本訓「馬會」，故字从馬而引伸之，則凡「市會」皆謂之駔，猶駔本「奘馬」之稱，凡奘大者皆訓爲「駔」。《後漢書》注引無「馬」字，葢取「合會」「度市」之義，古人引書之例每如此，非章懷所見本不同也。

騰（騰） 傳也。从馬，朕聲。一曰，騰，犗馬也。

濤案：《一切經音義》卷十二引云「騰，傳也。騰亦乘也」，卷十八又引云「騰，傳也。謂傳遞郵驛騰乘也」，「謂傳遞」五字當是庾氏注中語。然元應兩引均有「騰，乘也」之訓，是唐初本有「騰，亦乘也」四字，在「傳也」之下，卷十八奪「亦「字耳。今本缺誤殊甚（《廣韻》引《說文》一曰下無「騰」字）。

魁案：《古本考》非是。《慧琳音義》所引尤爲淆亂。卷六十九「飜騰」條：「《韓詩》云：騰，乘也。無不乘浚也。《廣雅》：騰，奔也。《說文》：馳也。」此引《韓詩》與《說文》並舉，則許書原文當無「乘也」一訓。然據此引許書原文似有「馳也」一訓，實則亦誤。《慧琳音義》卷五「騰踴」條：「《玉篇》云：騰猶跳躍也。王逸注《楚辭》云：騰，馳也。《廣雅》：騰，奔也，上也，度也。《說文》云：騰，傳也。」此引王逸注與《說文》並舉，許書不作「馳也」可知。慧琳書前後失顧。今二徐本同，許書原文如是。《慧琳音義》卷「騰書」條轉錄《玄應音義》，所引殆同卷十八沈濤所引。卷七十四「騰羨」亦轉錄，引同卷十二沈濤所引。

駃（駃） 駃騠，馬父贏子也。从馬，夬聲。

濤案：《初學記》二十九獸部引「贏子」作「驢子」，葢古本作「驢」，不作「贏」。然《初學記》「子」字亦誤，此文當作「馬父驢母也」，葢「驢父馬母爲贏」（見本部注），「馬父驢母爲駃騠」，故孟康謂「生七日而超其母」。許書篆字連注讀，注中駃字亦衍。《史記·匈奴傳》索隱亦作「贏子」，當是後人據二徐本改。

驢（驢） 似馬，長耳。从馬，盧聲。

濤案：《御覽》九百一獸部引「似馬長耳也」，《初學記》二十九獸部引「似

馬而耳長」。「長耳」、「耳長」義得兩通，古本當有「而」字。

魁案：《初學記》卷二十九一引又作「似馬而長耳」。《慧琳音義》卷十七「騾驢」條引《說文》云：「騾者，驢父馬母所生也。又云似馬長耳。」「似馬長耳」正「驢」字之訓。《慧琳音義》卷六「馳驢」條引《說文》云：「云似馬而小，長耳，牛尾。」較《初學記》多「小」、「牛尾」三字，徐堅書早於慧琳，當是。《類聚抄》卷十一牛馬部「驢騾」下亦引《說文》云：「驢，似馬長耳。」

驒（驒）　驒騱，野馬也。从馬，單聲。一曰，青驪白鱗，文如鼉魚。

濤案：《詩‧魯頌》、《爾雅‧釋畜》釋文兩引曰「馬文如鼉魚也」，無「青驪白鱗」四字。《詩‧魯頌》釋文有「青驪鱗曰驒」五字，乃在引《說文》之上，此陸氏用《爾雅》、《毛傳》語，非出《說文》也。《史記‧匈奴傳》索隱「驒奚」下引《說文》：「野馬屬。徐廣：巨虛之類，一云青驪驒，文如鼉。」所云「一云」者乃引徐野民語，非引《說文》也，是古本無「一曰青驪白鱗」六字。又《御覽》九百十三獸部引曰「驒騱，野馬屬」，與《史記》索隱同，是古本「也」字作「屬」，今本亦誤。《廣韻》引《說文》「驒騱野馬也」，乃後人據今本改。

騊（騊）　騊駼，北野之良馬。从馬，匋聲。

濤案：《御覽》九百十三獸部引曰：「騊，騊駼，北野之良馬也。」是古本有「也」字。又九百八獸部引曰：「騊駼，野馬之良也。」兩引不同，疑傳寫有舛誤。

補驤

濤案：《藝文類聚》九十三獸部引《說文》曰：「驤，馬臥土中也。」《玉篇》云：「馬轉臥土中。」是古本有驤篆，經後人謁奪。其訓當如《玉篇》，蓋顧氏據許說也。今本《藝文》奪「轉」字耳。《廣韻‧三十三線》：「驤，馬上浴。」乃別一義。桂大令（馥）曰：「當作馬土浴。」

補騜

濤案：《爾雅‧釋畜》釋文云：「騜，《說文》云：黑馬驪白雜毛。」是元朗

所據本有犞篆，今奪。《詩·大叔》：「于田乘乘犞。」傳云：「驪馬雜毛曰犞。」釋文云：「依字作犞。」

補 駣

濤案：《御覽》八百九十三獸部引「馬三歲曰駣」，是古本有駣篆。《篇》、《韻》並云「駣，馬四歲也」，則「三」乃「四」字之誤。

廌部

廌（廌） 解廌獸也。似山牛，一角。古者決訟，令觸不直。象形，从豸省。凡廌之屬皆从廌。

濤案：《玉篇》云：「解廌獸，似牛而一角。古者決訟，令觸不直者，見《說文》。」是古本無「山」字，「牛」下有「而」字，「直」下有「者」字，今本奪誤。《御覽》八百九十獸部引亦無「山」字，「令」作「命」。《開元占經·獸占》作「似羊，一角」，「令」亦作「命」。

魁案：《古本考》認爲無「山」字，是。裴務齊《正字本刊謬補闕切韻裴·去霽》595所引無「山」字可證。

薦（薦） 獸之所食艸。从廌，从艸。古者神人以廌遺黃帝，帝曰：「何食？何處？」曰：「食薦，夏處水澤，冬處松柏。」

濤案：《御覽》八百九十獸部引「黃帝時有遺帝獬廌者，帝問何食？何處？曰：食薦，春夏處水澤，秋冬處竹箭、松筠」，蓋古本如是。今本奪「春秋」「竹箭」四字，「筠」字當依今本作「栢」。

魁案：《慧琳音義》卷七十六「席薦」條引《說文》云：「獸之所食草也。從艸從廌。」「古者」以下無以取徵。

鹿部

麛（麛） 鹿麛也。从鹿，弭聲。讀若偭弱之偭。

濤案：《文選·吳都賦》注引「麛，麛也」，是古本無「鹿」字。麛爲「鹿子」，言麛即不必更言鹿矣。麛即麛之別體。

麤（麋） 鹿之絕有力者。从鹿，幵聲。

濤案：《御覽》九百六獸部引作「鹿之絕有力也」，疑古本作「鹿之絕有力者也」，今本奪「也」字。《御覽》所引又奪「者」字。

麒（麒） 仁獸也。麋身，牛尾，一角。从鹿，其聲。

麟（麐） 牝麒也。从鹿，吝聲。

濤案：《初學記》二十九獸部引「麒麟，仁獸也。麋身尾肉角（《御覽》獸部同，麋誤作馬）」。〔註250〕《一切經音義》卷二、卷四引「麋身，牛尾，一角，角頭有肉」。《開元占經》一百十六《獸占》引「麟，仁獸也。麋身，牛尾，狼蹄，一角，角端有肉，王者至仁則出」。《一切經音義》卷二十二引「麟，麕身，牛尾，一角，角頭有肉，不履生蟲，不折生草，音中鍾呂，行中規矩，不入陷網，文章彬彬然，亦靈獸也」，蓋古本如是，今本乃二徐妄節其文耳。「狼蹄」當作「狼題」，張揖《上林賦》注曰「雄曰麒，雌曰麟，其狀麋身，牛尾，狼題」，當本許書。《御覽》八百八十九獸部引何法盛《晉中興徵祥說》曰「麟，麕身，牛尾，狼頭，一角」，則知作「蹄」者誤。段先生曰：「經典『麟麒』無作『麐』者，惟《爾雅》从吝而亦云：『本亦作麟。』許書別麟、麐為二，又別麒麟之牝牝，未知許古本固如此不。《玉篇》、《廣韻》皆麟、麐為一字，許書蓋本無『麐』字，淺人所增。今於『麒』篆下補『麒麟』二字，於『仁獸』之上而刪『麐』篆，并解說，則於古經傳及《爾雅》皆無不合。」濤案，經典用假借字，許書本字往往不能盡合，用《爾雅》既作麐字，正許書所本，不得謂許書本無『麐』字。粦、吝聲相近近〔註251〕，《易》「以往吝」，《說文》作「遴」，故麐或假借作麟。《文選·東京賦》「解罘放麟」，薛綜注云「麟，大鹿也」，與許解「大牝鹿」之訓合。是「大鹿」之字作麟，「仁獸」之字作麐，不得混而為一。張揖「雄麒雌麟」之說與許君「麟為牝麒」之解合，《御覽》引《晉中興徵祥說》亦云「牝曰麒，牝曰麟」。不得謂麒麐無牝牝之分。惟經典皆單呼麟，無單呼麒者，「仁獸」之訓宜在「麐」字注。古本當作「麒，牝麐也。麟，麒麐，仁獸也。」「麋

〔註250〕「尾」上當奪「牛」字，《初學記》有此字。

〔註251〕一「近」字當衍。

身牛尾」云云則與經傳《爾雅》皆合，而與《初學記》、《開元占經》、《一切經
音義》所引此書亦無不合矣。

魁案：《古本考》以《玄應音義》卷二十二所引爲許書原文，非是。《慧琳
音義》卷十一「麒麟」條：「《毛詩鳥獸蟲魚疏》云：麒麐者，瑞狩也。王者至
仁則出見。麕身（音君），牛尾，馬足，圓蹄，黃色，一角，端有肉，不傷物也。
其音中鍾呂，行步中規矩，遊必擇地，詳而後處，不履生蟲，不折生草，不群
居，不侶行，不入陷窄，不罹羅網。《説文》亦云：仁狩也。麋（音眉）身，牛
尾，一角。從鹿其聲也。麐者，牝麒也。從鹿聲。」此引陸疏與《説文》並舉，
知「不履生蟲」數語非許書之文。所引《説文》，狩當作獸，與今二徐本殆同。
又，沈濤所引《初學記》卷二十九原文作「許慎《説文》曰：麒麟，仁獸也。
麕身，牛尾，肉角。麒從鹿其聲。麟，牝麒也。從鹿粦聲。」嚴可均曰：「麕即
麋也。」〔註252〕可從，小徐作麋字。

《慧琳音義》卷十四「麒麐」條引作「仁獸也。麋身，牛尾，一角」。麐當
作麋字。卷二十六「麒麟」條引作「仁獸也。頭上一角，角端頭有肉，麝身，
牛尾」。卷九十五「麒軇」條：「《爾雅》：麕身，牛尾，鹿蹄，一角。郭云：角
端有肉。《説文》作麒麐，説與爾雅同。」據此「角端有肉」非許書之語可知。
所引有「鹿蹄」二字，今傳《爾雅》所無，當是誤衍。卷八十五「麒麐」條引
作「仁獸也」，乃節引。由以上所訂，今大徐微誤。小徐作「麒，仁獸也。麋身，
牛尾，一角。從鹿，其聲；麐，牝麒也。從鹿，吝聲。」則許書原文當如今小
徐本。

麋（麋） 鹿屬。從鹿，米聲。麋冬至解其角。

濤案：《一切經音義》卷十一引「麋，鹿屬也。以冬至時而解其角也」，蓋
古本如是。以麞字注「以夏至解角」例之，知今本「麋」字爲「以」字之譌。《御
覽》九百六獸部引「麋，鹿屬也，冬至解角」，「冬」上亦無「麋」字。

又案：元應書凡七引字句微異，卷四引作「鹿屬也，冬至解角者也」，卷八
節引「鹿屬也」三字，卷九引作「麋，冬至解角也」，卷十三、卷十七所引有「者」
字而無「時而」兩字，卷十三又一引云「以冬至解角者也，《説文》「鹿屬也」，

〔註252〕嚴可均《説文校議》，《續修四庫全書》（第213冊），上海古籍出版社，1995年。

當是「以冬至」七字誤倒於「《說文》鹿屬也」之上，古本當如卷十一所引，尚奪「者」字。

魁案：《古本考》認爲「冬至」上有「以」字，是。《慧琳音義》及其轉錄《玄應音義》文字微異，臚列如下。《慧琳音義》轉錄所引凡四見，卷三十三「麋鹿」條引作「鹿屬也」，乃節引。卷四十六「麜麀」引云：「以夏至解角也。麋，冬至解角也。」卷五十二「麋鹿」條引作「鹿屬也。以冬至時解角者也。」卷六十七「麋鹿」條引作「鹿屬也。以冬至解角者。」

《慧琳音義》卷十一「麋鹿」條節引作「鹿屬也」。卷三十一「麋鹿」條引作「鹿屬，以冬至解角」，卷六十「麋鹿」條引作「麋，屬也。冬至時解角」，屬上奪「鹿」字。卷六十二「麋鹿」條引作「鹿屬也。以冬至解角」，卷七十四「麋鹿」條引作「麋，鹿屬也。冬至日解角」。諸引不一，「冬至」上有「以」字當無疑，「冬至」下有無「時」「日」尚可討論。竊以爲許書原文俱無此二字，理由有三：一、諸引「時」字兩見，「日」字一見；二、「冬至」即時令，不必復舉。有「日」字亦欠妥，「冬至解角」當指在其前後，非定指冬至之日。三、卷四十六「麜麀」並舉，以此例之，許書原文當無「時」「日」二字。此訓二徐本皆以「角」字束句，玄應所引或以「者」，或以「也」，或以「者也」束之，慧琳所引皆以「解角」束之，今大徐「麜」下作「以夏至解角」，據此竊以爲「麋」亦當作「以冬至解角」。合以上所考，竊以爲許書原文當作「麋，鹿屬也。从鹿，米聲。以冬至解角。」

麢（麔）　大麋也。狗足。从鹿，旨聲。麔或从几。

濤案：《一切經音義》卷十三引作「麔，似麋而大，猥毛狗足也」，蓋古本如是。《爾雅·釋獸》「麔，大麕，旄毛，狗足」，郭注「旄毛者，猥毛也」，郭即用《說文》以注《爾雅》。本書猥訓「犬惡毛」，此獸似犬，故許以猥毛狗足狀之。今本脫「猥毛」二字，於義不備，又以《爾雅》「大麕」改「似麋」，因譌麕爲麋，誤矣。《山海經》注曰「麔，似獐而大，猥毛，狗腳」。景純正用許語。

麠（麖）　大鹿也。牛尾，一角。从鹿，畺聲。麖或从京。

濤案：《初學記》獸部引《說文》「麠或作麖，或作麔」，以麔爲麠之重文，

恐是傳寫有誤，非古本如此。

麈（麈）　麋屬。从鹿，主聲。

濤案：《御覽》九百六獸部引「麈，鹿屬也。大而一角」，蓋古本如是。麋亦「鹿屬」，不應別出「麋屬」。本部麔、麋《玉篇》亦作「鹿屬」，則知今本「麋」字乃傳寫之誤。《六書故》引唐本曰：「大力一角。」「力」乃「而」字之誤。

又案：《一切經音義》卷十一麔、麈引《說文》下又作「麔，牝鹿也」，以麈、麔爲一物。孫觀察（星衍）曰：「混麈於麔，當有誤」，是也。

魁案：《古本考》是。《慧琳音義》卷三十一「麋麈」條、卷八十九「靮麈尾」條、卷一百「兔麈」條三引《說文》作「鹿屬也。大而一角」，許書原文如是。卷五十七「麋麈」條轉錄《玄應音義》引作「鹿屬也。似鹿而大尾，可以爲拂也」，「似鹿」以下非許書之文。

麝（麝）　如小麋，臍有香。从鹿，射聲。

濤案：《御覽》九百八十一香部引「射聲」下有「黑色麝也」四字，當是庾氏注中語。

魁案：《古本考》是。《慧琳音義》卷四十三「麝香」條引《說文》云：「如小麋臍有香。從鹿射聲。」臍即臍字，香即香字。今二徐同，許書原文如是。

麗（麗）　旅行也。鹿之性，見食急則必旅行。从鹿，丽聲。《禮》：麗皮納聘。蓋鹿皮也。𠀬，古文。丽，篆文麗字。

濤案：《玉篇》「𠀬丽，並古文。丽，篆文」，然《五經文字》及《汗簡》皆以「丽」爲古文，本書丽字亦當作丽。麗从古文得字，不應不見此字也。《玉篇》蓋丽丽二字傳寫誤易。今本籀文亦當從《玉篇》作篆文。

又案：《五經文字》云「从鹿省」，當亦古本如是，今本篆體微誤。

麀（麀）　牝鹿也。从鹿，从牝省。麀或从幽聲。

濤案：《一切經音義》卷九引《說文》：「麀，古文麀，同。」是古本麀乃麀之古文，非或體也。

魁案：《慧琳音義》卷四十六「麚麀」條轉錄《玄應音義》，引《說文》同卷九沈濤所引。卷五十六「麚麀」條亦轉錄《玄應音義》，云：「下又作麀，同。

《說文》：牝鹿也。」兩引不同，小徐本作「或從幽」，竊以爲作或體者是。

麤部

麤（麤）　行超遠也。从三鹿。凡麤之屬皆从麤。

濤案：《公羊》隱元年傳釋文引作「大也」，是古本有「一曰大也」四字。《玉篇》亦云：「麤，大也。」〔註253〕

魁案：《古本考》非是。《慧琳音義》卷二十「麤穬」條云：「《說文》作麤，云：行超遠也。從三麤。」與今二徐本同，許書原文當如是。卷五十「麤澀」條引《說文》云：「比其大小，辨其麤細。古作麤，從三鹿。今省作麁。」所訓非「麤」之本訓，不足據。

兔部

冤（冤）　屈也。从兔，从冖。兔在冖下，不得走，益屈折也。

濤案：「益屈折」《九經字樣》作「善屈折」，蓋古本如是。《一切經音義》十九云：「冤，煩也，屈也。字從冖從兔，兔爲冖覆，不得走善曲折也。」雖不明引《說文》而寔本《說文》，則古本不作「益」。「兔爲冖覆」與「兔在冖下」義得兩通。

魁案：《慧琳音義》卷二十八「煩冤」條、卷四十八「冤結」條、卷五十五「稱冤」條皆引《說文》云：「冤，屈也。」與今二徐本同，許書原文如是。

犬部

犬（犬）　狗之有縣蹏者也。象形。孔子曰：「視犬之字如畫狗也。」凡犬之屬皆从犬。

濤案：《爾雅·釋獸》釋文引作「狗縣蹏者」，蓋陸氏節引，非完文。

狡（狡）　少狗也。从犬，交聲。匈奴地有狡犬，巨口而黑身。

濤案：《廣韻·三十一巧》引無「而」字，《御覽》九百四獸部引又無「地」

字，此兩書各有奪字，非古本如是也。《初學記》獸部引作「狡，犬多毛也」，乃傳寫之誤。

魁案：《古本考》是。今二徐同，許書原文如是。《慧琳音義》卷九十六「狡狗」條引《說文》作「少狗也。從犬交聲也。」乃節引。《希麟音義》卷十「狡猾」條引作「狂也」，當傳寫有誤。

檢（獫）　長喙犬。一曰，黑犬黃頭。从犬，僉聲。

濤案：《初學記》二十九獸部引「黃頭」作「黃頤」，《御覽》九百四獸部引仍作「黃頭」。以下文「狂，黃犬黑頭」例之，則作「頭」者是，《初學記》蓋傳寫之誤。

魁案：《古本考》非是。《慧琳音義》卷七十七「獫玁」條引《說文》云：「黑犬黃頤也。犬之黑名也。」則作「黃頤」者是，《初學記》不誤。「犬之黑名」非許書之文。

昊（臭）　犬視皃。从犬、目。

濤案：《廣韻・二十三錫》引云：「大視皃，亦獸名，猨屬，唇厚而碧色。」蓋古本有「一曰獸名」云云。《一切經音義》卷十三引作「犬視也」，疑古本作「犬視皃也」，今本奪「也」字，元應書又奪「皃」字耳。

魁案：《慧琳音義》卷五十七「臭咤」條轉錄《玄應音義》，下引《說文》同沈濤所引。

默（默）　犬暫逐人也。从犬，黑聲。讀若墨。

濤案：《六書故》引《說文》曰：「犬潛逐人也。」是今本「暫」字乃「潛」字之誤，默有潛義，故假借為靜默之默，此與下猝字注「犬从艸暴出逐人」正相對，以其暴出故假借為凡猝乍之稱，若作「暫」字，則與猝乍義無別矣。《廣韻・二十五德》引同今本，乃後人所改。

又案：狙字注「一曰犬暫齧人者」，狙、驟一聲之轉，《史》《漢》張良傳：「狙擊秦皇帝。」「狙擊」猶言「驟擊」，此即假借暫齧之義。應劭、徐廣訓狙為伺，非也。

魁案：《古本考》非是。《慧琳音義》卷六十一「默報」條引《說文》云：「犬

暫逐人也。從犬黑聲。」卷九十「懱懢」條：「《說文》從犬作默，云：大懯逐人。從犬黑聲。」「大」當作「犬」，「懯」當作「暫」，且奪「也」字。今二徐本同，許書原文如是。

樏（猥）　犬吠聲。從犬，畏聲。

濤案：《龍龕手鑑》引作「眾犬吠也」，蓋古本如是。

魁案：《慧琳音義》卷二「猥雜」條引《說文》作「眾犬吠也」，與《龍龕手鑑》同。卷十五「誼猥」條引作「吠聲」，卷六十三「猥鬧」條、卷一百「猥生」條並引作「犬吠聲也」。今二徐本同，合訂之許書原文當作「犬吠聲也」。

柝（狋）　犬吠聲。從犬，斤聲。

濤案：《初學記》獸部引「狋，壯犬也」，與今本異，疑古本一曰以下之奪文。

㩴（獷）　犬獷獷不可附也。從犬，廣聲。漁陽有獷平縣。

濤案：《一切經音義》卷二引作「犬不可附也」，無「獷獷」二字。《文選‧吳都賦》注引「犬獷不可附也」，以上文猲字注「犬猲猲不附人也」例之，則有「獷獷」二字者是。《前漢書‧敘傳》「獷獷亡秦」，師古曰「獷，麤惡之皃」，即此「獷獷」之義，元應書蓋節引之例，《選》注則正奪一字。

又案：《文選‧劇秦美新》注引「獷，犬不可親附也」，所引多「親」字，蓋古本有之，今《說文》及諸書所引皆奪。又《辯命論》注引作「不可附也」，則有所節取而又奪「犬」字。

魁案：《古本考》認為有「親」字，非是。《慧琳音義》卷二十八「獷強」條、卷九十六「凶獷」條並引《說文》云：「犬獷獷不可附也。」與今二徐本同，許書原文如是。卷三十二「麤獷」條引作「犬獷也獷不可附也」，上「也」字衍。卷十八、十九、二十四、二十六、三十四、四十一「麤獷」條，卷六十六「不獷」條，卷八十二「獷暴」條，卷八十七「愚獷」條諸引皆有譌誤，非許書原文。

獒（獒）　犬如人心可使者。从犬，敖聲。《春秋傳》曰：「公嗾夫獒。」

　　濤案：《左傳》宣二年及《爾雅・釋畜》釋文兩引此書皆作「犬知人心可使者」，是古本作「知」，不作「如」，惟其知人心是以可使，足見許氏立文之精。後人轉寫誤「如」，雖亦可通，終涉迂曲。《御覽》九百四獸引亦作「如」，蓋後人據今本所改。《初學記》獸部引作「犬人心可使也」，不可通，有奪字。

狃（狃）　犬性驕也。从犬，丑聲。

　　濤案：《左氏》桓十三年傳釋文引「狃，狎也」，蓋古本一曰以下之奪文。

獜（獜）　健也。从犬，粦聲。《詩》曰：「盧獜獜。」

　　濤案：《廣韻・十七眞》獜下云「獜獜，犬健也，出《說文》」，然則古本如是，今本奪「獜犬」二字。《玉篇》亦作「獜獜聲也」可證古作「獜獜」，不單作「獜」字。

獧（獧）　疾跳也。一曰，急也。从犬，睘聲。

　　濤案：《文選・射雉賦》注引「狷，急也」，所引即「獧」字訓，狷乃獧字之別體。《孟子》「狂獧」字作「狷」可證，非崇賢所據本別有狷篆也。大徐本增入《新附》，妄甚。

狟（狟）　犬行也。从犬，亘聲。《周禮》曰：「尚狟狟。」

　　濤案：《廣韻・二十六桓》：「狟，大犬也。《周書》曰：尚狟狟。」是《廣韻》所據本作「大犬也」，此條雖未云出《說文》，然連引《周書》「尚狟狟」可證所載皆許氏語。

犮（犮）　走犬皃。从犬而丿之。曳其足，則剌犮也。

　　濤案：《九經字樣》作「犬走皃」，蓋古本如是。今本二字誤倒，當乙正。《玉篇》亦云：「犬走皃。」

戾（戾）　曲也。从犬出戶下。戾者，身曲戾也。

　　濤案：《廣韻・十二霽》戾引「身曲戾」作「身戾曲」當是古本如此，今倒

二字。

　　魁案:《古本考》非是。《慧琳音義》卷三十「獷戾」條引《說文》云:「曲也。從犬出竇下,身曲戾也。」「竇」當作「戶」,卷八「獷戾」條引作「戶」字。據此,當以「身曲戾」爲是。今二徐本同,許書原文如是。《慧琳音義》卷十五「喎戾」條引作「曲也」,乃節引。

　　獨（獨）　犬相得而鬪也。从犬,蜀聲。羊爲羣,犬爲獨也。一曰北囂山有獨狢獸,如虎,白身,豕鬣,尾如馬。

　　濤案:此條「北囂山」以下後人以《山海經》竄改字句,古本不如是。《廣韻·一屋》「獨,《說文》曰:犬相得而鬥也。羊爲羣,犬爲獨。一曰獨狢,獸名,如虎,白身,豕鬣,馬尾,出北囂山」,可證六朝本不誤。今本「犬爲獨」下衍「也」字,其餘句法前後異同雖非大節,目然許書之眞面目不容易也。《玉篇》云:「犬相得而鬥也。故羊爲羣、犬爲獨也,又獨狢,獸名,出《山海經》。」此顧氏據《說文》而自以意刪節,其云出《山海經》者謂許書一曰以下之訓本諸《山海經》也,淺人不知,乃妄以《山海經》改《說文》矣。

　　獫（獫）　秋田也。从犬,璽聲。禰獫或从豕。宗廟之田也,故从豕、示。

　　濤案:《左傳》隱五年釋文云「獫,《說文》作獫,殺也」,《爾雅·釋詁》釋文云:「獫,《說文》或作獫。」《釋天》釋文:「獫,《說文》从繭,或作禰,从示。」同爲元朗所據之本,何以不同若是!蓋古本作獫,不作獫,訓解當云:「殺也,秋田爲獫。」《爾雅·釋詁》:「獫,殺也。」正許君所本。《周禮·大司馬》注、《國語·周語》注、《文選·西京賦》薛綜皆云:「獫,殺也。」亦與許合。惟獫之从繭經典所無,他書亦所罕見,疑《釋天》釋文繭字乃傳寫之誤,當爲《說文》从璽或作禰从示,今本誤奪禰篆耳。璽爲璽之正字,《釋詁》釋文或字亦屬誤衍。

　　獘（獘）　頓仆也。从犬,敝聲。《春秋傳》曰:「與犬,犬獘。」斃獘或从死。

　　濤案:《廣韻·十三祭》、《一切經音義》卷十三所引皆同今本,惟《音義》

卷四引「仆也，躓也」，卷二十引「仆也，頓也」，字句少異而義皆可通。

類（類）　種類相似，唯犬爲甚。从犬，頪聲。

濤案：《廣韻·六至》引無「聲」字，蓋古本如此。段先生謂當作「頪亦聲」是也。

狄（狄）　赤狄，本犬種。狄之爲言淫辟也。从犬，亦省聲。

濤案：此字說解今本多誤奪，合諸書同證可見。《史記·匈奴列傳》索隱引「赤狄，本犬戎種，故多从犬」，《史記·周本紀》正義、《漢書》注《匈奴傳》引「赤狄，本犬種也，故字从犬」，《初學記》獸部引「狄，赤犬也」，《御覽》七百九十九四夷部引「狄，犬種，字从犬。狄之言淫辟也」，九百四獸部引「狄，亦犬也」，《通典》卷一百九十四引「狄本犬種，故从犬」。若依《御覽》則諸書所引脫「亦犬也」三字，而《初學記》「赤」字爲「亦」字之誤。依索隱則諸書「犬種」皆「犬戎種」之誤。依《漢書》注則「犬種」下尚有「也」字。古本當作「狄，亦犬也，赤狄本犬戎種也，故字从犬。狄之爲言淫辟也。从犬亦省聲」方爲完具。段先生據《篇》《韻》改作「北狄戎也」亦恐非許氏本恉。

玃（玃）　母猴也。从犬，矍聲。《爾雅》云：「玃父善顧。」攫持人也。

濤案：《爾雅·釋獸》釋文、《廣韻·十八藥》、《一切經音義》各卷皆引作「大母猴也」，是古本有「大」字。《音義》卷五、卷十引「大母猴也」下有「善攫持人，好顧盼也」八字，卷四、卷九作「善顧盼攫持人也」，卷十六引「大母猴」之下「善攫持人」之上尚有「似獼猴而大，色蒼黑」八字，是古本「矍聲」下有此數語，今本誤奪，遂將「攫持人也」四字衍於《爾雅》文之後，誤甚。《爾雅·釋獸》注云：「似獼猴而大，色蒼黑，能攫持人，善顧盼。」景純正用許君此解語。

魁案：《古本考》認爲許書原文有「大」字，是。《慧琳音義》卷十六「猳玃」條轉錄《玄應音義》，與卷三十一「猴玃」條並《說文》作「大母猴也」，卷四十六之下諸引皆有「大」字亦可證。卷二十九「狐玃」條與卷「狙玃」條引作「母猴也」，奪「大」字。

　　《古本考》認爲許書尙有「似獼猴而大，色蒼黑」八字，非是。《慧琳音義》卷六十五「猳玃」條轉錄《玄應音義》引同卷十六沈濤所引，有此八字，然似不可據。《慧琳音義》卷四十六「狙玃」條轉錄《玄應音義》，引作「大母猴也。善顧昒玃持人也。《尒雅》：玃父善顧。郭璞曰：猳玃也。似獼猴而大，色蒼黑，善玃持人，好顧昒也。」此引《說文》與郭注並舉，若許書原文有此八字，則不必再引郭注矣。又，卷四十九「狙玃」條轉錄引作「大母猴也。善攫持人，好顧昒也。」與沈濤所引同。卷一百「猴玃」條引作「大母猴也。善顧昒玃持人猴者。」亦無「似獼猴」等字，是許書原文本無。諸引「玃持」與「顧昒」順序不同，《慧琳音義》卷二十九「狐玃」條引郭注《爾雅》云：「玃，似獼猴而大，倉黑色，能玃持人，故以爲名，好顧昒。」此釋「玃」命名之由，據此「玃持」當在上，「玃」當作「攫」。據上所考，許書原文當作「玃，大母猴也。從犬，矍聲。善攫持人，好顧昒也。《爾雅》云：玃父善顧。」

猷（猷）　玃屬。似〔註254〕從犬，酋聲。一曰，隴西謂犬子爲猷。

　　濤案：《史記・呂后紀》索隱引「猶，獸名，多疑」，《禮記・曲禮》正義引「猶，獸名，玃屬」，《一切經音義》卷六、卷九、卷十八、卷二十二凡四引作「隴西謂犬子曰猶，猶性多疑，預在人前，故凡不決者皆謂之猶豫也」（卷九無疑字；卷六卷十八曰字作爲，而無疑字也字；卷二十二曰亦作爲而無凡字也字），蓋古本「猶」下多「獸名」二字，孔沖遠言此獸進退多疑，顏師古亦云「此獸性多疑慮」，疑古本「玃屬」下尙有「性多疑」三字，至元應所引「猶，性多疑」云云當是《說文》注中語，非許氏本文。

　　又案：《止觀輔行傳宏決》第四之四引「隴西」作「隴右」，「玃」上有「亦」字，義得兩通。

　　又案：《廣韻・十八尤》引此於「猷」字注下又出「猶」字，云「上同」，是古本《說文》此字作猷，不作猶。然猶、猷皆經典習用字，猶蓋猷之重文，今本爲淺人所刪改，而注中尙作「猷」，則改之未盡也。

　　魁案：《慧琳音義》卷二十七「猶豫」條與卷四十六、四十八、七十二「猶豫」條轉錄《玄應音義》皆引《說文》作「隴西謂犬子爲猶」，且下有「猶

性」云云，非許書之文。卷四十七「猶豫」條引《說文》云：「玃屬也，一曰隴西謂犬子爲猶。」許書原文當如是，猶當作「㺉」。今二徐本「屬」下奪「也」字。

㺉（㺉）　犬屬。腰已上黃，腰已下黑，食母猴。从犬，㱿聲。讀若構。或曰，㺉似羬羊，出蜀北囂山中，犬首而馬尾。

濤案：《文選‧南都賦》注、《初學記》二十九獸部、《御覽》九百十三獸部引「犬屬」皆作「類犬」，蓋古本如是。㺉類犬而非犬屬，猶下文言「狼」之似犬，「（狛）狛」之似狼耳。《廣韻‧一屋》引同今本，乃後人所改。

狼（狼）　似犬，銳頭，白頰，高前，廣後。从犬，良聲。

濤案：《廣韻‧十一唐》及《御覽》九百九獸部皆引作「銳頭而白頰」，「而」字古本有之，今奪。《文選‧班固〈西都賦〉》注引無「而」字，與今本同，蓋後人據今本《說文》改之。

魁案：《慧琳音義》所引《說文》豐富。分兩種情形：

（一）引文作「白額」者。(1)卷二「狐狼」條引作「獸名，似犬，銳頭，白額，高前廣後。」(2)卷五「狐狼」條引作「似犬頭白額。色白者應祥瑞也。」(3)卷十二、四十一「豺狼」條並引作「似犬，銳頭，白額，猛獸也」。(4)卷二十九「豺狼」條引作「似犬，銳頭，白額，高前廣後。耳聳豎口方尾常垂下青黃色或白色甚有力驢馬人畜皆遭害」。(5)卷七十六「狐狼」條引作「似犬，銳頭，白額」。

（二）引文作「白頰」者。(6)卷七十四「虎狼」條引作「似犬，銳頭，白頰，高前廣後」，卷八十四「豺狼」同此。(7)《希麟音義》卷四「豺狼」條引作「似犬，銳頭而白頰」。(8)卷七「虎狼」條引作「似犬，白頰，銳頭」。(9)《類聚抄》卷十八毛群部「豺狼」條下《說文》云：「狼，似犬而銳頭白頰者也。」

據諸引許書原文有「似犬，銳頭，高前廣後」之訓當無疑，問題糾於「白額」與「白頰」。今二徐本、《類篇》卷二十八、《六書故》卷十七、《集韻》卷三所引均作「白頰」，許書原文當如是。凡狀物，必得其要，「銳頭」已該「額頭」之義，不必復舉。諸引作「額」者，當因與「頰」形近而誤。《古本考》認

爲許書原文有「而」字，諸引唯(7)有之，不足爲據。(3)兩引有「猛獸也」三字，以下文「狐，祺獸也」例之，許書原文當有之。又，諸引「高前廣後」之下文字當非許書之文。綜合以上所考，許書原文蓋作「狼，猛獸也。似犬，銳頭白頰，高前廣後。從犬，良聲。」

柄（狐） 祺獸也。鬼所乘之。有三德：其色中和，小前大後，死則丘首。從犬，瓜聲。

濤案：《爾雅·釋獸》釋文、《一切經音義》卷八、卷十二引「乘」下無「之」字，《音義》卷八、《類聚》九十五獸部引「獸」下無「也」字，《御覽》九百九獸部、《初學記》二十九獸部、《類聚》獸部引引「乘之」作「乘也」，蓋古本作「狐，祺獸，鬼所乘也」。今本以「也」字屬於「獸」下，遂於「乘」下妄改「之」字，語乃不詞。「邱首」，《御覽》、《初學記》、《一切經音義》卷九、卷十二、《廣韻·十一模》皆作「首邱」，《御覽》又有「謂之三德」四字。《白帖》九十七引「邱首」上有「正」字，亦有「謂之三德」四字，皆古本如此，則《一切經音義》作「必」亦較今本義優。《廣韻·十一模》引「大後」作「豐後」，義得兩通。

魁案：先將《慧琳音義》等所引《說文》以節引、完引分爲兩類。

（一）節引：(1)卷五「狐狼」條引作「妖獸也。鬼所乘而有三德。」(2)卷六十三「狐貂」條引作「祺獸也。鬼所乘也。」(3)卷十四「狐貁」條引作「妖獸也。鬼所乘。」(4)卷七十四「狐狼」條引作「祺獸也。鬼所乘。」

（二）完引：(5)卷二「狐狼」條引作「妖獸也，鬼所乘而有三德：其色中和，小前大後，死必首丘。」(6)卷十六「蠱狐」條引作「野狐，妖獸也，鬼所乘。有三德：其色中和，小前大後，死則首丘。」(7)卷四十一「狐兔」條引作「妖獸也。鬼所乘而有三德：其色中和，小前大後，死則首丘。」(8)卷五十五「蠱狐」條轉錄《玄應音義》，引作「祅獸，鬼所乘，有三德：其色中和，小前大後，死必首丘也。」(9)《藝文類聚》卷九十五引《說文》曰：「狐，妖獸，鬼所乘也。有三德：其色中和，小前大後，死則丘首。」(10)《初學記》卷二十九引《說文》曰：「狐，妖獸也，鬼所乘也。有三德：其色中和，小前大後，死則首邱。」(11)《御覽》卷九百九引《說文》曰：「狐，妖獸也。鬼所乘也。有三德：其色中和，小前大後，死則首丘。」諸書所引不一，糾於細微，實難

論定許書原文,茲試訂兩處:一、今二徐本「乘」下「之」字誤,此字或無,或當作「也」;二、「丘首」當作「首丘」。諸引「妖」當作「祆」。

獺（獺） 如小狗也。水居,食魚。从犬,賴聲。

濤案:《御覽》九百十二獸部引曰:「獺,如小狗,水居,食魚,猵屬也。」據此則下猵云「獺屬」,與獺互訓,今本奪去。「小狗」下「也」字今本衍。《一切經音義》卷十四、卷十五兩引《說文》「形如小犬,水居,食魚者也」,卷十六引無「者」字,「小犬」下亦無「也」字,惟「如」字上多「形」字,「食魚」下多「者也」二字。據此二書合訂,古本當作「形如小狗(犬字元應書誤也),水居,食魚者,猵屬也」。

魁案:《慧琳音義》卷五十三「蚰獺」條引《說文》作「似小狗,水居,捕魚之獸也。」卷五十八「獺皮」條、卷五十九「水獺」、卷六十五「狗獺」條轉錄《玄應音義》,三引作「形如小犬,水居,食魚者也。」與沈濤所引同。卷七十八「二獺」條引作「如小狗,入水食魚也。」卷九十五「豺獺」條引作「如小狗,水居,食魚。」今本「小狗」玄應引作「小犬」,慧琳引同今本。小徐本作「小狗也,食魚」,甚有奪誤,仍作「小狗」,是許書原文當如是。「如小狗」已該其「形」,不必復舉,「形」字當引者所增。又,「者也」二字,《慧琳音義》卷九十五所引無,許書原文當如是。合訂之,今大徐本不誤,許書原文如是。

狀部

獄（獄） 确也,从狀,从言。二犬所以守也。〔註255〕

濤案:《御覽》六百四十三刑法部引「獄謂之牢」,蓋古本一曰以下之奪文。

魁案:《古本考》非是。《慧琳音義》卷六、七「地獄」並引《說文》作「确也」,無「牢」之訓,今二徐本同,許書原文如是。

〔註255〕此字頭原作「狀」,與釋義不合,今據釋義改爲「獄」字。

鼠部

鼢（鼢）　地行鼠，伯勞所作也。一曰，偃鼠。从鼠，分聲。蚡或从虫、分。

　　濤案：《爾雅・釋獸》釋文引作「地中行鼠，伯勞所化也」，蓋古本如是，今本奪「中」，又誤「化」爲「作」。《初學記》二十九獸部引「鼢鼠，伯勞之所化也」，《御覽》九百十一獸部引「鼢鼠，土行，伯勞之所化也」，是古本皆作「化」。郭注《爾雅》云「地中行者」，正本此書。

　　魁案：《古本考》認爲許書原文「地」下有「中」字，是。《廣韻》卷三引《字林》有「中」字，《字林》當本《說文》。認爲「作」當作「化」，亦是。《慧琳音義》卷九十八「鼢鼠」引《說文》云：「百勞所化也，從鼠分聲。或作蚡又作蚡。」作「化」字，今小徐亦作「化」。「伯勞」作「百勞」，形近音近。合訂之，許書原文當作「地中行鼠，伯勞所化也。一曰偃鼠。」

鼤（鼤）　鼤令鼠。从鼠，平聲。

　　濤案：《御覽》九百十一獸部引「鼤鼠，令鼠也」，則今本注中「鼤」字乃「鼤鼠，合鼠者也」，注中「鼤」字亦作「鼠」。〔註256〕

鼫（鼫）　五技鼠也。能飛不能過屋；能緣不能窮木；能游不能渡谷；能穴不能掩身；能走不能先人。从鼠，石聲。

　　濤案：《爾雅・釋獸》釋文云：「案蔡伯喈《勸學篇》云：『五技者，能飛不能上屋，能緣不能窮木，能泅不能渡瀆，能走不能絕人，能藏不能覆身』是也。許氏《說文》亦云。」然據此，則與今本不同矣。然《藝文類聚》九十五獸部所引亦同今本，是陸氏所云亦云然者，謂其說之畧相似，非謂其其字句之盡同也。惟「過屋」《類聚》亦作「上屋」，則今本作「過」者誤。

　　又案：《毛詩艸木蟲魚疏》引云：「鼫鼠，五技鼠也。」是古本鼫下有鼠字。

　　又案：《詩・碩鼠》正義引許愼云：「碩鼠五技，能飛不能上屋，能游不能渡谷，能緣不能窮木，能走不能先人，能穴不能覆身，此謂之五技。」是古本

〔註256〕《古本考》此條有奪誤，據《校勘記》「合鼠」抄本作「今鼠」。

尚有末句，今奪，其「碩鼠」下五句中，字句亦與今本小異。

又案：樓攻媿跋《任季路所藏東坡嘯軒詩》引此解云云，唐木又曰：「六技鼠也。」下又有云：「能歌不能成曲」，「成曲」一作「度曲」。所云唐本當即晁以道所見之本，然《荀子》、《大戴禮》皆作「五技」，陸、孔所引許書作「六技」者恐未可信。

（貂）　豹文鼠也。从鼠，冬聲。籀文省。

濤案：《爾雅・釋獸》釋文、《御覽》九百十一獸部、《一切經音義》卷一所引皆同今本，惟《唐書・盧若虛傳》云：「此許慎所謂貂鼠，豹文而形小。」疑盧所見古本如是。今本「鼠」字誤在「豹文」下，並奪「而形小」三字。

魁案：《古本考》非是。《慧琳音義》卷十七「貂鼠」條引《說文》云：「即豹文鼠是也。」今二徐本同，許書原文如是。

（鼷）　小鼠也。从鼠，奚聲。

濤案：《一切經音義》卷十二引有「口有毒者也」五字，蓋古本如此。《爾雅》郭注云「有毒螫者」，即本許書。元應書卷二十引「口」作「言」，卷四有奪此字，皆傳寫之誤。

魁案：《古本考》非是。《慧琳音義》卷二十七、三十八、四十八、八十三、八十六「鼷鼠」俱引《說文》作「小鼠也」，與今二徐本同。《慧琳音義》卷四十三「鼷鼠」條轉錄《玄應音義》，引作「小鼠也。有毒者也。或名甘口鼠也。」卷五十二「鼷鼠」條亦轉錄，引作「小鼠也。言有毒者也。亦言甘口鼠也。」《類聚抄》卷十八毛群部「鼷鼠」條引《說文》云：「鼷鼠，小鼠也。食人及鳥獸，雖至盡不痛，今人謂之甘口鼠。」「小鼠也」以下非許書之文。《慧琳音義》卷二十七「鼷鼠」條：「《說文》：小鼠也。《尒雅》鼷鼠。郭璞、《玉篇》：有螫毒，食人及鳥獸，雖至盡亦不覺痛，今謂甘口鼠也。」《音義》所引他書多處與《說文》並舉，《說文》但作「小鼠也」，是許書原文別無他訓。

（鼩）　精鼩鼠也。从鼠，句聲。

濤案：《御覽》九百十一獸部引作「鼩，精鼩，胡地風鼠也」，「胡地風鼠」乃下文「鼢」字之訓。然《玉篇》鼩字但云「鼠屬」，而《御覽》所引如此，

疑古本「胡地風」三字在「精鼩」之下，因鼩、魝字形相近，後人誤竄於彼耳。

🐭（魷）　鼠屬。从鼠，冘聲。

濤案：《御覽》九百十三獸部引「狁，鼠屬，善旋」，是古本有「善旋」二字，今奪，狁即魷字之別。

🐭（貚）　鼠。出丁零胡，皮可作裘。从鼠，軍聲。

濤案：《御覽》九百十二獸部引作「貚鼠，出丁令胡，以作裘」，「皮可」二字作以，語頗不詞，乃傳寫之誤，非古本如此。貚即貚字之別。

🐭（鼲）　斬鼲鼠。黑身，白腰若帶；手有長白毛，似握版之狀；類蝯蜼之屬。从鼠，胡聲。

濤案：《史記·司馬相如傳》索隱：「獑胡，黑身，白臀若帶，手有長白毛，似掘板也。」[註257]「掘板」即「握板」傳寫之誤，獑胡，斬鼲古今字。

熊部

🐻（熊）　獸似豕。山居，冬蟄。从能，炎省聲。凡熊之屬皆从熊。

濤案：《一切經音義》卷二、卷二十四引「冬蟄」下有「其掌似人掌，名曰蹯」八字，蓋古本如是，今奪。又元應兩引皆奪「獸」字，當是傳寫之誤。

魁案：《古本考》非是。諸書所引《說文》概分兩種情形：（一）以「冬蟄」束句者。(1)《藝文類聚》卷九十五引《說文》曰：「熊，獸，似豕，山居，冬蟄。」(2)《太平御覽》卷九百八引《說文》曰：「熊，獸，似豕，山居，冬蟄。」並與今二徐本同。(3)《慧琳音義》卷三十一「熊羆」條引作「獸也，似豕，山居，冬蟄。」(4)卷三十四「熊羆」條引作「熊，似豕，山居冬蟄之獸。」(5)卷四十七「熊羆」條引作「熊，獸，似豕，山居也。」

（二）非以「冬蟄」束句者。(6)《慧琳音義》卷十一「熊羆」條引作「狩名也。似豕而大，黑色山居冬蟄（持立反），其掌似人。」(7)卷三十三「熊羆」

〔註257〕「掘板也」，刻本「版」上作「握」，「板」下缺「也」字，今據《校勘記》正。下文「即」上「掘板」二字刻本缺，今據《校勘記》補。

·526·

條引作「似豕，山居，冬蟄。舐其掌，掌似人掌也。」(8)卷三十五「羆熊」條引作「獸，似豕，山居，冬蟄。蟄用舐掌，似人掌，內名蹯。」(9)卷四十一「熊羆」條引作「獸也。似豕，山居，冬蟄，舐足掌，其掌似人，名掌曰蹯。」(10)卷六十一「熊羆」條引作「熊，似豕，黑色，山居，冬蟄而其舐足掌以存命，不食，二月方出。」(11)卷七十「熊馬」條轉錄《玄應音義》，引《說文》作「熊，如豕，山居，冬蟄，其掌似人掌，名曰蹯。(12)《希麟音義》卷一「熊羆」條引作「獸也，似豕，山居，冬蟄。舐足掌。其掌蹯。」

以上諸引以《藝文類聚》最早，其所用《說文》離漢近，較爲接近許書本眞，且其與今二徐本同。據此，許書原文當無「冬蟄」以下之文，凡此當引者演繹而增。《類聚》雖早，仍有奪誤，據諸引「獸」下當奪「也」字。合訂之，許書原文當作「獸也。似豕，山居，冬蟄。」

羆（羆） 如熊，黃白文。从熊，罷省聲。䍐古文从皮。

濤案：《汗簡》卷上之一「䍐熊，見《說文》」，「熊」當爲「羆」字傳寫之誤。郭氏書古文皮字皆从艹从廿，此字亦从古文皮，今奪去廿頭，則从古文皮省矣。《皮部》古文皮字作𡰥，當是𡱁傳寫之誤。

魁案：《慧琳音義》卷三十一、三十三「熊羆」條並引《說文》作「如熊，黃白色。」「色」字當「文」字之誤，今二徐本同，並作「文」字。又，《慧琳音義》卷三十四「熊羆」條引作「黃白文也」。是許書原文「文」下當有「也」字。

火部

火（火） 煅也。南方之行，炎而上。象形。凡火之屬皆从火。

濤案：《五行大義·釋五行名》引許慎曰：「火者炎上也，其字炎而上，象形者也。」此葢蕭氏隱括節引，非古本如是。

烓（烓） 火也。从火，尾聲。《詩》曰：「王室如烓。」

燬（燬） 火也。从火，毀聲。《春秋傳》曰：「衛侯燬。」

濤案：《九經字樣》云：「烓，音毀，火也。《詩》曰：王室如烓。今經典

相承作燬。」是烓、燬本一字，古本《說文》有「烓」無「燬」矣。《詩·周南》釋文曰：「燬音毀，齊人謂火曰燬。」郭璞：「又音貨，《字書》作烓，音毀，《說文》同，一音火尾反。」《爾雅·釋言》曰：「燬，火也。」注云：「《詩》云：王室如燬。燬，齊人語，《方言》曰煤，火也。楚轉語也，猶齊言烓火也。」楊雄言「齊言烓」，郭璞言「齊曰烓」足徵烓、燬爲一字。

又案：《玉篇》：「火烓也」，當本許書，是古本《說文》作烓，不作燬。《廣韻·三十四果》引同今本，乃淺人據二徐本改。

又案：《一切經音義》卷二十二《瑜伽地論》「燬之」云：「又作烓、煨二形，同。」《玉篇》烓字下亦云：「煨、燬，同上。」是唐人皆以烓、燬爲一字。汪生（獻玗）曰：「竊意古本《說文》列燬爲烓之重文，而《春秋傳》故書烓作燬，因並引之以證或从毀之怡，當云：烓或从毀。《春秋傳》曰：衛侯燬。二徐不明此義，遂妄有增改耳。」

燎（尞） 柴祭天也。从火，从昚。昚，古文慎字。祭天所以慎也。

濤案：《詩·旱麓》釋文云：「所燎，《說文》作尞，一云：柴祭天也。又云：燎，放火也。」是元朗所據本「柴」作「紫」，又有「一曰放火也」五字。而本部別無燎篆，今本別出「燎」字，訓「放火也」，乃淺人妄爲增字移訓，當刪。

魁案：《古本考》非是。燎字，《慧琳音義》所引《說文》甚豐。卷一、四、六「如燎」條，卷十四、四十一、六十二「焚燎」條，卷十二「燈燎」條，卷三十一「火燎」條，卷四十五「燔燎」條，卷四十九「燎邪宗」條，卷八十八「原燎」條，卷九十七「不燎」條俱引《說文》作「放火也」。卷四十七「炎燎」條引作「燎，放火燒田爲燎也。」卷七十「焚燎」條引作「燎，燒田也。」卷七十四「庭燎」條：「《說文》作尞也。」據諸引，許書當有「燎」篆，訓「放火也」，「燒田」爲本書燔字之訓，慧琳書竄誤。卷七十四所言意指「庭燎」之「燎」當作「尞」，非言許書無「燎」篆，蓋此時「尞」與「燎」已有通用的現象，慧琳析其之別。

燔（燔） 蓺也。从火，番聲。

濤案：《一切經音義》卷十三引云：「燔，燒也。加火曰燔。」蓋古本不作

「爇」。《玉篇》亦云「燔，燒也」，當本許書。「加火曰燔」四字或許書原有之，或庾崇儼注中語。

　　魁案：《古本考》是。《慧琳音義》卷五十七「燔身」條轉錄《玄應音義》，引《說文》同卷十三沈濤所引。卷四十五「燔燎」條、卷九十六「燔燼」條並引《說文》作「燒也」，許書原文當如是，今二徐作「爇也」，誤也。

燚（烈）　火猛也。从火，列聲。

　　濤案：《一切經音義》卷二十二引「烈，猛盛也」，乃衍「盛」字，奪「火」字。他卷所引皆與今本同可證。

　　魁案：《古本考》是。《慧琳音義》卷四十八「慘烈」條轉錄《玄應音義》，引《說文》同卷二十二沈濤所引，誤。卷二十六「猛烈」條、卷五十九「震烈」條、卷七十「烈灰」條轉錄《玄應音義》，卷七十「烈日」條引《說文》俱同今二徐本。

煦（煦）　烝也。一曰，赤皃。一曰，溫潤也。从火，昫聲。

　　濤案：《廣韻・十遇》昫引《說文》：「日出溫也。北地有昫衍縣。」下連列煦字，注云「上同」，然則陸法言所據本「煦」爲《日部》「昫」之重文，不廁於《火部》矣。《玉篇・日部》「昫」注云「亦煦，同」，《火部》煦注云「亦作昫」，葢昫、煦本一字，許書並不分別部居，六朝本皆如此，故顧、陸所據同也。後人不明古義，妄相區別，以「昫」爲「日溫」，「煦」爲「火烝」，相沿即久，遂竄易許書之舊，其誤正不容不辨。

　　魁案：《古本考》非是。《慧琳音義》卷三十八「煦沫」條引《說文》云：「烝也。從火昫聲。」此節引。卷八十七「之煦」條引作「烝也。一云赤色之皃也。一曰溫潤也。從火昫聲。」較今二徐本多「色」「之」「也」三字。據此許書原文當列有「煦」篆，「烝」當作「烝」。卷九十六「嫗煦」條：「《說文》作昫，日出溫也。從日句聲。」乃慧琳申煦、昫二字之別。今二徐本同，許書原文當如是。《慧琳音義》卷八十七所增三字爲引者所足。

熯（熯）　乾皃。从火，漢省聲。《詩》曰：「我孔熯矣。」

　　濤案：《初學記》二十五器物部引「熯，蒸火也」，葢古本如此。《日部》

「暵，乾也」，是从日者訓「乾」，从火者訓「蒸火」，今本乃涉《日部》而誤耳。《論衡·感虛篇》「暵，一炬火爨，一鑊水」，即「蒸火」之意，今人猶言以火蒸物曰暵。

又案：《易·說卦》：「燥萬物者莫暵乎火。」《說文》引作暵。葢許君偁《易》孟氏，古文字多假借，孟《易》葢假「暵」爲「暵」，非謂暵、暵同字也。

魁案：《古本考》非是。《慧琳音義》卷九十六「暵晨」條引《說文》云：「亦乾皃也。從火漢省聲也。」今二徐同，是許書原文作「乾皃」。

爒（爒）　火皃。从火，翏聲。《逸周書》曰：「味辛而不爒。」

濤案：《九經字樣》引無「逸」字，葢古本無之。嚴孝廉曰：「漢魏人但稱《周書》，不云《逸周書》，緣校者於《尚書》改用唐虞、夏、商、周之名，而《周書》與《周書》無別，因複加『逸』於『《周書》』之上。亦有未盡加者，如『莒』下、『獗』下引《周書》尚不云『逸』也。」

爧（爧）　火飛也。从火，龠聲。一曰，爇也。

濤案：《文選·景福殿賦》《琴賦》注、《一切經音義》卷八、卷九、卷十一皆引作「火光也」，葢古本如是，今本乃涉下「爂」字訓而誤耳。《初學記》二十五器物部引「熲爧，火光也」，是熲、爧二字皆訓「火光」，唐本無不如是者。

魁案：《古本考》是。《慧琳音義》卷四十六、卷五十二「煜爧」轉錄《玄應音義》，與卷八十八「熖爧」條三引《說文》作「火光也」。卷九十九「光爧」引作「亦光也」，「亦」當「火」字之誤。

爂（爂）　火飛也。从火，票聲。讀若摽。

濤案：《初學記》二十五器物部、《文選·甘泉賦》《風賦》《班孟堅〈答賓戲〉》《陳孔璋〈爲袁紹檄豫州〉》注、《一切經音義》卷十四所引皆同今本，惟《音義》卷二十二引作「飛火也」，乃傳寫誤倒，非古本如是。

魁案：《古本考》是。《慧琳音義》卷五十九「颷火」條轉錄《玄應音義》，引《說文》云：「爂，飛火也。」與沈濤引《玄應音義》卷二十二同，亦誤倒。《慧琳音義》卷五十七「爂起」條引同今二徐本，許書原文如是。

炗（炗）　小爇也。从火，干聲。《詩》曰：「憂心炗炗。」

濤案：《詩·節南山》：「憂心如惔。」釋文、正義皆云「《說文》作炗，小熟也」，乃傳寫之誤，非古本如此。今《詩》作惔，傳訓爲燔，則與「小爇」義近。《玉篇》、《廣韻》皆云「小爇」，亦傳寫之誤。又釋文、正義不云「如惔作炗炗」，則今本作「炗炗」者誤也。

炭（炭）　燒木餘也。从火，岸省聲。

濤案：《御覽》八百七十一火部引作「燒木也」，蓋古本如是。小徐本作「燒木未灰也」，「未灰」二字淺人妄增，訓「燒木」於義已瞭，加「未灰」則淺甚，易「餘」字更疏舛矣。《玉篇》亦云：「燒木也」可證。

灰（灰）　死火餘㶳也。从火，从又。又，手也。火既滅，可以執持。

濤案：《九經字樣》、《廣韻·十五灰》皆引「灰，死火也」，無「餘㶳」二字，蓋古本如是。「死火爲灰」見《釋名·釋天》，劉氏正本許君說。「死火」謂火之既滅，不得再有「餘㶳」。《木部》「㶳，火之餘木也」（據《一切經音義》引《說文》，見下㶳字），與灰不同。《玉篇》亦云：「灰，死火也。」

魁案：《古本考》是。《慧琳音義》卷八「灰燼」條引《說文》云：「死火也。」許書原文當如是。又，慧琳所引以形聲解，二徐以會意解，較勝。

熄（熄）　畜火也。从火，息聲。亦曰滅火。

濤案：《易·革卦》釋文「相息」云：「《說文》作熄」，蓋古本尚有「《易》曰：水火相熄」六字，今奪。

褻（褻）　炮肉，以微火溫肉也。从火，衣聲。

濤案：《廣韻·二十四痕》引作「炮炙也，以微火溫肉」，《玉篇》同。蓋古本如是，今本「肉」字乃「炙」字傳寫之誤。

爟（爟）　灼也。从火，雚聲。

濤案：《一切經音義》卷五云：「轉雚，經文从火作爟，《說文》云：『爟，灼也。』」是古本此字从「霍」不从「雚」。

魁案：《古本考》非是。《慧琳音義》卷四十五「煃然」條引《說文》云：「灼也。從火隺聲。」與今二徐本同，許書原文如是。

爛（爛）　孰也。从火，蘭聲。爛或从閒。

濤案：《詩·節南山》、《生民》正義皆引「爛，火熟也」，是古本有「火」字，今奪。

魁案：《古本考》非是。《慧琳音義》卷二十「臭爛」條引《說文》云：「爛，熟也。從火蘭聲。」與今小徐同，許書原文當無「火」字。孰同熟。

爢（爢）　爛也。从火，靡聲。

濤案：《文選·答客難》注引「爢，爛也」，麋無爛訓，蓋曼倩本文用省假字而注因之，所引即此字之訓也。

尉（尉）　从上案下也。从𡰪又持火，以尉申繒也。

濤案：《一切經音義》卷十四引「從上案下也，所以熨伸繒也」〔註258〕，蓋古本如是。今本傳寫奪「所「字，《廣韻·八未》、《八物》兩引皆有「所」字。

又案：歐陽詹《同州韓城縣西尉廳壁記》云：《說文》曰：「尉，畏也，亦慰也，主也。故字从尸、示、寸。寸者，寸量禮度以敬上；示者，示陳教令以諭下；尸者，典職以居位。敬上所謂畏，諭下所謂慰，居位所謂主，合茲三者，以苞王爵。則仕義周，是以古人嘉用尉字為官。」「寸者」以下非歐陽演說之辭即庾氏注中語，然即其所謂「畏也慰也」云云已與今本大異，而「从尸示寸」字體亦復不同，疑古本別有尉字，从尸从示从寸，與「申繒」之熨从𡰪从火者不同，字形相近，二徐誤刪其一。桂大令疑歐陽誤引他書，非也。

魁案：《古本考》認為有「所」字，是。今小徐本作「從上按下也，从𡰪又持火，所以尉繒也。」《慧琳音義》卷五十九「熨治」條轉錄《玄應音義》，引《說文》云：「從上安下也。亦所以熨申繒也。」大徐「案」字，《玄應音義》作「安」，小徐作「按」，三字義各有別，當以小徐為是。合訂之，許書原文當作「從上按下也。从𡰪又持火，所以尉申繒也。」

〔註258〕「案」字，今《玄應音義》作安，伸字作申。

炵（灼） 炙也。从火，勺聲。

濤案：《詩·節南山》正義引「灼，炙燒也」，《文選·琴賦》注引「灼，明也」，是孔、李所據本與今本異，又各本不同。《玉篇》云：「熱也，明也。」《廣韻·十八藥》云：「燒也，炙也，熱也。」然則炙、燒、明三訓皆有所本，古本或作「炙也，一曰燒也，一曰明也」，孔、李各有節取。「炙也」之「炙」與孔所引「炙」字皆當作「灸」，《七諫》注「灼，灸也」可證。上文「灸，灼也」，正互訓之例。

魁案：《古本考》認爲「炙」作「灸」，是。《慧琳音義》卷十一「樊灼」條引《說文》云：「灸也。音久。」明言「音久」，則許書原文當作「灸也」，今二徐本作「炙也」，形近而誤。

爤（爥） 庭燎，火燭也。从火，蜀聲。

濤案：《御覽》八百七十一火部、《藝文類聚》八十火部皆引作「庭燎火燭也」，蓋古本如是。《詩·庭燎》傳：「庭燎，大燭。」正許君所本，今本「火」字乃傳寫之誤。

聿（聿） 火餘也。从火，聿聲。一曰，薪也。

濤案：《一切經音義》卷二引「聿，火之餘木」，卷九、卷二十一引作「謂火之餘木也」，卷十九引「燒木之餘曰爐」，卷二十二、二十三、二十四引「火之餘木曰爐」，雖所引間有異同，而古本不但作「火餘」可知。今本乃二徐妄刪。

魁案：《古本考》非是。《慧琳音義》卷十三「灰聿」條：「《說文》謂爲火之餘木也。」卷六十一「煨爐」條：「《說文》正體作聿，火之餘木也。」卷五十六「火爐」條轉錄《玄應音義》，云：「《說文》：燒木之餘曰爐。《說文》作聿。」此三引皆較今二徐本奪「之」、「木」二字。卷三十一「灰爐」條：「《說文》正作聿，火餘也。一曰薪也。」卷九十六「燔爐」條：「《說文》作聿，亦云火餘也。」此二引同今本，卷九十六節引。「聿」爲「火餘」，當指一切未燃盡之物，非未僅指「木」，據此，諸引有「之」「木」二字者，當是引者所增。許書原文當如今二徐。

𤐩（燓）　燒田也。从火、棥，棥亦聲。

濤案：本書無「焚」字，《玉篇》、《廣韻》有「焚」字，無「燓」字。至《集韻》《類篇》乃合焚、燓爲一字。而《一切經音義》引作「焚，燒田也。字从火燒林意也」，凡四見。段先生曰：「份，古本作彬。解云：『焚省聲。』是許書當有焚字，唐初本有焚無燓。」案，《詩・雲漢》釋文：「焚，本又作燓。」是唐初本有燓字。汪生（獻玕）曰：「焚、燓二文古本《說文》皆有之，但未定何者爲重文耳。」其說確。

燎（燎）　放火也。从火，尞聲。

濤案：《一切經音義》卷八引作「放火也，又火田爲燎」，卷二十三引作「放火也，火田爲燎也」，卷二十四又云：「燎，放火也，火田爲燎也。《說文》燎，燒田也。」三引不同，然均具「放火」、「燒田」二義，疑今本必有奪文，然其訓即在尞篆下，首當有「一曰」二字，不當別出此篆，說詳尞字。

魁案：《古本考》認爲今本有奪文，非是。許書有「燎」篆已詳尞字下，「燒田」乃上「燓」字之訓竄入，「尞」字下已證，茲不贅言。

煙（煙）　火气也。从火，垔聲。𡗝古文。烟或从因。𡫔籀文从宀。

焆（焆）　焆焆，煙皃。从火，肙聲。

濤案：《藝文類聚》八十、《御覽》八百七十一火部引「煙，火氣也。焆焆然也」，蓋古本作「煙，火氣焆焆然也」。今本奪「焆焆然」三字，《類聚》、《御覽》又誤衍「也」字，遂疑「焆焆然也」爲焆字注之異文，非也。焆字解云「焆焆煙皃」，与「火气焆焆然」義正相成，二徐妄刪，謬矣。

魁案：《慧琳音義》卷一「撥煙霞」條、卷八「煙焰」條、卷六十三「歘煙」條、卷六十六「煙㷨」條俱引《說文》作「火氣也」，是許書原文「煙」字但訓「火氣也」，《古本考》非是。

燂（燂）　火熱也。从火，覃聲。

濤案：《文選・七發》注引與今本同，而元應書卷一引《聲類》、《字詁》、《說文》三書以燂、燖、鐔、𤎩、𤉐爲一字，云：「《說文》又羊占反，火爛爛也。」

今《說文》燅、燅同字，在《炎部》，與燂分別部居，復異其訓。又卷九云云亦同，而云「《論文》作爛」，引《說文》曰「火爛爛也」，則知卷一奪「《論文》作爛」四字，「火爛爛」之訓屬爛，不屬燂耳。

燁（煒） 盛赤也。从火，韋聲。《詩》曰：「彤管有煒。」

　　濤案：《一切經音義》卷一、卷十三皆引作「盛明皃也」，卷十八引作「盛明皃也，亦赤也」，蓋古本以「盛明」爲正解，「赤」爲一解，今本「盛赤」二字義不可通。

　　魁案：《古本考》認爲有「赤」一解，是。《慧琳音義》所引《說文》如下：（一）訓「盛明」者。(1)《慧琳音義》卷十七「煒燁」條轉錄《玄應音義》，引《說文》作「煒，盛明皃也。」(2)卷五十四「暐曄」條：「《說文》：盛明也。正從火作煒。」(3)卷五十五、七十四「煒煒」條《說文》云：「盛明也。」(4)卷六十「煒煒」條：「《說文》云：煒煒，明盛之皃。」「明盛」二字誤倒。(5)卷八十「煒如」條、卷八十七「煒爆」條引作「盛明皃也。」卷八十六「煒曅」條引作「亦盛明皃。」(6)卷七十三「暐暐」條轉錄《玄應音義》，云：「宜作煒，《說文》：煒，盛明貌也。亦赤也。」同沈濤所引。據以上所引，許書原文當有「盛明皃也」一訓。（二）訓「盛赤」者。(7)《慧琳音義》卷二十四「煒燁」條轉錄《玄應音義》，與卷四十「煒爆」條並引《說文》作「煒，盛赤也。」(8)卷三十二「煒暎」條引《說文》作「煒，盛赤色也。」「色」字當誤衍。(6)有「赤也」一解，此三引作「盛赤也」，不辭，「盛」下有奪文，「赤也」當單獨立一解。合諸引訂之，許書原文當作「盛明皃也。亦赤也。」

煜（煜） 燿也。从火，昱聲。

　　濤案：《一切經音義》卷四、卷五、卷八、卷十一、卷十五所引皆同。惟卷九引作「光燿也」，蓋古本多一「光」字，他卷皆節引耳。

　　魁案：《古本考》非是。《慧琳音義》卷九「晃煜」條、卷十六「煜爚」條、卷五十二「煜爚」條轉錄《玄應音義》《說文》同今二徐本。卷五十八「晃煜」引作「曜也」，曜同燿。又，《慧琳音義》卷四十三「晃煜」轉錄《玄應音義》，引《說文》云：「煜，燿也。晃也。煜，盛也。」卷八十一「晃煜」條引云：「煜，燿也。亦熾也。」似許書別有「晃也」「盛也」「熾也」三解，實不

然。《慧琳音義》卷三十二「晃煜」條:「《廣雅》云:熾也。《說文》:煜,熠燿也。」「熠」字當衍。卷四十四「晃焍」條轉錄《玄應音義》,云:「下又作煜,同。《說文》:煜,燿也。《埤蒼》:煜,盛皃也。」卷七十四「晃煜」條:「《廣雅》:煜,熾也。《說文》:燿也。」卷八十二「晃煜」條:「《廣雅》:煜,熾也。《埤蒼》:煜,盛皃也。《說文》:煜,燿也。」諸引《廣雅》《埤蒼》《說文》並引,「熾也」出《廣雅》,「盛皃」出《埤蒼》,皆非許書之文明矣。本書《日部》「晀,明也」本部「燿,照也」,而本書明、照互訓,則煜訓「燿也」不必復言「晀也」。晃同晀。又,《慧琳音義》卷四十六「煜爚」條在轉錄《玄應音義》,引《說文》作「光燿也」,與沈濤引同,據諸引「光」字當誤衍,不足爲據。燿同耀。

煌(煌) 煌煇也。从火,皇聲。

濤案:《一切經音義》卷十二引「煌,煇也」,蓋古本不重「煌」字,今本誤衍。

魁案:《古本考》是。《慧琳音義》卷十七「煌煌」條、卷七十五「焜煌」條轉錄《玄應音義》與卷九十三「焜煌」三引《說文》皆云:「煌,煇也。」卷四十五「焜煌」條引作「輝也」,輝同煇。是許書原文不重「煌」字。又,《慧琳音義》卷十「炫煌」條轉錄《玄應音義》,引《說文》云:「煌,光。」卷十六「焜煌」條亦轉錄,云:「《說文》:焜煌,光暉明盛皃也。」皆不足據。《慧琳音義》卷二十四「焜煌」條轉錄《玄應音義》,云:「《方言》:焜煌,盛貌也。《蒼頡篇》:煌,光暉也。」前引訓「光」者蓋本《蒼頡篇》,又奪「暉」字;後者蓋合《方言》《蒼頡篇》之訓,並誤入《說文》名下。

爓(爓) 火門也。从火,閻聲。

濤案:《文選·蜀都賦》注引作「爓,火焰也」,「焰」即「爓」字之省。又《六書故》引唐本《說文》曰「火爓爓也」,《一切經音義》卷九引亦同,蓋古本如此。《選》注傳寫奪一焰字,「火門」蓋「火爓」之壞字,《玉篇》亦云:「火焰也」。

魁案:《古本考》非是。《慧琳音義》卷四十六「燀豬爓」條轉錄《玄應音義》,引《說文》云:「爓,火爓爓也。」與沈濤所言同。卷三十三「如爓」條、

卷四十五「光爛」條、卷五十一「火爛」條三引《説文》作「火爛也」，合《文選》注所引，許書原文當作「火爛也」。《玄應音義》及唐本《説文》並衍「爛」字。《慧琳音義》卷七十六「陽爛」條引作「炎爛也」，「炎」字當「火」字之誤。卷「光爛」條引作「火光也」，「光」字亦當傳寫而誤。

炫（炫）　爛燿也。从火，玄聲。

　　濤案：《一切經音義》卷三引「炫，燿也」，是古本無「爛」字。

　　魁案：《古本考》是。《慧琳音義》卷十「炫煌」條轉錄《玄應音義》，引《説文》同沈濤所引。又《慧琳音義》卷十四「炫燿」條、卷九十五「炫目」條並引《説文》作「耀也」，「耀」同「燿」。卷十七「炫煥」條、卷三十「炫燿」條、卷三十九「顯炫」皆引《説文》作「燿也」，是今大徐本衍「爛」字。

熾（熾）　盛也。从火，戠聲。古文熾。

　　濤案：《汗簡》卷下之一引《説文》熾字作，與今本篆體微有不同。

　　魁案：《慧琳音義》卷一「炬熾」條引《説文》云：「火盛也。」《希麟音義》卷六「熾盛」條引作「猛火也」。非許書作「火盛也」，又有「猛火」一解。《慧琳音義》卷三十一「熾然」條：「《毛詩》傳云：熾，盛也。顧野王云：猛火也。《説文》從火戠聲。」今二徐本同，實本《毛傳》，「火盛」乃野王之語，卷一所引「火」字當是引者所增。

燥（燥）　乾也。从火，喿聲。

　　濤案：《一切經音義》卷二十二引同，卷六「乾」下有「之」字，乃傳寫誤衍，非古本如是。

　　魁案：今檢《玄應音義》卷二十二「暴燥」條下引《説文》同今大徐本。沈濤所據本蓋有誤。《慧琳音義》卷四十八「暴燥」條轉錄《玄應音義》，引《説文》亦同今本。又，卷十六「燥牛羵」條，卷二十七、二十九、三十二「乾燥」條，卷三十一「能燥」條，卷三十二「盛燥」條，卷三十三「高燥」條，卷五十「燥故」條，卷五十五、五十七「推燥」條，卷六十一「枯燥」條俱引《説文》同今大本。《希麟音義》卷八「乾燥」條引作「火乾也」，「火」字衍。

烕（威）　滅也。从火、戌。火死於戌，陽氣至戌而盡。《詩》曰：「赫赫宗周，褒姒烕之。」

濤案：《詩・正月》釋文引「从火戌聲」，是古本有「聲」字。凡字有具六書之二者，此會意兼形聲字，二徐不知此理，遂刪去聲字，誤矣。

燧（燧）　燧，候表也。邊有警則舉火。从火，逢聲。

濤案：《文選・張景陽〈襍詩〉》注引無「火」字，乃傳寫仍奪，非古本如是。

魁案：《古本考》是。《慧琳音義》卷九十四「玁狁烽燧」條引《說文》云：「烽，候，邊有警急則舉火也。」「候」下奪「表也」二字，又衍「急」字。《類聚抄》卷十二燈火部「烽燧」條下引《說文》云：「烽，燧，邊有警則舉之。」奪「候表也」三字，又誤「火」爲「之」。今二徐同，許書原文如是。

熙（熙）　燥也。从火，巸聲。

濤案：《華嚴經音義》下引「熙，悅也」，蓋古本有「一曰悅也」四字。《文選・潘岳〈關中〉詩》注引「熙，興悅也」，「興」字疑衍。《列子》釋文引《字林》：「熙，歡笑也」，《方言》云「湘潭之間謂喜曰熙怡」，《老子》言「眾人熙熙」，皆以熙爲喜悅之義，今本刪此一訓，妄矣。

又案：《一切經音義》卷三、卷二十五皆引「熙怡和說」，乃傳寫有誤，當作「熙，說；怡，和」，「怡」之訓「和」見《心部》，「熙」之訓「說」與慧苑所引同，益見古本有此一解矣。

魁案：《古本考》可備一說。《慧琳音義》卷九、卷七十一「熙怡」並轉錄《玄應音義》，並引《說文》同沈濤所言。

補爍

濤案：《文選・七發》注引云：「爍，亦熱也。」是李所據唐本有爍篆。《玉篇》：「式灼切，灼爍。」《廣韻・十八藥》：「灼爍，書藥切。」今本爲後人奪落，大徐不知，乃以入《新附》，疏矣。

炎部

炎（炎） 火光上也。从重火。凡炎之屬皆从炎。

濤案：《文選・班孟堅〈答賓戲〉》注引「炎，火也」，乃傳寫誤奪「光上」二字，非古本如是。《一切經音義》卷二十三，《廣韻・二十四鹽》、《玉篇》引同今本可證。

魁案：《古本考》是。《慧琳音義》卷四十七「炎燎」條轉錄《玄應音義》，引同卷二十三沈濤所引。今二徐本同，許書原文如是。《慧琳音義》卷九十二「炎蔛」條引作「火行也」，當有奪誤。

燄（燄） 火行微燄燄也。从炎，臽聲。

濤案：《一切經音義》卷七引作「火微燄燄然也」，是古本多一「然」字。《玉篇》「燄，火行皃」，即所謂「燄燄然也」。

魁案：《古本考》是。《慧琳音義》卷十二「毒燄」條引《說文》作「火行微燄燄然也。」卷二十八「焰明」條轉錄《玄應音義》，引作「火行徽燄燄然也」，「徽」當「微」字之誤。是許書原文當有「然」字。卷九十八「長燄」引同今二徐本，當奪「然」字。卷六十六「煙燄」條引作「火行微燄也」，乃節引。

燅（燅） 於湯中爓肉。从炎，从熱省。𤑔或从炙。

濤案：《一切經音義》卷九引作「熱湯中爓肉也」，蓋古本如是。今本「於」字乃「熱」字傳寫之誤。《音義》卷四引「熱湯爓肉也」，《廣韻・二十四鹽》引「湯中爓肉也」，皆節引，非完文。

又案：《廣韻》燅下有燂字，云「《說文》同上」。《玉篇》亦有燅字，云「湯瀹肉」，則是古本重文从炙兓聲，不从𡙕也。

魁案：《古本考》認爲「於」字乃「熱」字傳寫之誤，是。《慧琳音義》卷四十六「燂豬」條轉錄《玄應音義》，引《說文》云：「燅，熱湯中瀹肉也。」卷四十三「生燅」條轉錄引作「熱湯瀹肉也」，當奪「中」字。兩引同沈濤所引，「瀹」當作「爓」。合訂之，許書原文當作「熱湯中爓肉也」。

粦（粦）　兵死及牛馬之血爲粦。粦，鬼火也。从炎、舛。

濤案：《列子·天瑞篇》釋文云：「鄰，《說文》作粦，又作燐，皆鬼火也」，是古本有重文燐篆，今奪。

黑部

黑（黑）　火所熏之色也。从炎，上出囧。囧，古窻字。凡黑之屬皆从黑。

濤案：《九經字樣》云：「黑，《說文》作黑，象火煙上出也。」是今本「从炎」下脱「象火煙」三字。

黶（黶）　中黑也。从黑，厭聲。

濤案：《一切經音義》卷九、卷十二引「黶，面中黑子也」，蓋古本如是，今本脱「面」、「子」二字耳。《漢書·高帝紀》注師古曰：「黑子，今中國通呼爲黶子。」黶即黶字之誤，「中黑」二字義不可通。《玉篇》亦云：「黶，黑子也。」當本《說文》。元應書卷一、卷二十二引同今本，乃淺人據今本改。

魁案：《古本考》非是。《慧琳音義》卷四「黶點」條：「《考聲》云：黑子也。《說文》：肉中黑也。」卷五十四「黑黶」條轉錄《玄應音義》，曰：「《考聲》云：淺黑也，黑子也。《說文》：肉黑也。」二引《考聲》與《說文》並舉，「黑子也」非出《說文》可知。《慧琳音義》卷三十八「黶記」條引作「黑子也」，卷四十六「黑黶」條轉錄《玄應音義》，引作「中黑子也」，皆有誤。

《慧琳音義》卷十七「人黶」條、卷四十八、五十三「黑黶」條轉錄《玄應音義》，與卷四十「月黶」條皆引作「中黑也」，與今二徐本同，許書原文如是。卷六十八「黶黑」條引作「深黑兒也」，當傳寫有誤，不足據。

黯（黯）　雖皙而黑也。从黑，箴聲。古人名黯字皙。

濤案：《玉篇》引作「古人名黯，字子皙」，是古本多一「子」字，今本脱耳。《史記·仲尼弟子列傳》：「曾蒧，字皙；奚容箴，字子皙。」蒧、箴皆黯之省，曾蒧當亦字子皙，《史》文脱卻「子」字耳。曾子皙之稱曾皙，猶冉子求稱冉求。《廣韻·二十六咸》亦同今本之誤。

𪐫（黓） 青黑也。从黑，易聲。讀若煬。

濤案：《廣韻·十陽》引作「青黑色」。以黲、黝諸字例之，蓋古本有「色」字，今奪。

𪐭（黤） 青黑也。从黑，奄聲。

𪐶（黭） 果實黭黯黑也。从黑，弇聲。

濤案：《六書故》曰：「於叙切，陰黑也，亦作黯。徐本《說文》曰『青黑色也。『唐本曰』果實黭黯也。』」是戴氏所見大徐本《說文》黯即黤之重文，與今本分爲二字者不同。《廣韻·四十八感》二字皆音烏感切，「黯」訓「黭黯」則與唐本《說文》同。今本「黭黯」乃傳寫之誤，古本《說文》當云：「黤，果實黭黯也。从黑，奄聲，黯或从弇。」

又案：《一切經音義》卷十三引同今本，則徐本亦不誤，蓋唐時本有不同也。《荀子·彊國篇》注引「黯，黑色」，乃節取，非完文。

魁案：《古本考》認爲今本不誤，是。《慧琳音義》卷四十五「黤黲」引《說文》同今二徐本，卷五十四「黤黑」條引作「青黑色也」，「色」字當衍。卷七十四「黭黯」條轉錄《玄應音義》，引《說文》作「青黑」，當奪「也」字。

𪑏（黛） 黑皴也。从黑，幵聲。

濤案：《文選·百辟勸進今上牋》注引作「黑皺也」，是古本不作「皴」。皴、皺，許書皆無其字，然義皆可通，未知孰是。

𪑐（黱） 畫眉也。从黑，朕聲。

濤案：《六書故》引唐本《說文》曰：「或从代。」是古本有重文字。《釋名》云：「黛，代也。滅眉毛去之以此畫代其處也。」此是[註259]从代之義。《玉篇》云：「黱，畫眉黑也。黛，同上。」當本《說文》。黱爲畫眉之黑色，不得即以畫[註260]眉爲黱，疑古本《說文》多一「黑」字，小徐本「墨」乃「黑」字之誤。

〔註259〕 「是」疑當作「釋」。

〔註260〕 刻本作「畫」，今正。

又案：《御覽》七百九十服用部引同今本，下有小注云：「黱與黛同。」《廣韻・十九代》云：「黛，眉黛。黱上同。」兩書皆黱、黱同列，知古本有重文黛字。

魁案：《類聚抄》卷四十調度部中黛下引《說文》云：「黛，畫眉墨也。」與小徐本同，則許書原文當有「墨」字，今大徐奪。

黮（黮）　桑葚之黑也。从黑，甚聲。

濤案：《一切經音義》卷六引作「桑葚之色，黑也」，卷十三引「桑葚之黑色。黮黮，不明淨也」，是古本多一「色」字，下句疑《說文》注中語。

魁案：《古本考》是。《慧琳音義》卷六「黳黮」、卷六十五「黮黮」《說文》並有「色」字，許書原文當有之。卷六十五引「桑葚」作「桑椹」，同。甚、椹異體。卷八十四「烏黮」條引無「色」字，當奪。卷五十二「玄黮」條轉錄《玄應音義》，引《說文》亦奪「色」字。又云：「黮黮，不明淨也。」此非許書之文，《慧琳音義》卷五「黳黮」條：「《楚辭》云：彼日月之照明，尚黮黮而有瑕。王逸注云：謂不明淨也。《說文》云：桑葚之黑色。」據此可知。此引亦有「色」字。合訂之，許書原文當作「桑葚之黑色也」。

黥（黥）　墨刑在面也。从黑，京聲。剠黥或从刀。

濤案：《易・睽卦》釋文：「剠，《說文》或作黥字。」《廣韻・十二庚》「黥」字列重文剠、剠，是元朗、法言所據本皆尚有剠篆，元朗所據並似[註261]剠爲正字，而黥爲或字，蓋古本此字在《刀部》，黥爲剠之重文。二徐見經典皆作黥字，轉以黥爲正字，竄入《黑部》，並改剠篆爲剠，妄矣。《廣韻》重文二字並列，當是陳彭年輩據徐本《說文》增入。

魁案：《古本考》非是。《慧琳音義》卷八十六「黥剠」條：「《說文》從黑京聲。亦從刀作剠。」卷九十八「黥剠」條引《說文》云：「墨刑在面也。從黑京聲也。」合此二引，與今二徐本同，許書原文如是。《釋文》所言在於申明「睽卦」中之「剠」字，在許書中或作「黥」，非是指許書中有「剠」字。

〔註261〕「似」字當作「以」。

《說文古本考》第十卷下　嘉興沈濤纂

囪部

囪（囪）　在牆曰牖，在屋曰囪。象形。凡囪之屬皆从囪。窗或从穴。⑪古文。

　　濤案：《御覽》百八十八居處部引曰：「窗，穿壁以木爲交窗，所以見日也。向，北出牖也。在牆曰牖，在屋曰窗。」「穿壁」上「窗」字乃「牖」字之誤。此合牖、向、囪三字說解并引之，傳寫誤「牖」爲「窗」，幾疑爲囪字注之奪文矣。

　　又案：《穴部》「窻，通孔也。从穴悤聲」，段先生曰：「此篆淺人所增，古本所無，當刪。古祇有囪字，窗已爲或體，何更取悤聲作窻字哉！據《廣韻‧四江》窻下云：『《說文》作窗，通孔也。』則篆體之不當有心明矣。依《廣韻》宜《囪部》去窗，此窻篆改爲窗。然囪、窗本一字，宜《囪部》仍舊而此從刪也」云云。然《五經文字》明列窻爲《說文》，則不得謂古本無此字。許書中每有視爲重文而不可刪者，未便遽以臆斷也。

　　魁案：《古本考》據《五經文字》認爲許書有「窻」字，可備一說。《慧琳音義》卷六十二「囪櫺」條引《說文》云：「在牆曰牖，在屋曰囪。象形字，或從穴作窗。」所云與今二徐本同，是慧琳所見已同今本。

炙部

燔（燔）　宗廟火孰肉。从炙，番聲。《春秋傳》曰：「天子有事燔焉，以饋同姓諸侯。」

　　濤案：《初學記》卷二十六服食部引「燔，宗廟孰肉也」，蓋古本無火字，今誤衍。

燎（燎）　炙也。从炙，尞聲。讀若區燎。

　　濤案：《一切經音義》卷十三引「燎，火炙之也」，蓋古本如是，今本奪「火」「之」二字。

　　魁案：《古本考》非是。《希麟音義》卷九「火燎」條，引《說文》作「炙

也」，與今二徐同，許書原文如是。

赤部

𧹞（赧）　面慙赤也。从赤，㞋聲。周失天下於赧王。

濤案：《文選・曹子建〈土責躬應詔詩表〉》〔註262〕注引作「面慙也」，乃傳寫奪一「赤」字，非古本如是。《一切經音義》卷二、《御覽》三百六十五人事部引同今本可證。

魁案：《古本考》是。《慧琳音義》卷四十一與《希麟音義》卷一「赧而」條，《慧琳音義》卷五十三「赧皺」條，卷六十一「默赧」條，卷六十二「羞赧」條，卷八十三「慙赧」條，卷八十四「赧然」條，卷八十八「赧畏」條俱引《說文》有「赤」字，今二徐本不誤。卷六十九「羞赧」條奪「也」字。卷二十六「赧然」條奪「赤」字。卷八十四「忸赧」條引作「面慙色也」，「色」字當「赤」字之誤。卷二十四「皺赧」條引作「慙也」，乃節引。

大部

奄（奄）　覆也。大有餘也。又，欠也。从大，从申。申，展也。

濤案：《廣韻》引至「大有餘也」止，無又、欠、也三字。竊謂欠字訓於古無證，疑古本無此語，或欠字有誤。《玉篇》云：「大也，覆也，大有餘也，息也。」顧氏語皆本《說文》，亦無欠字義。

魁案：《慧琳音義》卷九十五「奄曖」條引《說文》云：「覆也。大有餘。一曰久也。從大從电展。」是許書原文「一曰久也」，今本「欠也」乃「久也」之誤。「從大從电展」當從大徐作「從大從申，申，展也。」合訂之，許書原文當作「覆也。大有餘也。一曰，久也。从大从申。申，展也。」

夼（夼）　瞋大也。从大，此聲。

濤案：《玉篇》、《廣韻・十六怪》皆作「㞗」，皆引作「瞋大聲也」，蓋古本大字下尚有「聲」字，今奪。古篆當亦作「㞗」。

契（契） 大約也。从大，从㓞。《易》曰：「後代聖人易之以書契。」

濤案：《文選・歎逝賦》注引「契，約也」，無「大」字，葢傳寫偶奪，或崇賢節引耳。《選》注如《孫楚征西官屬送於陟陽候作詩》、盧諶《贈劉琨》詩兩引皆有「大」字可證。《一切經音義》卷二十二引亦同今本。

魁案：《古本考》是。《慧琳音義》卷四十八「司契」條轉錄《玄應音義》，與卷四十九「䡄契」條，卷五十四「一契」條三引《說文》作「大約也」，與今二徐本同，許書原文如是。

夷（夷） 平也。从大，从弓。東方之人也。

濤案：《廣韻・六脂》夷字注云：「《說文》平也，从大弓。」又曰：「南蠻从虫，北狄从犬，西羌从羊，唯東夷从大，人俗仁而壽，有君子不死之國。」今本「南蠻」云云在《羊部》羌字注，其語加詳。據此，則古本「南方蠻閩」以下一百二十二字在《大部》，夷字注當是二徐誤竄於彼耳。

魁案：《古本考》非是。《慧琳音義》卷二十八「夷塗」條、卷七十一「夷悅」條並引《說文》作「平也」，與今二徐本同，許書原文當如是。

亦部

夾（夾） 盜竊褱物也。从亦有所持。俗謂蔽人俾夾是也。弘農陝字从此。

濤案：《玉篇》引作「亦持也」，乃傳寫舛奪，非古本如是。

矢部

吳（吳） 姓也。亦郡也。一曰，吳，大言也。从矢、口。𡗉古文如此。

濤案：《詩・絲衣》：「不吳不驁。」釋文云：「舊如字譁也，《說文》作吳。吳，大言也。何承天云：吳字誤當爲吳，从口，下大。故魚之大口者名吳，胡化反」云云，葢古本有偁《詩》語，今奪。

又案：《汗簡》卷中之二引𡗉作𤰞，葢古本重文如此，今本爲二徐所妄改。

又案：《史記・孝武本紀》引《詩》「不虞不驁」，索隱曰：「《說文》作（今

本誤作以）吳，一曰（今本誤作口）大言也。」蓋毛《詩》本作「不虞」，故元朗引《說文》作吳以別之。古虞、吳通字，《泮水》「不吳不揚」，《衛尉衡方碑》作「不虞不陽」，若如今本毛《詩》已作「不吳」矣，元朗何得云《說文》作「吳」邪？

又案：《詩·絲衣》傳：「吳，詳也。」正義云：「人自娛樂不謹譁爲聲，故以娛爲譁也，定本誤作吳。」是孔氏所見本作「娛」不作「吳」，今作吳者從定本耳。《泮水》箋：「吳，譁也。」毛、鄭同訓爲譁，則亦必作娛，不作吳。娛、虞同字，皆吳字之假借，大言即讙譁，毛、鄭、許義皆同而字不必同也。

又案：《玉篇》引「姓也」下有「誤也」二字，恐是傳寫誤衍，非古本有之。

允部

古（允）　㠶，曲脛也。从大，象偏曲之形。凡允之屬皆从允。㮦古文从㞢。

濤案：《汗簡》卷中之二引作㮦，蓋古本篆體如此，小徐本《之部》㞢字有重文㞢，此篆正從此。

壺部

壺（壺）　昆吾圜器也。象形。从大，象其蓋也。凡壺之屬皆从壺。

濤案：《一切經音義》卷十四、十七引無「昆吾」二字，當是節引，非完文。

魁案：《古本考》是。《慧琳音義》卷四十五「投壺」條引《說文》云：「昆吾圖器也。」「圖」當「圜」字之誤。卷一百「唾壺」條引作「昆吾圜器也。象形。從大，其蓋也。」「其」上奪「象」字。二引皆有「昆吾」二字，今二徐本同，許書原文如是。

㚔部

㚔（㚔）　所以驚人也。从大，从羊。一曰，大聲也。凡㚔之屬皆从㚔。一曰，讀若瓠。一曰，俗語以盜不止爲㚔，㚔讀若籋。

濤案：《五經文字》云：「《說文》从大从𢆉，𢆉音干，今依石經作幸。」是古本《說文》从𢆉，不从羊矣。《𢆉部》「羊，撖也。从干，入一爲干，入二爲羊」，是从干从羊義皆可通，故石經如是作。臣鍇音飪，是二徐所見本从「入二」，非傳寫之譌。

又案：《五經文字》云「㚔，所以犯驚人也」，當本《說文》，是古本有「犯」字，「所以犯」句絕。《干部》「干，犯也」，此說从干之義。

又案：此條頗多舛誤，祁相國（雋藻）曰：「一曰讀若瓠，『一曰』二字衍，《漢志》『河東郡狐讘縣』，《集韻》作『瓡讘』，《史》、《漢》侯表作『瓡讘』。『狐』、『瓡』、『瓡』葢皆㚔之譌，讘爲多言，㚔爲大聲，義相近而音讀如瓠，後人不知㚔可讀瓠，加以瓜聲，故傳譌爲『瓡狐』耳。」

魁案：唐寫本《玉篇》105 幸下引《說文》云：「俗以溢不送□□也，一曰所以犯驚人也。」「溢」字當爲「盜」字之形誤。黎本 307 引《說文》云：「俗以盜不送爲□□也。一曰所犯驚人也。」張舜徽曰：「竊意許書原文當云：『所引驚犯人也』。」〔註 263〕可從。

（睪）　目視也〔註 264〕。从橫目，从㚔。令吏將目捕罪人也。

濤案：《廣韻・二十二昔》引無「橫」字，葢古本如是。今本乃淺人所增，本書眔蜀等字皆止云「从目」可證。

（㚚）　捕罪人也。从丮，从㚔，㚔亦聲。

濤案：《五經文字》云：「㚚，上《說文》，下經典相承，凡執之類皆从幸。」是古本从㚔之字，皆當从㚔。

魁案：唐寫本《玉篇》105 引《說文》：「捕罪人也。」與今二徐本同，許書原文如是。

（盩）　引擊也。从㚔、攴，見血也。扶風有盩厔縣。

濤案：《廣韻・十八尤》盩字注云：「盩厔縣在京兆府，水曲曰盩，山曲曰厔。」又云：「引擊也。」疑「盩厔縣」以下三語皆本《說文》，葢古本如此，

〔註 263〕張舜徽《舊學輯存》（中），齊魯書社，1988 年，第 566～567 頁。

〔註 264〕刻本作「司視」，今正。

今本譌奪。淺人遂將《廣韻》「《說文》云」三字刪去，其所謂「又云」，「又」字正指《說文》，若「鼇庢縣」云非引《說文》語，則「又」字爲無著矣。

魁案：《古本考》非是。《慧琳音義》卷九十四「鼇庢」條引《說文》云：「鼇，謂引擊也。從幸支從皿。轉注字也。右扶風縣名也。」「支」當作「攴」。「鼇」不從「皿」，當從二徐作「見血也」。「轉注字」以下乃慧琳語，「右扶風縣名也」乃述許書之意，可知許書原文非沈濤云云。

籀（籀）　窮理罪人也。从卒，从人，从言，竹聲。𥷀或省言。

濤案：《廣韻・一屋》引「窮治皋人也」，蓋古本如此。今誤作「理」，當緣唐時避諱所改，後未更正耳。《玉篇》亦云「窮治罪人也」。

奢部

奢（奢）　張也。从大，者聲。凡奢之屬皆从奢。奓籀文。

濤案：《御覽》四百九十三人事部引「奢，張也。反儉爲奢，从大者言誇大於人也。」蓋古本尚有此十三字，今本爲二徐妄刪。

夻部

夻（夻）　驚也〔註265〕。一曰，往來也。从夻、㐁。《周書》曰：「伯夻。」古文㐁，古文囧字。

濤案：《廣韻・三十六養》引作「往來皃」，蓋古本如是。小徐本亦作皃。

夫部

夫（夫）　丈夫也。从大，一以象簪也。周制以八寸爲尺，十尺爲丈。人長八尺，故曰丈夫。凡夫之屬皆从夫。

濤案：《御覽》三百八十二人事部引作「夫，从一大，象人形也。一象簪形，冠而既簪，人二十而冠，成人也。故成人曰丈夫」，蓋古本如此。本書大字注云：「天大、地大、人亦大，故大象人形。」此字从一从大，夫象人形，一象簪形，

─────────────

〔註265〕大徐本作「驚走也」。

正字之會意。若如今本，但言一以象簪而不言所以从大之義，失其恉矣。「冠而既簪」當作「既冠而簪」，此釋所以从一義。今本譌奪而又衍「周制」云云十五字，疑是《說文》注中語。《玉篇》引同今本，當是後人據今本改。

　　魁案：《古本考》非是。《玉篇》引同今二徐本，當存許書之舊，許書原文當如是。《類聚抄》卷二人倫部男下引《說文》云：「男，丈夫也。」

竝部

替（替）　　廢，一偏下也。从竝，白聲。替或从曰。替或从兟从曰。

　　濤案：《六書故》引唐本《說文》：「廢也。」蓋古本如此。《爾雅・釋言》、《詩・楚茨・召旻》傳、《儀禮・少牢・饋食禮》注皆云：「替，廢也。」替之爲廢，古訓相傳，故許君用之，今本殊不可通。《玉篇》亦云：「替，廢也。」

　　又案：段先生謂：「廢下當奪『也』字，『偏下』又爲一義。」濤案，一下當奪「曰」字，蓋古本作「廢也，一曰偏下也」，「偏下」即「陵替」之意，所謂「陵夷衰微」也。小徐曰：「並立而一下也。」不知所見本有奪字，求其故不得而強爲之詞耳。

　　魁案：《古本考》認爲許書原文作「廢也」，是。《慧琳音義》卷一「隆替」條：「《說文》作替，廢也。」

囟部

囟（囟）　　頭會匘蓋也。象形。凡囟之屬皆从囟。䐘或从肉、宰。巤古文囟字。

　　濤案：《一切經音義》卷四引作「頭會匘蓋額空」，卷十二引作「頭會匘蓋也，額空也」，是古本「匘蓋」下有「額空」二字。又《玉篇》引「頭會」上有「象人」二字。合二書訂之，古本當作「象人額會、匘蓋額空之形。」

　　又案：《禮・內則》正義云：「夾囟曰角者，囟是首腦之上縫，故《說文》云：囟，其字象小兒腦不合也。」沖遠所引不但今本所無，與元應所稱歧異，當由所據本各有不同也。

　　魁案：《古本考》非是。《玄應音義》卷十二引《說文》作「頭會匘蓋也。」又《慧琳音義》卷三十九「頂囟」條引作「頭會匘蓋。象形也。」與今二徐本

同。許書原文當如是。《慧琳音義》卷三十「頂囟」條、卷七十四「囟上」條轉錄《玄應音義》，引《說文》並有「額空也」三字，疑非許書之文。

巤（巤）　毛巤也。象髮在囟上及毛髮巤巤之形。此與籀文子字同。

濤案：《玉篇》引云：「毛巤也，象髮在囟上及毛巤之形也。亦作鬣。」是顧氏所見本巤、鬣為一字，鬣為巤之重文，今本《髟部》別出鬣。段先生曰：「為增竄無疑。」「毛髮鬣鬣」乃釋「毛巤」之義，賦家言「旌旗獵獵」即「巤巤」之假借，「巤巤」乃毛髮顫動之兒。《玉篇》傳寫奪「髮」、「巤」二字，非古本如此，「形」下今本奪「也」字。

又案：《廣韻‧二十九葉》鬣、獵二字注引《說文》與今本《髟部》同，又別出巤字，云「本也，亦巤毛」，不云出《說文》，或疑許書有鬣無巤者。《廣韻》為宋人所增益，其中率與二徐本相同，不必屬可據。而《篇》、《韻》載《說文》字不用《說文》訓釋者甚多，更不得據以為疑也。

魁案：《古本考》非是。沈濤所引《玉篇》「亦作鬣」當非許書之文。《慧琳音義》卷五十六「豬獵」條引《說文》云：「毛巤也。亦長毛也。」末四字亦非許書之文。

毗（毗）　人臍也。从囟。囟，取气通也。从比聲。

濤案：《玉篇》引作「人臍也，从囟从比，取其氣所通也。」《廣韻》云：「《說文》作脟齎。」《一切經音義》卷十八引「毗，人齎也」，又卷二十五引「毗、齎，人齎也」。是《廣韻》及元應第二引所據本作「毗齎，人齎也」，古本當如此。《玉篇》及元應第一引無「齎」字，乃傳寫誤奪，非所見本有異也。「取其气所通也」六字亦古本如此，今脫「其」字「所」字，文義不完矣。又許書皆言「从某某聲」，或言「从某从某」，從無言「从某聲」者，據希馮所引則今本「聲」字衍文，此乃會意包形聲字。

心部

心（心）　人心 [註266]，土藏，在身之中。象形。博士說以為火藏。凡

〔註266〕刻本「心」上無「人」字，今據大徐補。

心之屬皆从心。

濤案：《玉篇》引但云「心，火藏也」，乃節引非完文。

情（情） 人之陰气有欲者。从心，青聲。

濤案：《五行大義·論情性》引云：「情，人之陰气有欲嗜也。」「嗜」乃「者」字傳寫形近而誤。蓋古本「者」下有「也」字。《列子·說符》釋文、《廣韻·十四清》引作「人之陰气有所欲也」，義得兩通。

性（性） 人之陽气性善者也。从心，生聲。

濤案：《五行大義·論情性》引云：「性，人之陽气善者也。」蓋古本無「性」字，「陽气善者」正以釋性，說解中不應有「性」字，蓋二徐妄竄，上文「情」字說解亦不出「情」字可〔註267〕證。《玉篇》引同今本，疑後人據今本改。

忠（忠） 敬也。从心，中聲。

濤案：《孝經》疏引「盡心曰忠」四字，蓋古本有之，今奪。

愨（愨） 謹也。从心，殼聲。

濤案：《後漢書·竇融傳》注、《文選·東京長門賦》注引皆同今本。惟《舞賦》注引「愨，貞也」，蓋古本一曰以下之奪文。

愿（愿） 快心。从心，夾聲。

濤案：《一切經音義》卷十二引「愿，恐息也」，蓋古本一曰以下之奪文。

魁案：《慧琳音義》卷三十二「惬陁」條，卷七十三「文惬」條並引《說文》同今二徐本，許書原文如是。卷七十五「惬腹」條轉錄《玄應音義》，引同卷十二沈濤所引，不足據。

懂（懂） 遲也。从心，重聲。

濤案：《一切經音義》卷二十引「懂，遲懂」，是古本「遲」下有「懂」字，今奪。

〔註267〕「可」字刻本缺，今據《古本考》語例補。

忻（忼）　慨也。从心，亢聲。一曰，《易》「忼龍有悔」。

慨（慨）　忼慨，壯士不得志也。从心，既聲。

濤案：《文選・歸田賦》注、《曹子建〈贈徐幹詩〉》注、《一切經音義》卷四引「忼慨，壯士不得志於心也」〔註268〕（《音義》無也字）。《洞簫賦》注、《潘安仁〈馬汧督誄〉》注引「慷慨，壯士不得志於心也」，陸士衡《門有車馬客行》注、《古詩十九首》注、孔文舉《薦禰衡表》注引「慷慨，壯士不得志於心」，「慷」即「忼」字之別。是古本皆有「於心」二字，且在「忼」字下，古本當云「忼慨，壯士不得志於心也。慨，忼慨也」，方合許書之例。二徐不知篆文連注讀法，輒疑「慨壯士」云云為不詞，遂移易之如此，且刪「於心」二字，妄矣。

又案：《文選・北征賦》《秋興賦》《思元賦》注引「慨，太息也」，乃愾字之假借，非慨字之一解〔註269〕。

魁案：《古本考》認為有「於心」二字，非是；以連語解亦非是。《慧琳音義》卷四十四「嗟慨」條引《說文》云：「忼慨，壯士不得志也。從心既聲。」卷四十九「忼慨」條：「《說文》云：忼，慨也。從心亢聲。《說文》云：忼慨，壯士不得志也。從心既聲。」卷七十七「慷慨」條引《說文》云：「壯士不得志也。二字並從心，康、既皆聲也。《說文》正作忼。」據此許書原文當如今二徐本。

《古本考》認為「慨」乃「愾」字之假借，是。《希麟音義》卷十「慷慨」條引《說文》云：「慨，太息也。」慨乃愾之借字。《正字通・心部》：「愾與慨通。」《段注》曰：「慨，他書亦叚愾為之。」

悃（悃）　悃也。从心，困聲。

愊（愊）　誠志也。从心，畐聲。

濤案：《後漢書・章帝紀》注引「悃愊，至誠也」，蓋古本如是。二徐不知篆文連注之例，輒疑「愊至誠」三字為不詞，遂刪去二字，移於「愊」字之注，

而又誤「至」爲「志」，因倒其文耳，其妄與忼慨字等。古本愊字解當云「愊，悃愊也」。

魁案：《古本考》是。《慧琳音義》卷八十九「悃愊」條引《說文》云：「憤至誠謂之悃愊。」《漢書・劉向傳》有「發憤悃愊」語，蓋漢時熟語，慧琳書因傳寫衍「憤」字。據慧琳書許書原文當作「悃愊，至誠也；愊，悃愊也。」

🦬（憖） 問也。謹敬也。从心，猌聲。一曰，說也。一曰，甘也。《春秋傳》曰：「昊天不憖。」又曰：「兩君之士皆未憖。」

濤案：「問也」，《玉篇》引作「閜也」，蓋古本如是。《左傳》文十二年釋文引《字林》云：「閜也。」《字林》率本《說文》〔註270〕。「甘也」《玉篇》引作「且也」，亦古本如是。《漢・五行志》應劭注、《左傳》哀十六年注皆云「且也」。《詩・十月之交》正義引作「肯從心也」，蓋傳寫之誤。

🦬（懬） 闊也。一曰，廣也，大也。一曰，寬也。从心，从廣，廣亦聲。

濤案：《詩・泮水》釋文云：「懬，《說文》作懬，音獷，云闊也。一曰廣大也。」是古本「廣大」爲一義，「廣」下無「也」字，「廣大也」下當有「《詩》曰：懬彼淮夷」六字。

🦬（愃） 寬嫺心腹皃。从心，宣聲。《詩》曰：「赫兮愃兮。」

濤案：《列子・力命》釋文引「愃，寬閒心腹皃」，是古本不作「嫺」，「閒」乃「嫺」字傳寫之誤。

🦬（懷） 念思也。从心，褱聲。

濤案：《文選・思舊賦》注引無「思」字，乃傳寫偶奪，非古本如是。潘安仁《悼亡詩》、盧子諒《贈崔溫詩》、顏延年《贈三太常詩》注皆引同今本可證。《西京賦》注又誤作「思念」。

魁案：《古本考》是。《慧琳音義》卷二「懷孕」條引《說文》同今二徐本，許書原文如是。

〔註270〕「說」字原缺，今補。

（懼）　恐也。从心，瞿聲。古文。

濤案：《莊子・天運》釋文云：「《說文》懼是正字。愳，古文。」是古本重文作「懼」，不作「愳」矣。《汗簡》卷中之二愳字不云「見《說文》」，可見古本不如是。

魁案：《古本考》非是。《慧琳音義》卷七「惶懼」條引《說文》云：「懼，恐也。從心瞿聲也。瞿音具于反。古文作愳。」卷八「怯懼」條引云：「懼，恐也。從心瞿聲也。古文作愳也。」與今二徐本同，許書原文如是。卷四十一「怯懼」引「恐」奪「也」字。

（㤅）　惠也。从心，旡聲。古文。

濤案：《六書故》：「㤅又作䫉。唐本《說文》曰：『从心，从旡，从夊。』晁說之曰：『古文無从夊者。』」是古本「㤅」有重文作「䫉」矣。今本「䫉」字別在《夊部》，云「行也」，「䫉」之訓「行」傳注無徵，疑二徐刪此重文，妄竄於彼。晁氏習見今本《說文》，故云「古文無从夊者」，經典皆作愛，不作㤅。漢碑亦皆从心从夊，隸變悉本於篆，非假䫉爲㤅也。

又案：本部「慶，行賀人也，从心从夊」，此與愛字同意，以其从夊故曰「行賀人也」，則愛字解亦當曰「行惠也」。《禮・月令篇》：「行慶施惠。」「施惠」猶言「行惠」，以上云「行慶」故變文言施耳。二徐將㤅、愛二篆分隸二部，又將「行惠」二字分屬二注，而《夊部》之解遂致不可通矣。

（㥥）　㥥撫也。从心，某聲。讀若侮。

濤案：《玉篇》及《廣韻・九麌》引但云「㥥，撫也」，不重「㥥」字，是今本說解中有「㥥」字者誤。段先生曰：「撫當作憮。」

（懕）　安也。从心，厭聲。《詩》曰：「懕懕夜飲。」

濤案：《爾雅・釋訓》釋文引作「安靜也」，葢古本多一「靜」字，今奪。《玉篇》云：「安也，靜也。」然則，「安」、「靜」爲二義，《爾雅》釋文所引尚奪一「也」字。

（憺）　安也。从心，詹聲。

濤案：《一切經音義》卷六尚有「謂憺然安樂也」六字，乃庾氏注中語。《文選・洞簫賦》、《潘安仁〈爲賈謐贈陸機〉詩》注引作「淡」，乃假借字。

魁案：《古本考》是。《慧琳音義》卷七十「憺怕」條轉錄《玄應音義》，引《說文》同卷六沈濤所引。《慧琳音義》卷十「憺慮」條，卷十七、二十七、三十二、六十六、七十一「憺怕」條，卷七十七「恬憺」條俱引《說文》同今二徐本，許書原文如是。

帕（怕）　無爲也。从心，白聲。

濤案：《文選・子虛》《長楊》《景福殿》賦、張華《勵志詩》《養生論》注，《一切經音義》六引皆同今本。惟《文選・盧子諒〈時興詩〉》注引「泊（即怕字之別），無也」，乃傳寫奪一「爲」字，非古本如是。《音義》卷二十五引「怕，靜也」，當是古本之一訓。

魁案：《古本考》是。《慧琳音義》卷七十「憺怕」條轉錄《玄應音義》，引《說文》云：「怕，靜，無爲也。」卷七十一「憺怕」轉錄引云：「怕，靜也。」同沈濤所引，是許書原文有「靜也」一訓。張舜徽《約注》云：「怕之言慔也，謂心寂靜不擾於物也。慔字重讀則爲怕矣。」其說是。《慧琳音義》卷十三「恬怕」條，卷二十七、四十五、六十六、六十九、七十四「憺怕」俱引作「無爲也」。與今二徐本同。卷十七「憺怕」引作「無思也」，「思」當「爲」字傳寫之誤。合訂之，許書原文當作「無爲也，靜也。」

恤（恤）　憂也，收也。从心，血聲。

濤案：《一切經音義》卷九引「恤，少也」，當是古本之一訓。

魁案：《古本考》非是。「憂也」爲「卹」字之訓，《慧琳音義》卷六「濟恤」條：「《說文》作卹，卹，憂也。」卷二十三「振卹」條轉錄《慧苑音義》引《說文》云：「憂，卹。」乃二字誤倒，又奪「也」字。今二徐本《血部》「卹」下云：「憂也。从血卪聲。一曰鮮少也。」是「少也」乃「卹」字之一訓。卷四十六「給恤」條轉錄《玄應音義》引《說文》作「牧也」，「牧」當「收」字形近而誤。卷四十八「振恤」條亦轉錄《玄應音義》，云：「下又作卹，同。《說文》：恤，收也。憂也。」所引與二徐本「恤」下所釋同，惟「收也」置前。「卹」下段玉裁注云：「卹與《心部》『恤』音義皆同，古書多用『卹』字，後人多改爲

『恤』。」其說當是。然以許書觀之，二字甚爲分明。

憸（憸）　憸詖也。憸利於上，佞人也。从心，僉聲。

濤案：《玉篇》引不重「憸」字，葢古本如是，今本誤衍。

儒（懦）　駑弱者也。从心，需聲。

濤案：《禮記・玉藻》正義引「懦，柔也」，葢古本如是。許書無「駑」字，古「懦弱」字不作「駑弱」，今本葢淺人妄改。

恁（恁）　下齎也。从心，任聲。

濤案：《後漢書・班固傳》注引「恁，念也」，葢古本如是。《廣雅・釋詁》〔註271〕云：「恁，思也。」思、念同義，《篇》、《韻》亦云「念也」，「下齎」二字不可通，今本之誤顯然。

懱（懱）　輕易也。从心，蔑聲。《商書》曰：「以相陵懱。」

濤案：《一切經音義》卷六、卷二十一、卷二十四引作「相輕傷也」，葢古本如此。《人部》曰：「傷，輕也」，是古「輕易」字作「傷」。《音義》卷十、《文選・沈休文〈奏彈王源〉》注引同今本，乃後人據今本改。

魁案：《古本考》非是。《慧琳音義》卷二十八「輕蔑」條轉錄《玄應音義》，云：「又作懱，同。《說文》：懱，謂相輕傷也。」云「謂」當是轉述，未必與許書原文同。卷七十「淩懱」條以轉錄，引作「相輕傷也」，二引皆有「相」字，「傷」當作「傷」。《慧琳音義》卷二「不懱」條，卷五、六、十六、四十一、八十及《希麟音義》卷一「輕懱」條俱引《說文》作「輕傷也」，許書原文當如是。玄應所引衍「相」字，今二徐本誤「傷」爲「易」。卷三十一「輕懱」條、卷四十「譏懱」條、卷四十五「懱於」條引同今本，皆誤。

愚（愚）　戇也。从心，从禺。禺，猴屬，獸之愚者。

濤案：《一切經音義》卷四、卷十二、卷二十、卷二十三、卷二十五皆引作「愚，癡也」，葢古本一曰以下之奪文。「猴屬」，《廣韻・十虞》引作「母猴

〔註271〕「詁」字今補。

屬」。

魁案：《古本考》是。《慧琳音義》卷三十四「愚戇」轉錄《玄應音義》，引《說文》云：「愚，癡也。戇也。」卷二十八、五十、七十一、七十六「愚戇」亦轉錄，引《說文》皆云：「愚，癡也。」是許書原文當有「癡也」一訓，今二徐本奪之。卷六十三「愚憃」條引同今本。合訂之，許書原文蓋作「愚，癡也。戇也。」

戇（戇）　愚也。从心，贛聲。

濤案：《後漢書・董卓傳》注、《一切經音義》卷四、卷十二、卷二十三皆引同今本，惟《音義》卷二十一引云「戇，亦愚鈍也」，二十五引云：「戇，愚鈍也」，皆有「鈍」字，疑古本亦有「亦鈍也」三字。元應書二十一「愚」字衍文，二十五「愚」字乃「亦」字之誤。

魁案：《古本考》非是。《慧琳音義》卷七十一「愚戇」條轉錄《玄應音義》，引《說文》云：「戇，愚鈍也。」「愚鈍」熟語，「鈍」當涉「愚」而衍。《慧琳音義》卷二十八、五十、七十六「愚戇」條轉錄《玄應音義》，卷十三、十七、十八、十九、三十二「愚戇」條，卷八十六「惛戇」條俱引《說文》同今二徐本，許書原文如是。

忮（忮）　很也。从心，支聲。

濤案：《一切經音義》卷九引「很」作「恨」，乃傳寫之誤，非古本如是。《廣韻・五寘》引同今本可證。

魁案：《古本考》是。《慧琳音義》卷四十六「忮羅」條轉錄《玄應音義》，云：「《詩傳》云：忮，害也。《說文》：忮，恨也。」同沈濤所引。

悍（悍）　勇也。从心，旱聲。

濤案：《一切經音義》各卷引「悍，勇也，有力也」，卷二十四引「悍，勇有力也」，是古本尚有「有力也」三字，今本傳寫誤奪。

魁案：《古本考》是。《慧琳音義》卷九、四十七、五十二「勇悍」轉錄《玄應音義》，三引《說文》作「勇也。有力也。」卷七十「勇悍」轉錄引作「勇有力也」，「勇」下當奪「也」。卷四十八「勇悍」條轉錄引作「捍，勇有力。悍，

傑也。」「勇有力」當奪兩「也」字。「傑也」乃「傑也」之誤，出《三蒼》，非許書之語，卷四十七、卷七十「勇悍」條《參蒼》與《說文》並引可證。

《慧琳音義》卷五十一「悍表」，卷六十七、七十二「勇悍」條，卷九十二「強悍」皆引《說文》同今二徐本。卷七十三「勇悍」條引作「猛也」，卷九十四「勇悍」條與「雄悍」條並引作「抵也」，蓋傳寫之誤，不足爲據。

愓（愓） 放也。从心，易聲。一曰，平也。

濤案：《華嚴經音義》上引「愓，放恣也」，是古本有「恣」字，今奪。《音義》又云「古體又有媱、慯二體」，今《說文》無「媱」字，「慯」乃別爲一字。疑慧苑所云乃指當時所謂「古體」，非謂《說文》之「古文」也。

魁案：《慧琳音義》卷二十一「心馳蕩」條轉錄《慧苑音義》，引《說文》曰：「蕩，放恣也。蕩字正宜作愓。」同沈濤所引。

憧（憧） 意不定也。从心，童聲。

濤案：《一切經音義》卷二十引「憧憧，意不定也」，蓋古本複一憧字。淺人不知篆文連注之例，以爲複舉而刪之。

魁案：《古本考》是。《慧琳音義》卷三十三「憧憧」條轉錄《玄應音義》，引《說文》云：「憧憧，意不定也。」同沈濤所引。卷七十九「㞌㞌」條：「正體從童從心作憧。《說文》：意不定也。從心童聲也。」許書原文當作「憧憧，意不定也。」

怳（怳） 狂之皃。从心，況省聲。

濤案：《一切經音義》卷八引「怳，狂皃也」，蓋古本如是。今本衍「之」字奪「也」字。

魁案：《古本考》是。《慧琳音義》卷二十八「怳忽」轉錄《玄應音義》，與卷三十八「怳忽」條並引《說文》作「狂皃也」，許書原文當如是。卷一百「怳然」條引作「狂皃」，當奪「也」字。卷九十七「怳焉」引作「失音皃也」，當傳寫之誤。

恑（恑） 變也。从心，危聲。

濤案：《一切經音義》卷三引「恑，變詐也」，是古本多一「詐」字。然《文選・海賦》《楊德祖〈答臨淄侯牋〉》、《沈休文〈宋書・謝靈運傳論〉》《盧士衡〈辨亡論〉》注皆引作「詭，變也」（詭即恑假借字），是古本亦有無此字者。

魁案：《慧琳音義》卷九「詭䫻」條轉錄《玄應音義》，引《說文》云：「恑，變詐也。謂變異也。」同沈濤所引。今二徐本同，合沈濤所引《文選》注，許書原文當如此，《古本考》非是。

髒（悸） 心動也。从心，季聲。

濤案：《一切經音義》卷四引「悸，氣不定也」，當是古本有此一解，今奪。

魁案：《古本考》非是。「氣不定也」乃《疒部》瘁字之訓。《慧琳音義》卷二十八「驚悸」條轉錄《玄應音義》，云：「古文瘁，同。《說文》：氣不定也。」《慧琳音義》卷十七「焦悸」條、卷四十九「惶悸」、卷五十三「怖悸」、卷五十六「驚悸」皆引《說文》作「氣不定也」，本字當作「瘁」。

卷五十七「驚悸」條、卷七十四「悸愁」條、卷七十八「掉悸」條、卷八十九「心悸」條、卷九十八「情悸」條皆引《說文》同今二徐本，許書原文如是。卷八十一「戰悸」條引作「心動貌」，「貌」當作「也」字。卷九十七「氣悸」條引作「心驚動也」，「驚」字衍。

愻（愻） 善自用之意也。从心，銛聲。《商書》曰：「今汝愻愻。」**鎵**古文从耳。

濤案：《書・盤庚》釋文引作「拒善者自用之意」，是古本多一「拒」字，今本刪去此字，義不可通。《玉篇》引同今本，乃後人據今本改。

愆（愆） 過也。从心，衍聲。**㦝**或从寒省。**㥶**籀文。

濤案：《一切經音義》卷三引「愆，過也失也」，卷五、卷二十三引「愆，過也，亦失也」，是古本尚有「失也」一訓。《玉篇》亦云「過也，失也」，當本許書。

魁案：《慧琳音義》卷十「三愆」條轉錄《玄應音義》，云：「今作愆，同。

《說文》：過也。失也。」卷七十一「深憝」亦轉錄，引同卷十所引。又，卷四十二「憝咎」條轉錄引作「譽，過也。亦失也。」卷五十「憝犯」條亦轉錄引作「譽，過也。亦失也。罪也。」又多「罪也」一訓。《慧琳音義》卷八十五「小憝」條《說文》云：「罪也。」是許書上尚有此訓。卷四「之憝」條引同今二徐本。合訂之，許書原文當作「過也。亦失也。罪也。」

岷（㥏）　恢也。从心，民聲。

㦬（恢）　亂也。从心，奴聲。《詩》曰：「以謹惛恢。」

濤案：《詩·民勞》釋文云「惛，《說文》作㥏」，是古本偁《詩》作「以謹㥏恢」，今本乃後人據毛詩改耳。

㦙（惛）　不憭也。从心，昏聲。

濤案：《一切經音義》卷二十一引作「不了」，乃用通假字。魏晉人言「小時了了」，皆以「了」為「憭」。

魁案：《古本考》是。《慧琳音義》卷二十「惛悶」條引《說文》云：「惛，不憭也。」與今二徐本同，許書原文如是。卷六十六「惛沈」條引作「不明憭也」，「明」字當衍。

㦣（憒）　亂也。从心，貴聲。

濤案：《莊子·大宗師》釋文、《後漢書·何進傳》注引「憒憒，亂也」，是古本複一「憒」字。《一切經音義》卷六引「憒，亂煩也」，是古本亦有多一「煩」字者，餘卷皆同今本。

魁案：《古本考》認為「憒」字復舉，非是。就慧琳引許書言，或復舉被釋詞，或否。若皆以其復舉為許書之復舉，則許書面目不知如何矣。茲將《慧琳音義》所引分兩類如下。（一）舉被釋詞：卷九「憒」字，卷十一、二十、四十七、四十八、五十一、五十九「憒吏」條，卷二十八「憒亂」，卷六十一「憒閙」條，卷八十三「愁憒」條俱引《說文》云：「憒，亂也。」卷七十二「薈憒」條引作「憒，亦亂也。」「亦」字乃引者因文而足。（二）未舉被釋詞：《慧琳音義》卷三「憒㒹」條、卷二十八「憒亂」條並引《說文》作「亦亂也」。卷二十五

「憒吏」條、卷五十五「憒憒」並引作「亂也」。由以上諸引可見沈濤之說不可據。

又，《慧琳音義》卷二十七「憒吏」條引《說文》云：「亂也，煩也。」卷三十一「憒吏」條引作「憒，心煩亂也。」「心」字當衍。據二引，許書當有「煩也」一訓。合訂之，許書原文當作「憒，亂也。煩也。」

帽（悁） 忿也。从心，肙聲。一曰，憂也。帽籀文。

濤案：《後漢書・張衡傳》注引「悁悁，憂也」，是古本複一「悁」字。又《陳蕃傳》注引「悁悁，恚忿」，是古本多一「恚」字。一引正解，一引別解，而無不複舉「悁」字者，今本為二徐妄刪無疑。又《一切經音義》卷五引作「恚也」，卷二十引作「忿也」，乃傳寫誤分，當本引作「恚忿」，與《後漢書》注同。《玉篇》引同今本，乃後人據今本改。

又案：《文選・洞簫賦》引「悁悒憂兒」，賦文「哀悁之可懷兮」，初無「悒」字，蓋崇賢所引亦作「悁悁」，後人妄改，且「悁」上尚有「憂煩」二字，其為傳寫之誤無疑。

魁案：《古本考》非是。《後漢書》注乃因文立訓而冠以許書之名，《張衡傳》引其賦曰：「悲離居之勞心兮，情悁悁而思歸。」《陳蕃傳》亦然。《慧琳音義》卷三十三「悁悒」條轉錄《玄應音義》，與卷四十七「悁自」條並引《說文》作「忿也」，與今二徐本同。《北堂書鈔》卷一百一十一引《說文》云：「悁，忿也。一曰憂也。」是今二徐本不誤。《慧琳音義》卷三十八「悁感」條轉錄引作「恚也」，蓋傳寫之誤。

恚（恚） 恨也。从心，圭聲。

濤案：《詩・綿》釋文引「恚，怒也」，蓋古本如是。下文「怒，恚也」，怒、恚互訓，今本作「恨」者非。

魁案：《古本考》非是。《慧琳音義》卷四「憒恚」條、卷三十一「譴恚」條、卷四十「貪恚」條、卷四十三「滅恚」條俱引同今二徐本，許書原文如是。卷八「憒恚」條引作「憒恚，恨也」，「憒」字衍。卷七十六「瞋恚」引作「憎也」，當傳寫之誤。

怨（怨） 恚也。从心，夗聲。**怨**古文。

濤案：《一切經音義》卷十二引「怨，屈也」，乃「冤」字傳寫之誤，元應書標題稱「冤二字」，云「古文作冤，寃〔註272〕二形。今本怨，同。於元反。《說文》」云云。而下文引《廣雅》仍作「冤」字，則許書乃釋「冤」字，非釋「怨」字也。

魁案：《古本考》是。《慧琳音義》卷三十一「怨恨」條引《說文》同今二徐本，許書原文如是。

愠（愠） 怒也。从心，昷聲。

濤案：《一切經音義》卷十、《詩·緜》正義皆引作「怨也」，蓋古本如是。《文選·思元賦》注引《柏舟》詩注曰「愠，怨也」，今毛詩作「怒」，而正義尚作「怨」字，則作「怒」者乃誤本。《論語》「人不知而不愠」，釋文引鄭注云「愠，怒也」。錢教授（源）云：「愠，怨聲，今作怒者非。」蓋本書「怨」、「怒」皆訓爲「恚」，而怨與怒實微有別。《音義》他卷引同今本，則後人據今本改也。

魁案：《古本考》非是。《慧琳音義》卷四十九「愠恨」轉錄《玄應音義》，引《說文》作「怨也」，同沈濤所引。卷二十八「愠恨」條，卷四十四、四十六「愠心」條，卷五十六「愠恚」條，卷五十七「無愠」俱引《說文》同今二徐本，許書原文如是。玄應書所引蓋因怨、怒形近而誤。

怖（怖） 恨怒也。从心，市聲。《詩》曰：「視我怖怖。」

濤案：《詩·白華》釋文引作「很怒也」，蓋古本如是，今本作「恨」乃傳寫形近而誤。

快（快） 不服，懟也。从心，央聲。

濤案：《一切經音義》卷二、卷二十二皆引「快，心不服也」，是古本有「心」字，無「懟」字。段先生曰：「當作『不服也，懟也』，奪一『也』字，遂不可解矣。」「懟」蓋此字之一解，《玉篇》亦云：「懟也，不服也。」

〔註272〕「寃」字原缺，今據磧砂本《玄應音義》補。

　　魁案：《古本考》認爲有「心」字，非是。《慧琳音義》卷二十五「悵怏」條引《說文》作「不服也」；卷八十三「怏怏」條引作「不服皃也」；卷九十七「悒怏」條引同今二徐本。所引皆無「心」字，許書原文當無。《慧琳音義》卷四十七「悵怏」轉錄《玄應音義》，引同沈濤所引，「心」字當是引者所增。合諸引，許書原文當作「不服也，懟也。」

懽（憤）　懣也。从心，賁聲。

　　濤案：《一切經音義》卷二十二、二十四引「懣」作「滿」，乃傳寫之誤，上文「懣，憤也」，憤、懣互訓。

　　魁案：《古本考》是。《慧琳音義》卷十「憤恚」條轉錄《玄應音義》，與卷十三「憤恚」條、卷五十四「邀憤」條、卷六十六「憤懣」俱引《說文》同今二徐本，許書原文如是。卷四十八「發憤」條與卷七十「憤恚」轉錄引作「滿也」，乃「懣也」之誤。

悶（悶）　懣也。从心，門聲。

　　濤案：《廣韻·二十六慁》尚有「《易》曰：『遯世無悶』」六字，當亦《說文》偁經語，而今本奪之。

惆（惆）　失意也。从心，周聲。

　　濤案：《一切經音義》卷二、卷三引「惆悵，失志也」，蓋古本如是。二徐不知篆文連注讀法，以注中單舉一「悵」字爲不詞而刪之，又改「志」爲「意」，更誤。

　　魁案：《古本考》非是。《慧琳音義》卷九「惆悵」條轉錄《玄應音義》，引《說文》同沈濤所引。《慧琳音義》卷四「惆悵」條：「《說文》：悵悵望也。《楚辭》：惆悵，悲愁也。《蒼頡篇》云：惆悵，失志也。卷十四「悵怏」條：「《蒼頡篇》云：惆悵，失志也。《說文》云：悵即悵望也。」二引《蒼頡篇》與《說文》並舉，則「失志也」非出許書可知，亦非連篆而讀。

懆（懆）　愁不安也。从心，喿聲。《詩》曰：「念子懆懆。」

　　濤案：《詩·白華》釋文引作「愁不申也」，蓋古本如是。「不申」有「悁邑

抑鬱」之意，今本作「安」，誤。

魁案：《古本考》非是。《慧琳音義》卷六十二「憂懆」條引《說文》同今二徐本，許書原文當如是。

𢛶（慘）　毒也。从心，參聲。

濤案：《一切經音義》卷三引「慘，毒也，痛也」，卷二十二引「慘，憂兒也」，是古本尚有「痛」、「憂」二訓，今奪。

魁案：《古本考》認爲有「憂」訓，非是。「憂也」見《爾雅·釋詁》，《慧琳音義》卷八十一「懽慘」條：「《爾雅》：慘，憂也。《說文》：慘，毒也。亦作憯，痛也。」此引《爾雅》與《說文》並舉，則「憂也」一訓，非出許書可知。《慧琳音義》卷四十八「慘烈」條轉錄《玄應音義》，引《說文》同卷二十二沈濤所引，不足據。《慧琳音義》卷六十八「慘頓」又條引《說文》云：「慘，憂也。」蓋誤《爾雅》爲《說文》耳。又云「恨兒也」，於古訓鮮見，亦不足據。且，《慧琳音義》卷十一、十八「慘屬」條，卷十一「常慘」條，卷十八、五十七「慘毒」，卷二十四「慘毒苦」條，卷四十二「慘心」條，卷六十二「慘害」條，卷八十二「慘烈」條俱引《說文》同今二徐本，許書原文當如是。

《古本考》認爲有「痛也」一訓，亦非是。《慧琳音義》卷十「傶毒」條轉錄《玄應音義》，云：「又作憯，同。《說文》懆，毒也。痛也。」「懆」當作「慘」。「痛也」乃「憯」字之訓，卷八十一「懽慘」條引《說文》云：「慘，毒也。亦作憯，痛也。」本部「憯，痛也」，二徐本同。張舜徽《約注》云：「慘、憯本一字，故經傳往往通用。」其說是。許書前後相次，玄應書並二訓爲一，非許書原文。

𢙠（𢙠）　𢙠存也。从心，𥳑省聲。讀若𥳑。

濤案：《玉篇》引不重「𢙠」字，乃傳寫奪誤，非古本無之。許書「𢙠𢙠」即《爾雅》之「萌萌」。《玉篇》載云「或作蕄」。古人从艸从竹之字每相亂，希馮書「艸艸」引《爾雅》正作「蕄蕄」，即所謂「或作𢙠𢙠」，《廣韻》亦引作「蕄蕄」。惟《爾雅》假借作萌，而《玉篇》「音莫耕切」，《廣韻》「音武登切」，則「讀若𥳑」疑「讀若萌」之誤。

𢙱（惔）　憂心〔註273〕。从心，炎聲。《詩》曰：「憂心如惔。」

濤案：《詩・雲漢》釋文云：「如惔，音談，燎也，《說文》云：『炎燎也。』徐音炎」。蓋古本此處當引《詩》「如惔如焚」，不當引「憂心如惔也」。「憂心如惔」，許書作「憂心夭夭」，見《火部》夭字。毛傳「惔，燎之也」，與「炎燎」之解正合，古本當作：「一曰炎燎也，《詩》曰：如惔如焚。」二徐刪去一解，遂改偁《詩》爲「憂心如惔」，謬妄已甚。或謂當作「憂心如炎」，亦恐未是。元朗不云「《說文》作炎」，則許君偁《詩》必是「惔」字。

又案：《一切經音義》卷十五引「惔，安也」，乃「憺」字之誤，非古本有此一訓。

𢝻（憂）　愁也。从心，从頁。

濤案：《文選・洞簫賦》：「哀悁悁之可懷兮」，注引《說文》曰：「憂煩悁悒憂皃」，此引當有誤舛，不得據爲古本之異文也。

又案：《六書故》曰：「蜀本作頁聲」，則今本作「从頁」者誤，小徐本亦有「聲」字。

𢥞（懾）　失气也。从心，聶聲。一曰，服也。

濤案：《一切經音義》卷二十引作「心服也」，蓋古本有「心」字，此與「快」之「心不服也」一例〔註274〕，「心」字皆不可少。

又案：《史記・衛將軍傳》索隱引「懾，慴失氣也」，慴字乃涉正文而衍，非古本如是。

魁案：《古本考》認爲「服」上有「心」字，是。《慧琳音義》卷三十三「懾驚」條、卷五十五「恐懾」轉錄《玄應音義》，引《說文》並作「心服也」。卷三十四「懾伏」條亦轉錄，引《說文》云：「心服曰懾。」是今二徐本皆奪此字。《慧琳音義》卷六十二「震懾」條引作「喪氣也」，「喪」當「失」字撰寫之誤。卷七十八「懾伏」條引作「失聲也」。「聲」當「氣」字之誤。卷八十二「驚懾」條引作「怖懼」，亦不足據。

〔註273〕大徐本作「憂也」。

〔註274〕「一例」二字刻本原缺，今據《古本考》語例補。

𢛭（怵）　恐也。从心，術聲。

濤案：《史記・韓長孺傳》索隱引「怵，誘也」，「怵」乃「訹」字之假。《言部》「訹，誘也」，小司馬書涉正文而誤，非古本此字訓「誘」也。

魁案：《慧琳音義》卷五十五「怵惕」條引《說文》同今二徐本，許書原文如是。卷三十二「怵惕」條引《說文》作「恐」，奪「也」字。

惕（惕）　敬也。从心，易聲。𢙇或从狄。

濤案：《文選・射雉賦》注、《一切經音義》卷五引作「驚也」，葢古本如是。經籍中虞、鄭之注《易》，韋昭之注《國語》，張揖之注《廣雅》皆訓「惕」為「懼」。《玉篇》亦云：「惕，懼也。」懼與驚義相近，薛綜注《東京賦》訓惕為驚，正與許合。古無訓惕為敬者，乃驚字之壞。

魁案：《古本考》是。《慧琳音義》卷三十二、五十五「怵惕」條轉錄《玄應音義》，引《說文》云：「惕，驚也。」卷三十八「驚惕」條引《說文》亦作「驚也」。是許書原文作「驚也」，今二徐本誤。

惢（惢）　懲也。从心，乂聲。

濤案：《後漢書・竇融傳》注引「乂，亦懲也」，是古本多一「亦」字。乂即惢字之假借。

補忕

濤案：《詩・蕩》釋文、《四月》正義、《左氏》桓十三年傳正義皆引「忕，習也」，是古本有忕篆，今奪。臧明經曰：「今《說文》作『愧，習也。』無忕字。《一切經音義》十二《生經》第一卷『習忕』，又作『愧，翼世反』。《字林》：『愧，習也。』《蒼頡篇》：『愧，明也。』《爾雅》：『狃，復也。』郭璞曰：『狃忕，復為也。』據元應書知忕、愧同字，音亦相近。葢《說文》作『忕』，《蒼頡篇》作『愧』。而晉《字林》、梁《玉篇》《切韻》皆從《蒼頡篇》作愧。唐人熟於『愧』字，逐據以亂《說文》之本真。而毛公、太史公、鄭康成、孫叔然、韋宏嗣、張揖、孔鮒、杜預、郭璞秦漢魏晉間人皆用忕字，知許叔重必作『忕』也。」據明經此說，則當刪愧篆，補此篆。

補 𢛯

濤案：《玉篇·心部》「𢛯，《說文》云：遲也」，是古本有此篆，而今本奪之。

補 𢜔

濤案：《老子》諸經釋文「暖，暄也，《說文》作㥙」，是古本有㥙篆，今奪。

㤳部

𢙻（㤳）　心疑也。从三心。凡㤳之屬皆从㤳。讀若《易》「旅瑣瑣」。

濤案：《文選·魏都賦》引「㤳，疑也」，乃傳寫奪一「心」字，非古本如是。

魁案：《古本考》是。今二徐本同，許書原文如是。

《說文古本考》第十一卷上 嘉興沈濤纂

水部

（水）　準也。北方之行。象眾水並流，中有微陽之气也。凡水之屬皆从水。

　　濤案：《爾雅・釋水》釋文云：「水，北方之行，象眾泉並流，著微陽之氣也。」《五行大義・釋五行名》引云：「水，其字象泉並流，中有微陽之气。」蓋古本「眾水」作「眾泉」，《五行大義》所以奪一「眾」字，釋文「中」、「有」二字作「著」，「有」、「著」義得兩通，蓋傳寫奪一「中」字。

（河）　水。出焞煌塞外昆侖山，發原注海。从水，可聲。

　　濤案：《初學記》六地理部、《白帖》卷六引「河者，下也，隨地下流而通也」，乃古本一曰以下之奪文。

（泑）　澤。在昆侖下。从水，幼聲。讀與纋同。

　　濤案：《御覽》七十二地部引「昆侖」下有「虛」字，蓋古本如是。「昆侖虛」見《爾雅》、《山海經》，此字乃二徐妄刪。

（涷）　水。出發鳩山，入於河。从水，東聲。

　　濤案：《水經・濁漳水》注云：「漳水又東，陳水注之，水出，西發鳩山，東逕余吾縣故城南，又東逕屯留縣故城北，又東流注於漳。故許慎曰：『水出發鳩山，入關。从水章聲也。』」此注舛誤殊甚，「陳水」當作「涷水」，東原戴氏校定「入關」作「入漳」，「章聲」作「東聲」。蓋古本《說文》作「入於漳」不作「入於河」，涷水無緣入河，知今本「河」字為傳寫之誤。

（浙）　江水東至會稽山陰為浙江。从水，折聲。

　　濤案：《初學記》卷六地部、《御覽》六十五地部所引皆同。惟卷六十地部引「江至會稽郡為浙江」，《晉書音義》三十七引「江水東至會稽為浙江」。《水經・漸水篇》注云：「許慎、晉灼並言：江水至山陰為浙江。」此皆檃括節引，

非古本或有異同也。

沬（沬）　水。出蜀西徼外，東南入江。从水，末聲。

　　濤案：《史記·河渠》索隱引「沬水出蜀西南徼外，與青衣合，東南入江」，蓋古本如是，今本奪「南」字及「與青衣合」四字。《水經·沬水篇》曰：「沬水東北與青衣水合。」注引《華陽國志》曰：「二水於漢嘉青衣縣東合爲一川，自下亦謂之青衣水。」正與許合。《文選·江賦》注引「沬水，出蜀西塞外，東南入江」，則櫽括非完文矣。

溫（溫）　水。出犍爲涪，南入黔水。从水，昷聲。

　　濤案：《水經·延江水》注引許慎曰「溫水南入黚」，是古本作「黚」不作「黔」，《漢書·地理志》亦作黚。本書《黑部》「黚，淺黃黑也」，「黔，黎也」，二字義別。

沅（沅）　水。出牂牁故且蘭，東北入江。从水，元聲。

　　濤案：《史記·屈原傳》正義引「沅水出牂牁東北流入江」，是古本「東北」下有「流」字。以他字例之不應有「流」字，疑張守節所見本皆有此字也。

漾（漾）　水。出隴西柏道，東至武都爲漢。从水，羕聲。漾古文从養。

　　濤案：《水經·漾水篇》注引「柏道」作「豲道」，蓋古本如此。《漢書·地理志》：「天水郡有豲道。」今本「柏」字乃傳寫之誤。「漢」下《水經注》引有「水」字。宋小字本作「相道」，亦誤。

汧（汧）　水。出扶風汧縣西北，入渭。从水，开聲。

　　濤案：《廣韻·一先》引無「汧縣」二字，乃節引，非完文。

潦（潦）　水。出扶風鄠，北入渭。从水，勞聲。

　　濤案：《御覽》六十二地部引「鄠」下有「縣」字，以上文汧水注「扶風汧縣」例之，古本當有「縣」字，《文選·上林賦》注亦有「縣」字。「扶風」二

字則崇賢節引也。

𣿕（漆） 水。出右扶風杜陵岐山，東入渭。一曰，入洛。从水，桼聲。

濤案：《水經·漆水篇》注引「杜陵」作「杜陽縣」，蓋古本如是。《漢志》：「杜陵屬京兆尹，杜陽屬右扶風。」則今作「杜陵」者誤也。《玉篇》引同今本，疑後人據今本改。

又案：「一曰入洛」，《水經注》引作「一曰漆城池也」，小徐本同。漆水無緣入洛，然城池名漆，書傳無徵，疑傳寫有誤。酈注下文又引「《開山圖》曰：『麗山西北有溫池，溫池西南八十里，岐山在杜陽北，長安西南有渠謂之漆渠」云云，則「城池」當是「溫池」之誤。

𣿍（灌） 水。出廬江雩婁，北入淮。从水，雚聲。

濤案：《水經·決水篇》注：「決水又西北，灌水注之。許慎曰：『出雩婁縣。』」疑古本縣名下皆有「縣」字，為後人所刪，善長節引奪一「北」字。《一切經音義》卷十、卷二十二兩引」灌，注也」，蓋古本一曰以下之奪文。

魁案：《古本考》認為有「注也」一訓，非是。《慧琳音義》卷四十七、四十八、五十九「漑灌」條轉錄《玄應音義》，俱引《說文》云：「漑，灌也。灌注也。」此引不可讀作「漑，灌也。灌，注也。」「灌注也」乃玄應書引他書之訓釋「漑」字，不出書名耳。如，《慧琳音義》卷七「漑灌」條云：「《說文》云：漑，亦灌也。顧野王云：漑猶灌注也。從水既聲也。」卷六十九「漑田」條云：「顧野王云：漑，灌注也。《說文》：灌也。從水既聲。」野王語均解釋「漑」之義。又，卷四十六「漑灌」條轉錄《玄應音義》，引作「灌漑注也」，乃「灌漑」二字誤倒衍，當作「漑，灌注也」，亦非許書之文。今二徐本同，許書原文當如是。

𣹚（湘） 水。出零陵陽海山，北入江。从水，相聲。

濤案：《史記·屈原傳》正義引「零陵」下有「縣」字，此古本皆有「縣」字之證也。《史記》正義「北」下有「至鄩」二字，與《漢志》合，又傳寫奪一「陽」字，《御覽》六十五地部傳寫奪一「山」字，皆誤。

𣲻（深）　水。出桂陽南平，西入營道。从水，突聲〔註275〕。

　　濤案：《水經・深水篇》注引許慎云：「深水，出桂陽南平縣也。」是古本「南平」下有「縣」字。

㵨（潡）　水。出南陽魯陽，入城父。从水，敫聲。

　　濤案：《水經注》二十一《汝水篇》引「城父」作「父城」，蓋古本如是。「父城」屬潁川郡，見《漢書・地理志》，「城父」則屬沛郡，距魯陽遠矣。《水經注》引「南」下無「陽」字，乃傳寫偶奪，非古本無此字也。

澧（澧）　水。出南陽雉衡山，東入汝。从水，豐聲。

　　濤案：《御覽》六十三地部引「雉」作「經」，蓋傳寫之譌，非古本如是。

渦（渦）　水。受淮陽扶溝浪湯渠，東入淮。从水，過聲。

　　濤案：《水經》二十三《陰溝水篇》注引「受」上有「首」字，與《前漢志》同，蓋古本如是，今爲淺人所刪。「溝」下《水經注》有「縣」字，亦古本皆有「縣」字之證。《晉書音義》上引「受」字作「出」，乃淺人妄爲校改，「扶溝」作「浮溝」，亦傳寫音近而誤。

潧（潧）　水。出鄭國。从水，曾聲。《詩》曰：「潧與洧，方渙渙兮。」

　　濤案：《詩・溱洧》釋文曰：「『渙渙』，《韓詩》作『洹洹』，音凡，《說文》作『汍汍』，音父弓反。」是古本不作「渙渙」，今本據毛詩改。段先生曰：「案，作汍父弓反，音義俱非，蓋『汍汍』之誤，『汍汍』與『洹洹』同。《漢志》又作『灌灌』，亦當讀『汍汍』，皆『水盛沄旋之皃』。」

濮（濮）　水。出東郡濮陽，南入鉅野。从水，僕聲。

　　濤案：《類聚》九水部引「濮，小津也」，蓋古本一曰以下之奪文。

淨（淨）　魯北城門池也。从水，爭聲。

　　濤案：《廣韻・十三耕》曰：「埩，魯城北門池也。《說文》作淨。」蓋古本

作「城北」，不作「北城」，今本誤倒。

𦻏（菏）　菏澤，水。在山陽胡陵。《禹貢》：「浮于淮泗，達于菏。」从水，苛聲。

濤案：《書·禹貢》釋文云：「河，《說文》作菏，云：水出山陽湖陵南。」蓋古本如是。《漢書·地理志》亦作「湖陵」，《高帝紀》作「胡陵」，乃湖字之省。小徐本亦作「湖陵南」，其爲今本誤奪無疑。「在」亦「出」字之誤。又《御覽》七十二地部引作「胡陸南」，「陸」即「陵」字之壞。《廣韻·七歌》引「菏澤，水，在山陽湖陵縣」，可見古本亦有「縣」字，惟「出」字皆同，今本誤作「在」，而《廣韻》又奪「南」字。

洹（洹）　水。在齊魯間。从水，亘聲。

濤案：《水經注·九洹水篇》云：「許慎《說文》、呂忱《字林》並云：洹水出晉魯之間。」是今本「齊」字乃「晉」字之誤。攷《水經》，洹水所經皆無齊地，古本之作「晉」字無疑。本書皆言「出」，無言「在」者，今本「在」字亦誤。

灘（灘）　河灘水。在宋。从水，雖聲。

濤案：《水經·瓠子水篇》注曰：「《爾雅》曰：水自河出爲灘。許慎曰：灘者，河灘水也。」是古本有「也」字。此以「河灘水」解灘字，與他處篆注相連不同，故道元加「者」字以足之，今本乃淺人妄刪。若如他水之例，則當作「灘水，在宋。」說解中「河灘」二字爲贅詞矣。

沂（沂）　水。出東海費東，西入泗。从水，斤聲。一曰，沂水。出泰山蓋青州浸。

濤案：《御覽》六十三地部引無「西」字，蓋傳寫偶奪。

魁案：《慧琳音義》卷八十「臨沂」條引《說文》云：「沂水，出東太山，南入泗。」「西入泗」作「南入泗」，「出泰山」作「出東太山」，「太山」即「泰山」。慧琳所引又似合今本兩訓而釋。徐鍇曰：「《漢書》：出泰山縣，南至下邳入泗。」《段注》云：「《前志》曰：沂水南至下邳入泗。水經曰：沂水，出泰山蓋縣艾山。」又云：「許云西入泗，疑當作南入。」又云：「許云出東海費東，

說乖異者,葢沂山即東泰山。」今二徐本同,與慧琳異,合而訂之,疑許書原文作「沂水。出東海費東,南入泗。从水,斤聲。一曰,沂水。出東泰山葢青州浸。」

洤（溉） 水。出東海桑瀆覆甑山,東北入海。一曰,灌注也。从水,既聲。

濤案:《一切經音義》卷二、卷十、卷十八、卷二十二、卷二十三、《文選‧南都》注、《養生論》注皆引「溉,灌也」。《洞簫賦》注引「溉,猶灌也」,葢古本無「注」字,今本誤衍,當作「一曰溉灌也。」《華嚴經》三十七《音義》引「溉,灌澍水也」,澍爲「時雨」,與「灌溉」之義不同,疑傳寫有誤。元應書卷一引同今本,疑後人據今本改。

魁案:《古本考》認爲「注」字衍,是。《慧琳音義》卷九、四十七、四十八四十九、五十九「溉灌」條與卷七十二「溉之」轉錄《玄應音義》,及卷四「溉灌」條,卷六十九「溉田」條俱引《說文》作「灌也」,許書原文當如是。卷八十一「灌溉」條引奪「也」字。卷二十「溉灌」條轉錄,引《說文》亦衍「注」字,非是。《慧琳音義》卷五、七、六十八、七十八「溉灌」條引作「亦灌也」,「亦」字乃引者所足。卷六十六「溉灌」條引作「猶灌也」,「猶」字乃引者之辭。卷二十二「我慢溉灌」條轉錄《慧苑音義》,引作「溉,灌澍水也」,同沈濤所引,當傳寫之誤,不足據。

浯（浯） 水。出琅邪靈門壺山,東北入濰。从水,吾聲。

濤案:《水經‧濰水篇》注引「水出靈門山」,葢傳寫奪「壺」字,「壺」乃靈門縣之山名,若如善長所引,幾疑「靈門」爲山名矣。

汶（汶） 水。出琅邪朱虛東泰山,東入濰。从水,文聲。桑欽說:汶水出泰山萊蕪,西南入泲。

濤案:《御覽》六十三地部引「泰山」上奪「東」字,又在「朱虛」之上,皆誤。

濡（濡） 水。出涿郡故安,東入漆涑。从水,需聲。

濤案:《水經注》十一《易水篇》云:「《地理志》曰:『故安縣閻鄉易水所

出，至范陽入濡水。酈駰亦言是矣。』又曰：『濡水合渠。』許慎曰：『濡水人深。』深、渠二號即巨馬之異名。」「深」，東原戴氏以爲「淶」字之誤，《巨馬水》篇注云：「即淶水也。」則當作「淶」爲是。漆、涷二水相云〔註276〕甚遠，不能相入深水，亦出桂陽，皆淶字形近之誤。《一切經音義》卷六引「水出涿郡，東入淶」，是古本作「淶」無疑。《漢志》無「濡水合渠」之語，疑善長引《十三州志》之語云。「又曰者」乃承上「酈駰亦言」而云然也。

𣲖（浿）　水。出樂浪鏤方，東入海。从水，貝聲。一曰，出浿水縣。

濤案：《水經・浿水篇》注引無「樂浪」二字，乃節引非完文。引「浿水」作「貝水」，與《漢志》合，蓋古本如是。

𣲖（泥）　水。出北地郁郅北蠻中。从水，尼聲。

濤案：《晉書音義》四十七「北蠻中」引作「蠻夷中」，蓋古本如是。今本衍「北」字，奪「夷」字。《廣韻・十二齊》引無「北地」二字，乃節引，非完文。

𣲖（湳）　西河美稷保東北水。从水，南聲。

濤案：《文選・潘安仁〈關中詩〉》注引「湳水出西河美稷縣」，蓋古本如是。今本「保」字殆「縣」字之誤，「東北水」三字亦不可通。

𣲖（漹）　水。出西河中陽北沙，南入河。从水，焉聲。

濤案：《水經注・六汾水篇》引「漹水出西河中陽縣之西，南入河」，蓋古本如是，今本「北沙」二字誤。東原戴氏校《水經注》仍作「北沙」，乃據今本《說文》以改酈注，妄矣。

𣲖（洦）　淺水也。从水，百聲。

濤案：《顏氏家訓・勉學篇》曰：「遊趙州見栢人城北有一小水土，人亦不知名。後讀《城西門徐整碑》，云：『洦流東指。』案，《說文》此字古『魄』字也，『洦，淺水兒』，此水無名直以淺兒目之，或當即以洦爲名乎？」嚴孝廉曰：

〔註276〕「云」疑當作「去」。

「當言：泊，古洦字也。洦，淺水皃。二徐洦篆後脱『泊，古文洦。』」本書《犬部》狛字注云「讀若淺泊」，則古本當有泊篆。

𣸣（澥） 勃澥，海之別名也。从水，解聲。一說：澥即澥谷也。

濤案：《初學記》卷六地部引「東海之別有渤澥」，蓋古本無「名」字。毛板初印本亦無「名」字。桂大令曰：「別者猶江別爲沱。」渤、勃古今字。

魁案：《古本考》非是。《慧琳音義》卷八十四「渤澥「條引《說文》云：「渤澥，海之別名也。」與今二徐本同，許書原文如是。卷九十七「渤澥」條引云：「渤澥，東海名也。」乃節引。

𣶇（漠） 北方流沙也。一曰，清也。从水，莫聲。

濤案：《文選・曹子建〈白馬篇〉》注引「方」作「土」，乃傳寫之誤，他注皆引同今本可證。

魁案：《古本考》是。《慧琳音義》卷八十九「惛漠」條引《說文》云：「漠謂北方幽冥沙漠也。」「謂」字以下乃引者述許書之辭，亦作「北方」，今二徐本同，許書原文當如是。

𣹢（洪） 洚水也。从水，共聲。

濤案：《玉篇》引無「水」字，蓋傳寫偶奪。

𣶼（潮） 水朝宗于海。从水，朝省。

濤案：《御覽》六十八地部引「潮，朝也」，潮即潮字之別體，蓋古本如是，今本涉上衍篆說解而誤耳。《玉篇》引同今本，疑後人據今本改。

𤂟（濜） 水脈行地中濜濜也。从水，𡟬聲。

濤案：《玉篇》及《廣韻・二十一震》引「也」皆作「然」，蓋古本作「水脈行地中濜濜然也」，今本奪「然」字。《篇》、《韻》亦奪「也」字。《文選・江賦》注但引「水脈行地中」，乃崇賢節取。

𣺽（混） 豐流也。从水，昆聲。

濤案：《華嚴經序》《音義》引「混，謂混沌未分，共同一氣之皃」，蓋古本

一曰以下之奪文。

　　魁案：《慧琳音義》卷十一「混車書」條引《說文》作「豐流也」，卷四十九「溷殽」條：「論本作混。《說文》云：水豐流皃。」卷九十七「情溷」序從昆作混。《說文》謂水豐流皃也。」又，「豊」字二徐本作「豐」，合訂之，許書原文當作「水豐流皃也」。《慧琳音義》卷二十一「混太空」條轉錄《慧苑音義》，引《說文》曰：「混謂混沌陰陽未分共同一氣之皃。」「謂」字以下乃引者之辭，不足爲據。

　（汭）　水相入也。从水，从內，內亦聲。

　　濤案：《史記・夏本紀》索隱引「水相入曰汭」，蓋古本有如是作者。又《五帝本紀》正義引作「水涯曰汭」，古無訓汭爲水涯者，「涯」字當是「相入」二字傳寫之誤，非所據本不同也。《玉篇》及《廣韻・十三祭》皆引作「水相入皃」，乃傳寫之誤。此解似當作「也」，不當作「皃」。

　（泌）　俠流也。从水，必聲。

　　濤案：《文選・魏都賦》注引「泌，水駃流也」，蓋古本如是。今本「俠」字義不可通，《玉篇》引作「狹流」，亦誤。

　（瀏）　流清皃。从水，劉聲。《詩》曰：「瀏其清矣。」

　　濤案：《詩・溱洧》釋文引「瀏，流清也」，蓋古本不作「皃」。

　（汪）　深廣也。从水，王聲。一曰，汪，池也。

　　濤案：《一切經音義》卷十三、卷十四、卷十八、《後漢書・荀淑傳》注所引皆同，惟《文選・江賦》注引無「深」字，乃傳寫偶奪，非所據本不同也。

　　魁案：《古本考》是。《慧琳音義》卷三十一「汪池」條，卷五十九、七十三「汪水」條轉錄《玄應音義》引《說文》同今二徐本，許書原文如是。卷三十四「汪洋」條轉錄引作「汪洋，深廣皃」，「洋」字衍，「皃」字誤。卷一百「汪哉」條：「《說文》作洼，水深廣也。」「水」字亦衍。

　（況）　寒水也。从水，兄聲。

濤案：《華嚴經》卷十五《音義》云：「况，許誑切，矧也。正體三點，經本有兩點者，非也。《說文》謂『寒水也』，非此『譬况』之義也。」是慧苑所據本从仌不从水矣。然許既訓爲「寒水」，自應从水不應从仌。竊意慧苑書「三點」、「兩點」字傳寫互易，慧苑之意以「譬况」字當作兩點，其三點者乃「寒水」字。《玉篇》：「况，俗況字。」《魏上尊號碑》：「况神祇之心乎？」字正作「况」字。此字蓋从二，非从仌，當是「譬况」正字，與「寒水」字不同，疑《兄部》之奪文，非俗字也。

又案：《佩觿》「况字作况」，云「寒冰」，則當入《仌部》，不當入《水部》。

魁案：《古本考》非是。《慧琳音義》卷二十一「何况」條轉錄《慧苑音義》，引同沈濤所引。慧苑所言不足據，今二徐本同，許書原文如是。

𣱒（汎） 浮皃。从水，凡聲。

濤案：《一切經音義》卷二引「汎，浮也。」是古本作「也」不作「皃」。傳注訓「汎」爲「浮」者不一而足，無訓「浮皃」者，若如今本則當作「水浮皃」矣。

魁案：《古本考》認爲作「也」不作「皃」，是。《慧琳音義》卷五十九「泛長」條轉錄《玄應音義》，與卷三「泛大海」條、卷二十五「泛長」條三引《說文》作「浮也」，是許書原文如是。卷十「泛漲」條：「《說文》從凡作汎。」是也。卷四十一「汎漲」條引作「淨也」，乃「浮也」之誤。

沄（沄） 轉流也。从水，云聲。讀若混。

濤案：《爾雅‧釋言》釋文引「轉流也」下有「一曰沄」三字，蓋古本有之，今奪。

瀹（瀹） 水小聲。从水，爵聲。

濤案：《史記‧相如傳》索隱作「水之小聲」，是古本有「之」，今奪。

魁案：《古本考》非是。「之」字蓋引者所足。《慧琳音義》卷八十八「瀺瀹」條引《說文》云：「水滴下小聲也。」無「之」字。「滴下」二字當引者所足，以「瀹」上下二字例之，許書原文當無。小徐本作「水小聲也」，許書原文當如是。

滕（滕）　水超涌也。从水，朕聲。

濤案：《文選·江賦》注引無「超」字，蓋古本如是。本部「涌」訓「滕」，此「滕」訓「水涌」，正許書互訓之例，言涌不必再言超也。「滕」，《選》注作「騰」，乃用賦文假借字。

滴（滴）　涌出也。一曰，水中坻，人所爲，爲滴。一曰，滴，水名，在京兆杜陵。从水，矞聲。

濤案：《文選·上林賦》、《海賦》注引作「水涌出也」，蓋古本如是。以洗字「水涌光」、波字「水涌流」例之，古本當有「水」字，今奪。《上林賦》注又引「滴，水出杜陵」，是古本作「出」不作「在」。《漢書·相如傳》注亦引作「在」者，乃後人據今本改也。《選》注無「京兆」二字，乃崇賢節引。

波（波）　水涌流也。从水，皮聲。

濤案：《文選·月賦》注引無「流」字，乃傳寫偶奪，非古本如是。若是，則與「滕」字解無別矣。

魁案：《慧琳音義》卷五十一「濤波」條引《說文》云：「波，水通出也。」「通」字當爲「涌」字之誤，若此，慧琳所引當作「水涌出也」，則與沈濤所訂「滴」字訓無別。今二徐本同，當是許書原文。王筠《句讀》曰：「流而且涌，涌而仍流，是謂之波。」其說是也。

浮（浮）　氾也。从水，孚聲。

濤案：《文選·海賦》注引「氾」作「汎」，蓋古本如是。上文「汎，浮皃（當作也）」，浮、汎互訓，今本作氾乃音近而誤。

魁案：《古本考》是。《慧琳音義》卷三、卷六、卷七「浮囊」條，卷四「浮泡」條俱引《說文》作「汎也」，汎即汎。

氾（氾）　濫也。从水，㔾聲。

濤案：《一切經音義》卷七〔註277〕引有「謂普搏也」，乃庾氏注中語。

〔註277〕「卷七」二字今補。

　　魁案：《古本考》是。《慧琳音義》卷十九「泛流」條下與卷七十八「汎漾」條下並云《說文》云：「氾，濫也。」與今二徐本同，許書原文如是。

洰（泓）　下深皃。从水，弘聲。

　　濤案：《一切經音義》卷二十引作「下深大皃」，蓋古本如是，今本奪一「大」字。《音義》卷十七、《文選·吳都賦》注引作「下深大也」，義得兩通。《笙賦》注引作「下深也」，其誤奪與今本同。

　　魁案：《古本考》非是。《慧琳音義》卷五十四、七十四「泓然」條並轉錄《玄應音義》，與卷十「底泓」條，卷五十七「淵泓」條，卷八十「泓博」條俱引《說文》作「下深大也」，許書原文當如是。《慧琳音義》卷八十「姚泓」條與卷九十七、九十九「泓澄」條所引奪「下」字。卷八十九「太子泓」條引作「水下深也」，衍「水」字，又奪「大」字。卷五十五「泓然」條引作「深大皃」，亦不足據。

湍（湍）　疾瀨也。从水，耑聲。

　　濤案：《華嚴經》卷十三《音義》引《說文》曰：「淺水流沙上曰湍。又曰：湍，疾瀨也。」卷三十五《音義》引作「湍者，疾瀨也，淺水流沙上曰湍也」，《一切經音義》卷二十二同。《音義》下引「湍，疾瀨〔註278〕，淺水流沙上曰湍也」，《一切經音義》卷二十三引「湍，疾瀨也，淺水流沙上也」，蓋古本當作「淺水流沙上曰湍，一曰湍疾瀨也」，今本刪去正解，妄矣。《淮南·原道訓》注曰「湍，瀨水淺流急少魚之處也」，正可為「淺水流沙上」之證。

　　又案：《一切經音義》卷四、卷十三、十六、二十引「湍，疾瀨也，水流沙上曰瀨。瀨，淺水也」，與慧苑所據不同。而《華嚴經音義》卷□引「瀨」字訓亦作「淺水流沙上」，是湍、瀨同訓，與《淮南》注合。

　　又案：《文選·陸士衡〈日出東南隅行〉》注引「湍，水疾也」，蓋古本亦有如是作者。

　　魁案：《古本考》是。《慧琳音義》卷二十一「湍流競奔逝」條轉錄《慧苑音義》，引同沈濤所引。卷二十二「湍馳奔激」條亦轉錄，引《說文》曰：「湍，

─────────────────

〔註278〕據《校勘記》，抄本「瀨」下有「也」字。

疾瀨也。淺水流沙上曰湍也。」卷二十三「湍激洄洑」條轉錄引同卷二十二，「沙」字作「砂」，同。《慧琳音義》卷四十三「湍浪」條、卷六十五「上湍」條、卷七十六「水湍」條轉錄《玄應音義》，引《說文》皆云：「疾瀨也。」《慧琳音義》卷四十八「激湍」條轉錄引作「疾瀨也。淺水流沙上曰湍也。」卷五十「湍洄」條轉錄引作「疾瀨也。淺水流沙上也。」據上諸引，許書原文當作「淺水流沙上曰湍。一曰疾瀨也。」今二徐本奪其一訓。《慧琳音義》卷八十五「河湍」條引作「亦瀨也」，乃節引。《希麟音義》卷二「湍激」條引作「瀨也，淺水流於砂上曰湍也。」奪「疾」字，衍「於」字。卷三「湍馳」條引作「淺水流沙上也」，亦節引一訓。《類聚抄》卷一水部「瀨」下引《說文》云：「水流於砂上也。」亦節引，有奪文。

𤁿（激） 水礙衺疾波也。从水，敫聲。一曰，半遮也。

濤案：《一切經音義》卷十一引「水文凝邪疾急曰激也」，蓋古本如此，「凝」疑即「礙」字之誤。卷四引「水疾急曰激也」，卷二十一引「激，邪流急者也」，卷二十二引「激，水流凝邪急激也」，皆節引非全文。《華嚴經音義》上下兩引「水文回邪疾急曰激也」，則所據本與元應微有不同，下卷又引「激，疾波也」。疑古本作「激，疾波也，水文礙邪疾急曰激也」，二徐妄加刪併，遂不可讀耳。《玉篇》引同今本，當是孫強等所改，非顧氏原文。

魁案：《古本考》非是。《慧琳音義》所引《說文》如下：

（一）(1)卷三十二「激切」條轉錄《玄應音義》，引作「水疾急曰激也」。(2)卷四十八「激注」條轉錄引作「水流疑邪急敫也」。(3)卷五十六「激流」轉錄引作「水文凝，又邪疾急曰激也」。（二）(4)卷二十二「湍馳奔激」條轉錄《慧苑音義》，引《說文》云：「水文凝，斜疾急曰激也。」(5)卷二十三「湍激洄洑」條轉錄引云：「水文凝邪急疾曰激也。」(6)卷二十三「激電」條引作「疾波也」。

（三）(7)《慧琳音義》卷十八「水激」條引作「水礙邪疾波也」。(8)卷二十九「激水」條引作「疾波也」。(9)卷三十六「搖激」條引作「水礙也。即疾波也。」(10)卷五十三「相激」引作「疾也」。(11)卷六十六「激論」條引作「水疾波也」。(12)卷六十八「漂激」引作「邪疾波也」。諸引不一，《段注》曰：「水流不礙則不衺行，不衺行則不疾急。」朱駿聲曰：「謂水礙而邪行，其波疾急。」

兩說甚是，據此諸引「凝」、「疑」皆當作「礙」，「文」字亦當衍。又，(9)引作「水礙也。即疾波也」，(6)(7)(8)(10)(11)(12)又皆有「疾波也」三字，則許書當有兩解，此其一解。「水礙也」與小徐本同，當是一解之節引，據注引當作「水礙裹疾急曰激」。合訂之，許書原文當作「疾波也。水礙裹疾急曰激。」斜、邪、裹同。

𣶃（涌）　滕也。从水，甬聲。一曰，涌水，在楚國。

濤案：《汗簡》卷中之一引庾儼《演說文》涌字作𤀹。蓋古文「立水」「臥水」相出入也。

汋（汋）　激水聲也。从水，勺聲。井一有水、一無水，謂之瀾汋。

濤案：《廣韻·四覺》引井上有「一曰」二字，蓋古本如是。「瀾汋」之與「激水聲」非一義也。

渾（渾）　混流聲也。从水，軍聲。一曰，洿下皃。

濤案：《一切經音義》卷一引「渾，水流聲也，一曰汙」，卷九引「渾，洿也，亦水流聲也」，是古本無「下皃」二字，「混流聲」作「水流聲」也。《文選·七命》注引「渾，流聲也」，奪去「水」字而亦無「混」字。又《音義》二十三引「混亂也」，乃「溷」字之誤。

又案：《御覽》卷二天部引「渾者，制儀器也」，是古本尚有此一解。

魁案：《慧琳音義》卷四十六「渾濁」條轉錄《玄應音義》，引《說文》同卷九沈濤所引。卷五十「是渾」轉錄《玄應音義》引作「渾，亂也。」「亂也」爲本部「溷」之訓，乃音同義涉而誤。

洌（洌）　水清也。从水，列聲。《易》曰：「井洌，寒泉，食。」

濤案：《文選·長笛賦》注引無「水」字，乃傳寫偶奪。

湜（湜）　水清底見也。从水，是聲。《詩》曰：「湜湜其止。」

濤案：《詩·谷風》釋文引「底見」作「見底」，蓋古本如是。今人猶有「水清見底」之語。

（滲）　下漉也。从水，參聲。

濤案：《史記・相如傳》索隱引「滲漉，水下流之皃也」，乃小司馬隳括二字之解，非古本如是也。《一切經音義》卷十、《文選・長卿〈封禪文〉》注引同今本可證。下文「漉，滲也（據小徐本，大徐本作浚也，誤），一曰水下皃（亦據小徐本，大徐本無）」，滲、漉互訓，說詳漉下。

魁案：《古本考》是。《慧琳音義》卷四十九「滲沒」條轉錄《玄應音義》，引《說文》同今二徐本。卷十八「滲漏」條引作「水下漉也」，「水」字衍。

（淀）　回泉也。从水，旋省聲。

濤案：《一切經音義》卷十八引「淀，回淵也」，蓋古本如是。今本泉字後人避唐諱改。

（淵）　回水也。从水，𠃸象形。左右，岸也。中象水皃。𣾬淵或省水。𣿰古文从口、水。

濤案：《華嚴經音義》引「水洄曰淵」，蓋古本亦有如是作者。「洄」當作「回」。《文選・魏都賦》注、《御覽》卷七十地部皆引同今本。

又案：《九經字樣》：「𠃸古文淵」，則今本作「或省」者誤。

魁案：《慧琳音義》卷二十三「福德淵」條轉錄《慧苑音義》，引《說文》同沈濤所引。卷三十九「湫淵」條、卷一百「淵海」條引《說文》並同今二徐本，許書原文如是。卷五十七「淵泓」條引作「亦深泉也」，卷八十八「淵壑」條引作「水深也」皆非許書之文。卷二十三「福德淵」條：「《說文》曰：水洄曰淵。《毛詩傳》曰：淵，深也。」則「深」訓非出許書可知。

（瀰）　滿也。从水，爾聲。

濤案：《詩・新臺》釋文引作「水滿也」，蓋古本有「水」字，今奪。

（澹）　水搖也。从水，詹聲。

濤案：《文選・東京賦》注引「澹澹，水搖皃也」，蓋古本如是。淺人疑注中「澹」字以爲複舉而刪之，又奪「皃」字耳。《琴賦》、《難蜀父老》、《齊敬皇后哀策文》諸注皆同今本，乃崇賢節引。《長楊賦》注并奪「水」字，《高唐賦》

注複舉「澹」字，亦奪「兒」字。古本當如《東京賦》注所引。

　　魁案：《古本考》認爲「澹」字復舉，非是。《慧琳音義》卷三十七「深澹」條引《說文》作「不搖也」，「不」字乃「水」字傳寫之誤。卷七十四「澹潤」條引作「水搖動也」，「動」字乃涉「搖」而衍。今二徐本亦同，許書原文如是。

消（消）　少減也。一曰，水門。从水，肖聲。又，水出丘前謂之消邱。

　　濤案：《廣韻・四十靜》引無「又水」二字，乃傳寫偶奪，非古本如是。

潯（潯）　旁深也。从水，尋聲。

　　濤案：《文選・江文通〈雜體詩〉》注引「潯，水旁潯也」，古本蓋當作「水旁深也」。今本奪一「水」字，《選》注又誤「深」爲「潯」。

　　魁案：《古本考》非是。《慧琳音義》卷八十八「星潯」條引《說文》同今二徐本，許書原文當如是。

溽（溽）　溼暑也。从水，辱聲。

　　濤案：《文選・潘安仁〈悼亡詩〉》注引「溽暑，溼暑也」，上「暑」字乃涉《詩》語而衍，非古本如是。

涅（涅）　黑土在水中也。从水，从土，日聲。

　　濤案：《五經文字》云：「从日，从土。」則古本不作「日聲」。桂大令曰：「聲不相近。」

　　又案：《論語・陽貨》釋文引作「謂黑土在水中者也」，蓋古本有「者」字，「謂」字乃元朗所足。《北堂書鈔》地理部亦有「者」字。

　　又案：此乃「淤泥」正字，經典皆假「泥水」字爲之，《書鈔》、《御覽》皆引作泥，用假借字也。

　　魁案：《古本考》認爲不作「日聲」，非是。《慧琳音義》卷二十七「涅」字下，卷九十七引「涅緇」條引《說文》皆作「日聲」，「日聲」當「日聲」之誤，張舜徽《約注》云：「日字古讀當人泥紐，故涅從日聲。」其說是也。《古本考》認爲有「者」字，是。《慧琳音義》卷二十七「涅」下引《說文》作「黑土在水

中者」，小徐本作「黑土在水者也」，是許書原文有「者」字。又卷九十「弗涅」條引作「黑土在水中」，卷九十七「涅緇」條引作「黑土在水中曰涅」，合訂之許書原文當作「黑土在水中者也。从水，从土，日聲。」

㶒（溜）　青黑色。从水，昭聲。

濤案：《廣韻·十八隊》引作「澗，青黑皃，云：今作溜」，則古本从囘不从昭。今本「色」字亦「皃」字之誤。

㳽（沙）　水散石也。从水，从少。水少沙見。楚東有沙水。㳽譚長說：沙或从尐。

濤案：《水經》二十二《濟水篇》注引「水少沙見」作「水沙見矣」，乃傳寫奪一「少」字，非古本如是。「水少沙見」正屬會意，「矣」字亦善長所足。《詩·鳧鷖》正義引「沙，水中散石也，水少則沙見」，多一「中」字則文義更爲完足，古本當有此二字。《北堂書鈔》地理部引奪「散」字。

魁案：《古本考》認爲有「中」字，非是。《慧琳音義》卷四十一「沙鹵」條引，說文》云：「水散石也。從水從少，水少則砂見。」小徐本亦無「中」，是許書原文無「中」字，今大徐不誤。「則」字亦當引者所足。

㶚（瀨）　水流沙上也。从水，賴聲。

濤案：《一切經音義》卷二十引無「水」字，蓋傳寫偶奪，非古本如是。他卷所引皆有「水」字可證。《華嚴經音義》卷上引作「淺水流沙上也」是所據本多一「淺」字。

魁案：《古本考》是。《慧琳音義》卷四十三「湍浪」條、卷六十五「上湍」條、卷七十六「水湍」條皆轉錄《玄應音義》，條下引《說文》云：「水流沙上曰瀨。」卷九十九「清瀨」條引《說文》云：「水流沙上也。」與今二徐本同，許書原文如是。

㶛（浦）　瀕也。从水，甫聲。

濤案：《詩·常武》釋文、正義、《北山》正義、《藝文類聚》卷九水部、《白帖》卷七、《御覽》七十四地部皆引作「水瀕也」，是古本有「水」字，今奪。

小徐本尚有水字，濱即瀕字之別。

𣲴（㴇）　小水入大水曰㴇。从水，从眾。《詩》曰：「鳧鷖在㴇。」

濤案：《玉篇》、《詩・鳧鷖》釋文正義、《一切經音義》卷七、《文選・江賦》注皆引作「小水入大水也」，蓋古本如是。許書凡作「曰某」者皆他書檃括節引，後人以之竄入本書，許君訓解之例不如是也（《詩》正義入下有於字）。

魁案：《慧琳音義》卷二十八「㴇流」條轉錄《玄應音義》，引《說文》同沈濤所引。

𣲖（派）　別水也。从水、从𠂢，𠂢亦聲。

濤案：《一切經音義》卷七、卷二十二、卷二十四引「派，水之邪流別也」，此乃「𠂢」字之訓，經典皆通用派字，派爲「別水」與「邪流別」之義無分，此字疑後人妄增，蓋「𠂢」之別體也。《文選・頭陀寺碑文》注引「派，水別流也」，亦節引「𠂢」字之解。

魁案：《慧琳音義》及其轉錄《玄應音義》所引《說文》豐富，卷十三「枝派」條，卷十九「派別」條，卷二十四「流派」條，卷四十八「派流」條，卷六十一、七十、七十七「支派」條，卷六十四兩「派瀆」條，卷七十二「派演」條，卷八十「派入」條，卷九十一「卻派」條俱以「𠂢」字之訓釋之，或有譌誤。惟卷八十七「派其」條引《說文》云：「派，別水也。從水𠂢𠂢亦聲。」與今二徐本同，許書原文如是。《古本考》疑爲後人妄增，非是。

𣽚（濘）　滎濘也。从水，寧聲。

濤案：《文選・七命》注引「濘，絕小水也」，蓋古本與「滎」解同，今本「滎濘」二字義不可通。

魁案：《古本考》非是。《慧琳音義》卷九十四「泥濘」條引《說文》云：「滎濘也。」與今二徐本同，許書原文如是。卷九十九「灂濘」條引作「瀅也」，當傳寫譌奪。

𣽷（窪）　清水也。一曰，窊也。从水，窐聲。

濤案：《一切經音義》卷七引「窪，小水也」，蓋古本如是。今人猶以「小

水」爲漥。《廣韻·九麻》引同今本，乃後人據今本改也。

潢（潢）　積水池。从水，黃聲。

　　濤案：《一切經音義》卷十七引「潢，久積水池也。大曰潢，小曰湾」，葢古本如是。今本奪「久也」二字，并奪「大曰潢」六字，皆誤。《文選·南都賦》注、《御覽》七十一地部引亦無「久」字，乃古人節引之例。《廣韻·十一唐》及《玉篇》引同今本，則後人據今本所改。《音義》卷十五引「久積水大曰潢，小曰池」，亦與今本不同。

　　魁案：《古本考》非是。《慧琳音義》卷五十八「潢池」條與卷六十七「潢水」條轉錄《玄應音義》，並引《說文》云：「久積水池也。大曰潢，小曰湾。」《慧琳音義》卷四十四「湾池」條：「《國語》：塞泉源而爲潢湾。賈逵註云：大曰潢，小者曰湾。」則「大曰潢」諸語乃出自賈逵《國語注》。又卷七十三「湾沙」條：「大曰潢，小曰湾。《說文》：湾，濁水不流也。」則諸語非出許書可知。卷八十三「潢湾」條引《說文》云：「潢，積水池也。」與今小徐本同，許書原文如是。大徐奪「也」字。

沼（沼）　池水。从水，召聲。

　　濤案：《一切經音義》卷二十五引「沼池，小池也」，上「池」字當是衍文。卷二十三引「沼，小池也」，葢古本如是。今本「小池」二字誤倒，淺人又改「小」爲「水」，並奪「也」字耳。《音義》他卷及《華嚴經》卷十四《音義》引「沼，池也」，是古本亦有無「小」字者。《毛詩·采蘩》、《正月》、《靈臺》二傳皆云「沼，池也」。

　　又案：《音義》二十二引「沼，小也」，乃傳寫奪一「池」字。

　　魁案：《古本考》是。《慧琳音義》卷四十七「溪沼」條與卷四十八「池沼」條轉錄《玄應音義》，並引《說文》作「小池也」。卷七十一「池沼」條轉錄引作「池也，小池也。」《慧琳音義》卷六、卷二十「池沼」與卷二十一轉錄《慧苑音義》「池沼」條三引《說文》均作「池也」。卷十八「池沼」條《說文》作「沼即池之異名也」，乃慧琳解釋之辭。據諸引，玄應所引作「小池也」，慧琳、慧苑所引作「池也」。張舜徽《約注》云：「渾言沼池無分，析言則有大小之辨耳。」本部「沼」下次「湖」，訓「大陂也」，「沼」上列「潢」訓「積水池也」，

是許書析言之,原文當作「小池也」。

澒（湖） 大陂也。从水,胡聲。揚州浸,有五湖。浸,川澤所仰以灌溉也。

　　濤案:《藝文類聚》卷九水部引「川澤」作「水澤」,《一切經音義》卷四引「揚州」下無「浸」字,皆傳寫奪誤。惟《類聚》「五湖」下無「浸」字,乃古本如是。《風俗通》曰「湖者,言流瀆四面所猥也,川澤所仰以溉灌也」,正用許語。許自解「湖」,非解「浸」,則此處不應有「浸」字。

　　魁案:《慧琳音義》卷四十三「池湖」條轉錄《玄應音義》,引《說文》同卷四沈濤所引。卷一、卷十二「陂湖」並引《說文》云:「大陂曰湖。」

灡（灡） 谷也。从水,臨聲。讀若林。一曰,寒也。

　　濤案:《一切經音義》卷二十引「灡,谷名」,許書之例當作「也」,不當作「名」。凡器物、艸木諸引作「名」者皆引書者以意改之,非古本如是。

　　魁案:《古本考》非是。《慧琳音義》卷四十三「淋頂」條:「經文作灡,《說文》谷名也。」今檢《玄應音義》卷二十亦作「谷名也」,是沈濤所據本奪「也」字。許書原文當作「谷名也」。

決（決） 行流也。从水,从夬。廬江有決水,出於大別山。

　　濤案:《一切經音義》卷二、卷九引作「下流也」,蓋古本如是。段先生曰:「『下』讀如『自上下下』之下。」

　　魁案:《古本考》非是。《慧琳音義》卷四十六「能決」條轉錄《玄應音義》,引《說文》同沈濤所引。卷二「決擇」條引作「水行流也。從水夬聲。」今二徐均作「行流也」,當奪「水」字。小徐以形聲解之,與慧琳引同,許書原文如是。大徐以會意解,誤。又「出於大別山」,小徐及《韻會・九屑》並無「於」字,當是。大徐誤衍。合訂之,許書原文當作「水行流也。從水,夬聲。廬江有決水,出大別山。」

注（注） 灌也。从水,主聲。

　　濤案:《一切經音義》卷一引「注,灌也,瀉也」,是古本尚有「瀉也」一

訓，今奪。

　　魁案：《慧琳音義》卷十七「降沚」條轉錄《玄應音義》，引《説义》同沈濤所引。

灆（滋）　埤增水邊土人所止者。从水，筮聲。《夏書》曰：「過三滋。」

　　濤案：《初學記》卷六地部引「水邊土人所止曰滋」，是古本無「埤增」二字。《左氏》成十五年傳、《楚辭・湘夫人》注皆云「滋，水涯」，《水經・淯水篇》〔註279〕注引杜預曰「水際及邊地名也」，皆與許君説合。

溯（溯）　無舟渡河也。从水，朋聲。

　　濤案：《釋訓》釋文引「舟」作「船」，義得兩通。

　　魁案：《慧琳音義》卷九十九「溯泳」引《説文》云：「謂无舟橛渡河也。」乃慧琳述許書之意，然但言「舟橛」，今二徐同，當是許書原文。

汜（汜）　浮行水上也。从水，从子。古或以汜爲没。汜或从囚聲。

　　濤案：《一切經音義》卷十一作「浮水上行也」，卷十五引作「水上浮行也」，卷十八引作「謂水上浮也」，卷十七引同今本。諸引不同，義皆得通。「謂」字乃元應所足。《華嚴經》卷六十六《音義》又引作「浮於水上也」（《音義》引「游」字解如此，「游」爲「旌旗」之流，非此之用。經典皆假游爲汜，慧苑益从俗通用字），當是慧苑所據本作「浮於水上行也」，傳寫奪一「行」字耳。《晉書音義》一百十三所引傳寫奪「浮行」二字。

　　魁案：《慧琳音義》卷五十二「獲汜」轉錄《玄應音義》，引《説文》作「浮水上也」，卷五十八「汜戲」條轉錄引作「水上浮也」，卷七十「學汜」條轉錄引作「謂浮水上也」，卷七十三「汜水」轉錄引作「謂水上浮也」。諸引義同，然終不及二徐所釋，汜之義當以「浮」「行」爲要，今二徐同當是許書原文。

湛（湛）　没也。从水，甚聲。一曰，湛水，豫章浸。古文。〔註280〕

　　濤案：《漢書・地理志》引「豫章」作「豫州」，與《周禮・職方》合，葢

〔註279〕「淯」字今補。

〔註280〕刻本奪古文，今據二徐補。

古本如是。今本「章」字乃傳寫之誤。

魁案：唐寫本《玉篇》₃₅₄ 湛下引《說文》：云「湛，沒也。」同今二徐本，許書原文如是。

濝（淒）　雲雨起也。从水，妻聲。《詩》曰：「有渰淒淒。」

濤案：《初學記》卷一天部、《御覽》卷八天部引「雲雨」作「雨雲」，蓋古本如是，今本誤倒。段先生曰：「雨雲謂欲雨之雲，唐人詩晴雲、雨雲是也。」

魁案：《古本考》當是。唐寫本《玉篇》₃₅₄ 淒下引《說文》云：「雨寒起之。」「雨寒起之」不辭，當是「雨雲起也」之誤。

濧（渰）　雲雨皃。从水，弇聲。

濤案：《初學記》卷一、《御覽》卷八天部皆引作「雨雲皃」，亦古本如是。說詳上「淒」字下。

魁案：《古本考》是。唐寫本《玉篇》₃₅₆ 渰下引《說文》：「雲雨皃。」「雲雨」二字當是誤倒。許書原文當從沈濤所訂作「雨雲皃」。

溟（溟）　小雨溟溟也。从水，冥聲。

濤案：《御覽》卷八天部引無「溟溟」二字，乃節取，非完文。

魁案：《古本考》是。唐寫本《玉篇》₃₅₆ 溟下引《說文》同今二徐本。許書原文如是。《慧琳音義》卷四十八「法溟」條引《說文》云：「少雨溟溟也。」「少」字當「小」字之誤。

澍（澍）　時雨，澍生萬物。从水，尌聲。

濤案：《後漢書·明帝紀》注引「澍，時雨所以澍生萬物」，《鐘離意傳》引「澍，雨所以澍生萬物，故曰澍」，《文選·魏都賦》注引「澍，時雨，所以澍生萬物也」，《一切經音義》卷一、卷六引「澍，上古時雨，所以澍生萬物者」。諸引雖小有異同，而皆有「所以」二字，今本奪此二字，蓋二徐妄刪。《御覽》卷十天部引「澍，時雨也」，乃節取非完文。

魁案：《古本考》認爲有「所以」二字，是。《慧琳音義》卷十九「欲澍」條、卷三十二「流澍」條、卷四十五「雨澍」條三引《說文》作「時雨所以澍

生萬物者也」，許書原文當如是。唐寫本《玉篇》356 澍下引《說文》云：「時雨所以樹生萬物者也。」「樹」當「澍」字傳寫之誤。卷七「宜澍」條多「者」字。卷八、卷十一「降澍」條，卷十一「流澍」條，卷三十八「驟澍」四引《說文》作「時雨澍生萬物」，乃節引。卷二十七「等澍」條引作「上古時雨所以生澍万物也」，「上古」二字衍，「生澍」二字誤倒，又奪「者」字。卷三十四「澍濃雨」條引作「時雨所以澍生万物，無地也」，「無地」二字誤衍，奪「者」字。卷三十九「澍雨」條引作「時雨也澍生萬物也」，卷四十一「洪澍」引作「時雨所澍生万物也」，皆節引。

澿（潦）　雨水大皃。从水，尞聲。

濤案：《詩·采蘋》正義、《一切經音義》卷一、《文選·長笛賦》注、陸士衡《贈顧彥先詩》注、曹顏遠《思友詩》注皆引「潦，雨水也」，《南都賦》注、司馬紹統《贈顧榮詩》注引「潦，雨水」，是古本無「大皃」二字。《華嚴經》三十七《音義》皆「潦，天雨也」，疑古本或作「天雨水也」，慧苑所引奪一「水」字。

魁案：《古本考》認為無「大皃」二字，是。唐寫本《玉篇》357 潦下引《說文》云：「雨水也。」《慧琳音義》卷二十「泥潦」條轉錄《玄應音義》，引《說文》作「雨水也」，許書原文當如是。《慧琳音義》卷二十二「泥潦」條轉錄《慧苑音義》，引《說文》同沈濤所引，「天」字當衍，又奪一「水」字。

濩（濩）　雨流霤下皃。从水，蒦聲。

濤案：《文選·七命》注引無「雨流」二字，蓋傳寫偶奪，非古本如是。

魁案：《古本考》非是。唐寫本《玉篇》357 濩下引《說文》云：「霤下皃也。」《慧琳音義》卷二十、卷二十四「布濩」條，引《說文》並云：「霤下皃也。」卷二十奪「也」字。是許書原文作「霤下皃也」，本無「雨流」二字。

漷（漷）　漷沛也。从水，奈聲。

濤案：《廣韻·十四泰》引作「漷，沛之也」，《集韻》、《類篇》皆同，是古本有「之」字，其義未聞。宋小字本亦有「之」字。

魁案：唐寫本《玉篇》357 漷下引《說文》云：「漷沛也。」與小徐本同，

是許書原文當如小徐。張舜徽《約注》云：「溠沛二字連語，乃狀物之詞。」

（濛） 微雨也。从水，蒙聲。

濤案：《初學記》卷二天部引「微雨曰濛濛」，是古本多一「濛」字。當作「濛濛微雨也」，二徐疑爲複舉而刪之。

魁案：《古本考》非是。唐寫本《玉篇》358濛下引《說文》：「微雨也。」《慧琳音義》卷八十一「濛雨」條引《說文》云：「濛，微雨也。」皆與今二徐本同，許書原文如是。

（洽） 霑也。从水，合聲。

濤案：《華嚴經序》《音義》引「洽，霑及也」，蓋古本亦有如是作者。《一切經音義》卷六、卷二十二引皆同今本。

魁案：唐寫本《玉篇》361霑下引《說文》云：「霑也。」与今大徐本同。《慧琳音義》卷十一「潤洽」條，卷四十八「潤洽」條轉錄《玄應音義》，卷十八、二十七「普洽」條俱引《說文》同今大徐本，許書原文如是。《慧琳音義》卷二十一「時臻歲洽」條轉錄《慧苑音義》，引《說文》云：「洽，霑及之也。」當傳寫有誤，不足據。

（溓） 薄水也。一曰，中絕小水。从水，兼聲。

濤案：《文選·寡婦賦》注引「溓溓，薄水也」，蓋古本奪一「溓」字，今本爲淺人妄刪。《食部》籢字注云「讀若風溓溓」，是「溓溓」複舉乃古人恒語，古本當作「溓溓，薄水也，一曰溓，中絕小水」。二徐不知篆文連注之例，既刪去複舉「溓」字，又一曰以下不知再舉「溓」字，無知妄作而古書遂不可通矣。

又案：《樓攻媿集·答趙崇憲書》載：「晁以道所得唐本《說文》曰：溓，薄水也，或曰：中絕小水。又曰：淹也，或从廉。」是唐本有「淹也」一訓，又有重文「濂」字，今本皆爲二徐妄刪。

魁案：《古本考》非是。唐寫本《玉篇》361溓下云：「《說文》：薄水也。或曰中絕小水也。《蒼頡篇》：溓，淹也。」是許書原文非復舉「溓」字，「淹也」一訓非出《說文》。今大徐本不誤。《慧琳音義》卷九十八「河溓」條引《說文》

云：「薄水也。」乃節引一訓。

𤄃（溏）　水虛也。从水，康聲。

　　濤案：《爾雅・釋詁》釋文引作「水之空也」，蓋古本如是。「空」、「虛」同義，而「溏」、「空」爲雙聲。《爾雅》曰：「溏，虛也。」《漢書・□傳》注亦引作「空」。

　　魁案：唐寫本《玉篇》363溏下引《說文》云：「水虛也。」與今二徐本同，許書原文如是。

𣹑（洿）　濁水不流也。一曰，窊下也。从水，夸聲。

　　濤案：《一切經音義》卷八、卷十八引「流」下多一「池」字，蓋古本如是。《孟子》云：「數罟不如洿池。」《方言》注亦訓「洿」爲「池」。卷十五、卷十七引無「不流」二字，乃傳[註281]寫誤奪。《文選・南都賦》注、班孟堅《答賓戲》注引同今本，義得兩通。

　　魁案：《古本考》認爲「流」下有「池」字，非是。唐寫本《玉篇》364洿下引《說文》：「濁水不流也。」與今二徐本同。《慧琳音義》卷二十四「洿池」條、卷七十三「洿沙」條轉錄《玄應音義》，卷九十二「污池」條三引《說文》同二徐，許書原文如是。「污池」當作「洿池」。卷五十八「潢池」條與卷六十七「潢水」條下並引作「濁水也」，乃節引。

𣴤（汙）　薉也。一曰，小池爲汙。一曰，塗也。从水，于聲。

　　濤案：《史記・張耳傳》索隱、《一切經音義》卷十四、《廣韻・十一暮》皆引作「穢也」，「薉」、「穢」古今字。

　　魁案：唐寫本《玉篇》364汙下引《說文》云：「一曰小池爲汙，一曰塗也。」《慧琳音義》卷五十九「污身」條轉錄《玄應音義》，引《說文》云：「行，穢也。塗污也。」「行」當「汙」字之誤，「污」即「汙」字，「塗污」誤倒。卷六十二「汙損」條引作「塗也」，乃節引一訓。

𣵀（汏）　淅㶚也。从水，大聲。

〔註281〕「傳」字今補。

濤案:《文選・王元長〈永明十一年策文〉》注引「汰,簡也」,蓋古本無「淅」字,簡即瀾字之省。《一切經音義》卷十五引「汰,洗也」,蓋古本一日以下之奪文。《後漢書・陳元傳》注:「洮汰猶洗濯也。」是汰有洗義。

魁案:《古本考》非是。唐寫本《玉篇》369汰下引《說文》:「淅瀾也。」與今二徐本同,許書原文如是。

淅（淅）　汰米也。从水,析聲。

濤案:《詩・生民》釋文引作「汰也」,乃元朗因注文已有「米」字節取「汰」字之訓,非古本無「米」字也。

瀝（瀝）　浚也。从水,歷聲。一曰,水下滴瀝。

濤案:《文選・海賦》注引「瀝滴,水下滴瀝也」,江文通《雜體詩》注引「滴瀝,水下滴瀝也」,《魯靈光殿賦》注引「滴瀝,水下滴瀝之也」,三引不同而皆與今本稍異,其或作「瀝滴」或作「滴瀝」,則皆因所注之本文而改耳。

魁案:《古本考》是。唐寫本《玉篇》379瀝下引《說文》云:「瀝,浚也。一日水下滴瀝也。」是許書原文「瀝」下有「也」,今大徐奪。《慧琳音義》卷二十六「痳瀝」條引《說文》云:「水浚也。」乃節引,「水」字衍。

漉（漉）　浚也。从水,鹿聲。漉或从泉。

濤案:《文選・長卿〈封禪文〉》注引「漉,水下兒」,《廣韻・一屋》亦引「一日水下兒」,蓋古本有此五字,小徐本尚有之。

魁案:《古本考》是。《希麟音義》卷五「瀘漉」條引《說文》云:「滲也。又水下兒也。」「滲」當「浚」字之誤。「水下兒也」當是「漉」之一訓,今小徐本有之,許書原文當從小徐。

泔（泔）　周謂潘曰泔。从水,甘聲。

濤案:《一切經音義》卷十四引「泔,潘也」,乃元應欒括節引,非古本如是。

魁案:《古本考》是。唐寫本《玉篇》371泔下引《說文》與今二徐本同,許書原文如是。《慧琳音義》卷五十九「泔汁」條轉錄《玄應音義》,引《說文》

同沈濤所引。

淤（淤）　澱滓，濁泥。从水，於聲。

濤案：《後漢書・文苑・杜篤傳》注引「淤，澱滓也」，葢古本無「濁泥」二字，今本誤衍。

魁案：《古本考》是。唐寫本《玉篇》₃₇₂淤下引《說文》：「淤，澱滓也。」《慧琳音義》卷十六、卷四十七「淤泥」條以及卷五十「青淤」三引《說文》皆作「澱滓也」，許書原文如是。卷二十四「淤泥」條引作「澱澤也」，「澤」當「滓」字之誤。卷八「淤泥」條引作「滓也」，乃奪「澱」字。

湑（湑）　茜酒也。一曰，浚也。一曰，露皃。从水，胥聲。《詩》曰：「有酒湑我。」又曰：「零露湑兮。」

濤案：《初學記》卷二十六服食部引「醑，旨酒也」，「醑」即「湑」字之別體，「旨」乃「茜」字傳寫之誤，非古本如是。《詩・伐木》傳云：「湑茜之也」，則作「茜」為是。《御覽》八百四十三飲食部引「醑，茜酒也」。

魁案：《古本考》是。唐寫本《玉篇》₃₇₂湑下云：「《毛詩》：有酒湑我。傳曰：湑，茜酒也。……《說文》：一曰浚也。」是許書「茜酒也」之訓本毛傳。今二徐本同，許書原文如是。《慧琳音義》卷九十四「淪湑」條引《說文》云：「湑，浚也。」乃節引。

湎（湎）　沈於酒也。从水，面聲。《周書》曰：「罔敢湎于酒。」

濤案：《一切經音義》卷二十三引「湎」作「姡」，「沈」作「耽」，皆傳寫之誤，卷二、卷六引同今本可證。

魁案：《古本考》是。《慧琳音義》卷二十七「姡湎」條引《說文》云：「姡於酒。」《慧琳音義》卷四十八「耽湎」條引《說文》云：「耽於酒也。」「姡」「耽」皆「沈」字之誤。卷二十七奪「也」字。

澆（澆）　沃也。从水，堯聲。〔註282〕

濤案：《一切經音義》卷三引「澆，灌漬也」，葢古本一曰以下之奪文。

〔註282〕此從小徐，大徐本沃作浂。

魁案：《古本考》非是。唐寫本《玉篇》374澆下引《說文》云：「沃也」與今小徐本同。《慧琳音義》卷九十一「澆淳」條引《說文》作「渓也」，與大徐同。本部「渓，溉灌也。」許書原文當作「渓也」。《慧琳音義》卷九「澆灒」條轉錄《玄應音義》，引同沈濤所引，當是傳寫之誤，非是許書之文。

液（液） 盡也。从水，夜聲。

濤案：「盡」乃「盡」字之誤〔註283〕，宋小字本正作「盡」。《文選·洞簫賦》注引作「精」，乃聲音相近傳寫之誤。《一切經音義》卷二、卷二十五引「液，津潤也」，是古本亦有多一「潤」字者。津即盡字之假借，小徐本亦作「津」。

魁案：唐寫本《玉篇》374液下引《說文》云：「津也。」與今小徐本同。又《慧琳音義》卷四十一「流液」條亦引作「津也」。卷十八「霜液」條引云：「液，津液也。」「液」字當衍。張舜徽《約注》云：「津乃借字，盡為本字。本書《血部》：盡，气液也。」其說是也。是今大徐本不誤。《慧琳音義》卷二十六「和液」條、卷七十一「津液」條轉錄《玄應音義》並引作「津潤也」，「潤」字當衍。《古本考》非是。

溢（溢） 器滿也。从水，益聲。

濤案：《華嚴經》卷十二《音義》引「溢，器滿餘也」，蓋古本如此。器滿而餘則溢，今本奪「餘」字，誤。

魁案：唐寫本《玉篇》374溢下引《說文》云：「器滿也，从水从皿。」又云：「溢，《聲類》亦溢字也。」是許書原文作「溢」，不作「溢」。《慧琳音義》卷「溢鉢」條亦引《說文》云：「器滿也。從水益聲。正從皿作溢。」是今本作「溢」者非是許書正篆。《慧琳音義》卷一、卷六「充溢」條，卷十一「流溢」條，卷六十三「灒溢」條，卷六十八「滂溢」條皆引《說文》作「器滿也」，許書原文如是。卷二十一「豐溢」條轉錄《慧苑音義》，引《說文》曰：「溢，器滿餘也。」「餘」字誤衍，《古本考》非是。

滌（滌） 洒也。从水，條聲。

〔註283〕今所傳大徐陳昌治刻本作盡，不知沈濤所據何本。

濤案:《詩·洞酌》正義、《華嚴經》卷三《音義》引「滌，洗也。古洗、洒二字相通，《說文》止字。」則「洒」爲「洒滌」字，「洗」爲「洒足」字，他書所引每假洗爲洒。

又案:《一切經音義》卷一引「滌，洒也。亦除也」，是古本尚有「除也」一訓，今奪。

魁案:《古本考》認爲有「除也」一訓，非是。《慧琳音義》卷四十一「滌慮」條:「孔注《尚書》:滌，除也。《說文》:滌，洒也。」此引孔注與《說文》並舉，則「除也」非出許書可知。《慧琳音義》卷二十「滌穢」條轉錄《玄應音義》，引同卷一沈濤所引。又，唐寫本《玉篇》375滌下引引《說文》同今二徐本。《慧琳音義》卷二十八「盪滌」條，卷三十九「潔滌」條，卷四十九「滌除」條、「滌沈蔽」條，卷五十八「滌食」條，卷八十「滌穢」條，卷一百「滌除」條，俱引《說文》作「洒也」，是許書原文如是。

《古本考》認爲「洗」爲「洒」之借字，是。卷二十一「滌除」條轉錄《慧苑音義》，引《說文》曰:「滌，洗也。」乃借洗爲洒。《玉篇·水部》:「洗，今以爲洒字。」《古本考》是。

𣸯（漱） 盪口也。从水，欶聲。

濤案:《華嚴經音義》上、《文選·思元賦》注引作「蕩口也」，盪正字，蕩假借字。《一切經音義》卷十四引作「漱口也」，乃傳寫之誤，他卷引同今本可證。

魁案:《古本考》是。《慧琳音義》卷二十二「澡漱」條轉錄《慧苑音義》，引《說文》同沈濤所引。卷五十九「漱口」條轉錄《玄應音義》，引《說文》同卷十四沈濤所引。卷二十六、卷四十五「澡漱」條，卷二十九「漱口」條，卷四十「箪漱」條，卷六十四「盥漱」條俱引《說文》同今二徐本，許書原文如是。卷七十八「澡漱」條引作「盥盪已也」，「盥」字衍，「已」當「口」字之誤。卷八十九「漱水」條亦衍「盥」字。

𣽻（沬） 洒面也。从水，未聲。𩈁古文沬从頁。

濤案:《書·顧命》:「王乃洮頮水。」釋文云:「《說文》作沬，云:古文作頮。」是古本重文从頁从廾，今本傳寫闕脫耳。《文選·七發》、司馬子長《報

任安書》、楊子雲《解嘲》等注皆引「頰，洗面也」，「洗面」即「酒面」，說詳
湅字下。

　　魁案：《古本考》是。唐寫本《玉篇》₃₇₈頰下云：「頰，呼慣反，野王案：
《說文》：『頰，酒面也。』……《說文》此亦古文頮字也。頮字在《頁部》。」
又云：「沬，此篆文頰字也。」

黼（浴）　　酒身也。从水，谷聲。

　　濤案：《一切經音義》卷二十四引「洗身曰浴」，「洗身」即「酒身」，說見
上。

　　魁案：《古本考》是。說見上「湅」字下。《慧琳音義》卷八「澡浴」條引
《說文》作「洗身也」。卷七十「沐浴」條引云：「酒身曰浴也。」卷三十四「浴
像」條與唐寫本《玉篇》₃₇₈浴下所引並同今二徐本，許書原文如是。

黼（澡）　　酒手也。从水，喿聲。

　　濤案：《文選・長笛賦》注引「澡，洗手也」，「洗手」即「酒手」，說見
上。

　　魁案：《古本考》是。《慧琳音義》卷十五、卷六十四「澡罐」條，卷二十
六、卷六十、卷六十九、卷七十八「澡漱」條，卷五十七「澡手」條俱引《說
文》作「洗手也」。《希麟音義》卷「澡漱」條引奪「手」字。《慧琳音義》卷十
「嘗澡」條引作「酒手也」，與今二徐本，許書原文如是。卷二十七「澡浴」條
引作「酒身也」，乃「浴」字之訓。

黼（洗）　　灑足也。从水，先聲。

　　濤案：《御覽》三百九十五人事部引「洗，酒足也」，蓋古本如是，「酒」雖
爲古文灑埽字，而「灑」與「酒」訓解不同，不得以「灑」爲「酒」也。

　　魁案：《古本考》是。今二徐本皆作「酒足也」，不知沈濤所據何本。《慧琳
音義》卷八「盥洗」條引《說文》作「濯足也」，「濯」蓋「灑」字之誤，「灑」
應作「酒」。卷五十三「洗拭」條引作「洗足也」，「洗」當「酒」字之借。

黼（汲）　　引水於井也。从水，从及，及亦聲。

濤案：《一切經音義》卷十五、《文選・江賦》注皆引「汲，引水也」，是古本無「於井」二字。凡引水皆謂之汲，故古人有「巖栖谷汲」之語，不必在井也。

魁案：《古本考》是。《慧琳音義》卷五十九「汲水」條轉錄《玄應音義》，引《說文》同卷十五沈濤所引。卷十七、卷四十一「汲引」條，卷三十四「汲灌」條皆引《說文》作「引水也」，許書原文當如是。

㵯（淋）　以水沃也。从水，林聲。一曰，淋淋，山下水兒。 〔註284〕

濤案：《文選・七發》注引「淋，山下水也」，蓋古本亦有如是作者，義得兩通。

又案：《一切經音義》卷二引「淋，水沃也」，無「以」字，乃傳寫偶奪，卷十引同今本可證。

魁案：《古本考》是。《慧琳音義》卷四十「淋灘」條引《說文》云：「以水沃也。或曰，淋淋，山下水也。」卷四十三「淋頂」條、卷四十九「淋下」條轉錄《玄應音義》，並引《說文》作「以水沃也」。皆與今小徐本同，許書原文當如是。卷九十三「淋落」條引作「以水沃聲」，當有譌誤，不足據。

㵼（渫）　除去也。从水，枼聲。

濤案：《文選・南都賦》注引作「去除也」，蓋傳寫誤倒，《海賦》注引同今本可證。

㶉（濯）　瀚也。从水，翟聲。

濤案：《一切經音義》卷二十五引「濯，滌也」，蓋古本一曰以下之奪文。

魁案：《古本考》非是。《慧琳音義》卷十三「洗濯」條：「《毛詩傳》曰：濯，滌也。《說文》：浣也。」此引毛傳與《說文》並舉，可知「滌也」一訓非出許書。《慧琳音義》卷七十一「水濯」條轉錄《玄應音義》，引《說文》作「滌也」，又有「洒也」一訓，皆不可據。又，《慧琳音義》卷十八「濯以」條，卷二十八「濯眾」條，卷六十七「濯清」條，卷七十七「瀚濯」條，卷八十二「濯瀚」條，卷九十二「湔濯」條俱引《說文》作「浣也」，「浣」當「瀚」字之借。

〔註284〕　《古本考》從小徐本，大徐沃作𣵽。

徐鍇曰：「澣音浣。」卷十二「濯流」條與卷五十五「洗濯」條並引作「澣也」，「澣」同「浣」，《玉篇·水部》：「浣同澣。」本部「澣，濯衣垢也」，二字互訓，許書原文當作「澣也」，二徐本同。

澈（澈）　於水中擊絮也。从水，敝聲。

濤案：《御覽》八百二十六資產部引無「於」字，蓋古本如是。《韻會》亦無「於」字，是小徐本尙不誤也。

灒（灒）　汙灑也。一曰，水中人。从水，贊聲。

濤案：《一切經音義》卷十五、卷十七引「灒，水汙灑也」，卷七引「水汙洒曰灒也」，是古本有「水」字。卷十四、卷十六、卷二十皆引同今本，乃傳寫偶奪「水」字耳。卷三引「水」字作「相」，亦傳寫之誤。

魁案：《慧琳音義》卷五十八、七十四「澆灒」條轉錄《玄應音義》，引《說文》同卷十五、十七沈濤所引，「汙」上並有「水」字。卷九「澆灒」條轉錄引「汙」上作「相」字。卷六十四「澆灒」條轉錄引同今本。卷二十四「唾濺」條轉錄云：「又作灒，二形同。子旦反。《說文》：水污灑曰濺也。」卷五十九「澆灒」條轉錄引作「汁灑也」，「汁」當「汙」字之誤。此諸引解無「水」字。是玄應書或「汙」上或有「水」字，或無。

又，《慧琳音義》卷六十二「不灒」條引云：「灒，汙灑也。一云水濺人也。」卷五十一「迸灒」條云：「《說文》：灒，謂相污灑也。一云水濺人也。」卷三十五「濺灑」條云：「《說文》正體從贊作灒。灒，污灑也。」污即汙字。是慧琳書「汙」上無「水」字，與今二徐本同，所引「謂相」二字當引者所足。慧琳書又有「一云水濺人也」，濺即同灒，則似不當作此。合而訂之，以今二徐本爲許書完整傳本，竊以爲當是許書原文。「水中人」之「中」，段玉裁認爲當作去聲，是。

汗（汗）　人液也。从水，干聲。

濤案：《御覽》三百八十八人事部引作「身液也」，以「洟」爲「鼻液」例〔註285〕之，古本當作「身」，不作「人」。

〔註285〕刻本誤作「倒」，今正。

魁案：《古本考》是。《刻本切韻殘葉》（ТΠD1·去翰）779汗下引《說文》云：「身之液。」合訂之，許書原文當作「身液也」。

泣（泣）　無聲出涕曰泣。从水，立聲。

濤案：《藝文類聚》三十五人部、《御覽》四百八十八人事部引作「無聲涕也」，蓋古本如是，今本「曰泣」云云非許書之例，說詳上。《詩·雨無正》正義引「涕」作「淚」，乃傳寫之誤。

魁案：《古本考》非是。《慧琳音義》卷二十七「涕泣」條引《說文》云：「無聲出淚曰泣。」「淚」當「涕」字之誤，二徐本並作「涕」。是今大徐不誤。

涕（涕）　泣也。从水，弟聲。

濤案：《御覽》三百八十八人事部引「涕，鼻液也」，「鼻」乃「目」字之誤，蓋洟為鼻液，汗為身液，涕為目液，古本詮解甚晰，今本乃二徐妄改。

魁案：《古本考》認為「涕」為「目液」，是。《慧琳音義》卷七十四「次洟」條：「下以脂反。《毛詩傳》：目液曰涕，鼻液曰洟。《說文》從水從夷。今經文多作涕，訓目液也，非鼻液也。」卷三十三「洟唾」《說文》洟，鼻液也。從水夷聲也。經文從水作涕，《說文》云：涕，泣也。」是洟、涕形近混為一字耳。《慧琳音義》卷五「涕唾」條與卷三十「涕淚」條引《說文》並云：「涕，鼻液也。」「涕」字當作「洟」。

《慧琳音義》卷三十三引有「泣也」一訓，卷八「抆淚」條：「《說文》作涕，泣也。」與今二徐本同，是許書當有此訓。《慧琳音義》卷七十四「涕泣」條引《說文》云：「目液。」卷七十四云：「今經文多作涕，訓目液也，非鼻液也。」是許書當有「目液也」一訓。《希麟音義》卷四、卷九「洟唾」條下「涕」並引《說文》有「目汁也」一訓。《類聚抄》卷三形體部「涕淚」條引《說文》云：「涕泪，目汁也。」「汁」當「液」字之誤。合訂之，許書原文當作「目液也。一曰泣也。」

漕（漕）　水轉轂也。一曰，人之所乘及船也。从水，曹聲。

濤案：《文選·蕪城賦》注、《史記·平准書》索隱「轂」皆引作「穀」，蓋古本如是。《漢書·百官志》曰：「太倉令主受郡國漕穀。」注引如淳曰：「水轉

曰漕。」「轂」字乃傳寫之誤。又《史記》索隱引「一云車運曰轉，水運曰漕」，此亦古本如是。今本「一曰」以下義不可通。

漏（漏）　以銅受水，刻節，晝夜百刻。从水，扁聲。

　　濤案：《類聚》六十八飲飾部、《白帖》卷三十一刻漏部〔註286〕、《御覽》卷二天部、《北堂書鈔》儀飾部皆引作「以銅盛水」。《文選・劉琨〈答盧諶詩〉》注引作「以銅盆受水，分時，晝夜百刻也」，「盛」與「受」、「分時」「刻節」義皆得兩通。《選》注「盆」字恐傳寫誤衍。

　　魁案：《慧琳音義》卷十八「滲漏」條引《說文》云：「以銅器盛水，漏下分時，晝夜共爲百刻。」此引與沈濤諸引又異，實乃論定，今二徐本同，姑且以爲許書原文如是。《慧琳音義》卷二十三「晷漏延保」條引《文字集略》曰：「漏刻，謂以筒受水，刻節，晝夜百刻。」此引蓋本許書。

瀼（瀼）　水多兒。从水，葳聲。

　　濤案：《文選・長笛賦》注引「兒」作「也」，義得兩通。

補 澢

　　濤案：《一切經音義》卷十八引「澢，涉渡水也」，是古本有澢篆，今奪。

　　魁案：《古本考》是。《慧琳音義》卷七十三「澢泥」條轉錄《玄應音義》，引《說文》作「涉渡水」，當奪「也」字。

補 池

　　濤案：《華嚴經》卷十四《音義》引「穿地通水曰池」，蓋古本有池篆，今奪。《水部》「汪」字解云「池也」，「注」字解云「深池也」，「潢」字解云「積水池」，「沼」字注云「池水」（當作小池，說詳沼字下）。又《皀部》「隍」字解云「城池也，有水曰池，無水曰隍」，《虫部》「蛟」字解云「池魚」，是《說文》有「池」字矣。

　　又案：《初學記》卷七地部引「池者，陂也。从水它聲」。蓋古本作「池，陂也。穿地通水曰池」。「它聲」當作「也聲」，乃校書者據鼎臣之說妄改耳。

〔註286〕「刻漏」二字今補。

魁案：《古本考》認爲有「池」篆，是。《慧琳音義》卷六「池沼」條引《說文》云：「池，陂也。」卷二十一「陂澤」條轉錄《慧苑音義》，引《說文》同沈濤所引。

《説文古本考》第十一卷下 _{嘉興沈濤纂}

瀕部

𣲣（瀕） 水厓。人所賓附，頻蹙不前而止。从頁，从涉。凡頻之屬皆从頻。

𩏶（顰） 涉水顰蹙。从頻，卑聲。

濤案：《華嚴經音義》卷下云：「按，《說文》：渡水向岸。水文叢皺亦謂之頻蹙，然憂愁之頻頻下著卑。」據慧苑所引則與今本大異。竊意「瀕」「顰」本二字，訓解當不同。今本一云「水厓，頻蹙不前」，一云「涉水顰蹙」，又何所區別邪？《詩·召旻》：「不云自頻。」毛傳云：「頻，厓也。」「頻」即「瀕」之省。釋文云：「案，張揖《字詁》云：瀕，今濱。」「濱」乃「瀕」之別體字，而傳注或訓爲「涯」，或訓爲「水涯」，正與許君「水厓」之訓相合，則「瀕」本「水厓」字。「渡水向岸」二語當是古本有之，二徐改爲「頻蹙不前」，則與「顰」字解無別矣。至「顰」字諸書或別作「嚬」、或省作「頻」，皆爲「頻蹙憂愁之兒」（見《易·巽卦》注及《晉書音義》），初與「涉水」無涉，其所以從頻者，當以人之顰蹙如水文之叢皺。古本當如慧苑所引「顰蹙然憂愁也」，則與許君解字通例相合，而與傳注訓解均無不合矣。

又案：「瀕」，經典皆用「濱」字。《詩·召旻》「不云自頻」，箋云「頻當作濱」，則「濱」非別字。許君既云「人所賓附」，則偏旁必有賓。竊意瀕爲正字，訓解當如慧苑所引，「濱」爲重文則云「水厓，人所賓附」，乃釋「从賓」之意。二徐本奪去「濱」字，遂將「人所賓附」語竄入正解，試問「水厓人所賓附」，何故嚬蹙不前邪？知其意之不可通矣！

魁案：《古本考》所訂「瀕」字，可備一說。又，《慧琳音義》卷七十七「顰蹙」條引云：「涉水顰蹙也。」與今小徐本同，許書原文當如是，大徐奪「也」字。《慧琳音義》卷一「嚬蹙」條引《說文》云：「涉水則嚬蹙，古文作顰。」「嚬蹙」當即「顰蹙」。「則」爲引者所足。卷六十六「顰蹙」條引云：「涉水者則顰也。」「者則」當引者所足，又奪「蹙」字。

く部

乁（く）　水小流也。《周禮》：「匠人爲溝洫，枱廣五寸，二枱爲耦；一耦之伐，廣尺、深尺，謂之く。」倍く謂之遂；倍遂曰溝；倍溝曰洫；倍洫曰〈〈。凡く之屬皆从く。𤰔古文く从田从川。𤰫篆文く从田犬聲。六畎爲一畝。

　　濤案：《後漢書・章帝紀》注引「甽，田中之溝」，「溝」乃倍遂之名，「遂」又倍く之名，則不得訓「甽」爲「溝」，此必傳寫有誤，非章懷所據本如是也。

　　又案：《詩・節南山》正義引「甽，小流也」，乃傳寫奪「水」字。《御覽》七十五地部引「甽，水流也」，乃傳寫奪一「小」字。

〈〈部

〉〉（〈〈）　水流澮澮也。方百里爲〈〈，廣二尋，深二仞。凡〈〈之屬皆从〈〈。

　　濤案：《廣韻・十四泰》引「爲」作「有」，蓋古本如是。若如今本，幾疑〈〈方百里矣。

粼（粼）　水生厓石間粼粼也。从〈〈，㷎聲。

　　濤案：《文選・江賦》注引「粼，水厓間粼粼然也」，蓋古本多一「然」字。《選》注傳寫奪「生石」二字。

川部

川（川）　貫穿通流水也。《虞書》曰：「濬く〈〈，距川。」言深く〈〈之水會爲川也。凡川之屬皆从川。

　　濤案：《後漢書・李尋傳》注引「川者水貫穿而通流也」，蓋古本如是。今本義雖無別而語頗不詞，「者」字乃引書者所足。《御覽》六十八地部引同今本，乃後人據今本改。

巟（巟）　水廣也。从川，亡聲。《易》曰：「包巟用馮河。」

　　濤案：《易・泰卦》釋文引有「又大也」三字，蓋古本有「一曰大也」四字，

今奪。

邕（邕）　四方有水，自邕城池者。从川，从邑。邕籀文邕。

濤案：《廣韻・三鍾》引「城」作「成」，蓋古本如是。今本「城」字乃傳寫之誤。

州（州）　水中可居曰州，周遶其旁，从重川。昔堯遭洪水，民居水中高土，故曰九州。《詩》曰：「在河之州。」一曰，州，疇也。各疇其土而生之。州古文州。

濤案：「故曰九州」句，《類聚》六地部引作「故名曰州」，蓋古本如是。《御覽》百五十七州郡部引無「各」字，當是傳寫偶奪。

辰部

辰（辰）　水之衺流別也。从反〔註287〕永。凡辰之屬皆从辰。讀若稗縣。

濤案：《文選・王簡栖〈頭陀寺碑文〉》注引「派，水別流也」，「派」即「辰」字之俗。此乃崇賢節引，「流別」二字又傳寫誤倒，非古本如是。

魁案：《古本考》是。《慧琳音義》卷二十九「辰別」條、卷六十四「派瀆」並引《說文》作「水之邪流別也」，「派」當作「辰」，邪同衺。卷四十九「比辰」條引同今二徐本，許書原文如是。卷六十八「流辰」條引作「水邪流別也」，卷八十「覽辰」條引作「水之邪流也」，皆有奪文。卷九十七「辰流」條引云：「謂水分流也。」乃引者述許書之辭。

衇（衇）　血理分衺行體者。从辰，从血。衇衇或从肉。衇籀文。

濤案：《廣韻・二十一麥》引「衺」作「衷」，乃傳寫之誤。

魁案：《慧琳音義》卷二、卷五、卷三十「筋脈」三引《說文》皆云：「血理之分行於體中謂之脈。」脈或作脈，無「衺」字。卷二十九「血脈」條引作「血理之分耶行體中名之爲脈」，卷三十二「筋脈」條引作「血理之分邪行於體

〔註287〕刻本作「凡」，今正。

中者也」，卷四十三「筋脈」條引作「血理之分邪行於體者也」，所引「衺」作「耶」，或作「邪」，文字又有異。今小徐本作「血理之分衺行體中者」，與上引殆同，當是許書之舊，合訂之，許書原文當作「血理之分衺行體中者也」。《慧琳音義》卷六十二「筋脈」條引作「血理通流行於體中也」，不足據。《希麟音義》卷五「筋脈」條引作「血理之分行於體中也」，亦有奪衍。

谷部

尚（谷）　泉出通川爲谷。从水半見，出於口。凡谷之屬皆从谷。

濤案：《一切經音義》卷九引「泉之通川者曰谷」，《御覽》五十四地部引「泉通曰谷」，蓋古本不作「出」。《音義》卷六引「泉之物川曰谷」，乃傳寫之誤。

魁案：《古本考》非是。《慧琳音義》卷四十六「谿谷苦奚」條轉錄《玄應音義》，引《說文》同卷九沈濤所引。卷八「谿谷」條引作「泉出通流爲谷」，卷二十九「谷響」條引作「泉水出通川爲谷」。皆作「出」字。今二徐本同，許書原文如是。卷八引「流」當作「川」，卷二十九衍「水」字。

睿（睿）　深通川也。从谷，从𠬸。𠬸，殘地阬坎意也。《虞書》曰：「睿畎澮距川。」𣿈睿或从水。𡇯古文睿。

濤案：《玉篇》：「睿，古文濬。」蓋古本當作「濬，篆文睿」，睿字自當古于濬也。

魁案：《古本考》是。唐寫本《玉篇・水部》371濬下云：「濬，《說文》古睿字也。睿，谷深也。在《谷部》。又云：「𣿈，《說文》古睿字也。」

谸（谸）　望山谷谸谸青也。从谷，千聲。

濤案：「谸谸」，《文選・高唐賦》注引作「芊芊」，賦曰：「蕭何千千」，注引《說文》此語而申之曰：「千與芊古字通。」是崇賢所據本不作「谸谸」也。然《說文》無「芊」字，疑賦本作「芊芊」，注引《說文》作「千千」，後人傳習互易耳。《廣韻・一先》引作「望山谷之谸青也」，《龍龕手鑑》引作「望山如回青也」，皆誤。

仌部

仌（仌）　凍也。象水凝之形。凡仌之屬皆从仌。

冰（冰）　水堅也。从仌，从水。凝俗冰从疑。

濤案：《初學記》卷七地部、《御覽》六十八地部引「冰，水堅也」，皆在「冰」條下，則讀爲「履霜堅冰」之冰，不作「凝」字解矣。且仌訓爲「凍」，義近于「凝」，冰訓「水堅」，即「水澤腹堅」之意，不應轉作凝解。竊意仌本讀魚陵切，冰本讀筆陵切，疑爲俗「仌」字，非俗「冰」字，「水凝」則爲「冰」正字之會意。自二徐本誤以「凝」爲俗「冰」字，遂將二音互易，轉以經典作冰爲非。李少溫深于《說文》，其名取「陽冰不冶」之義，不得讀爲「陽凝」，若謂類書所引誤「仌」爲「冰」，則當云「冰，凍也」。可見「水堅」之字爲「堅冰」之「冰」，而非「凝凍」之「凝」矣。

魁案：《慧琳音義》卷四十一「冰山」條：「《說文》作仌。冰，凍也。象水凝之形。」是俗以「冰」爲「仌」。

凜（凜）　寒也。从仌，稟聲。

濤案：《文選·寡婦賦》注引「凜凜，寒也」，《文賦》注引「懍懍，寒也」，凜、懍皆癛之別字，是古本多一「凜」字，二徐疑爲注中複舉而刪之。《古詩十九首》注引不重「凜」字，非節引即奪文。《御覽》三十四時序部引「凜，清寒也」，「清」亦「凜」字之誤，當是校書者妄改。

冬（冬）　四時盡也。从仌，从夂。夂，古文終字。冬古文冬从日。

濤案：《御覽》三十四時序部引作「終也，盡也」，蓋古本如是。「冬」之訓「終」屢見傳注，二徐刪此一義，妄矣。

冶（冶）　銷也。从仌，台聲。

濤案：《一切經音義》卷二引「冶，燒也」乃古本一曰以下之奪文。

魁案：《古本考》非是。今檢《玄應音義》卷二，「鑪冶」條引《說文》同今二徐本，沈濤書當有誤。《慧琳音義》卷二十六「爐冶」條、卷五十七「媒冶」條、卷八十、卷九十一「鎔冶」俱引《說文》同今二徐，許書原文如是。卷一

百「融冶」條引作「冶銷金鑄也」，「金鑄」二字衍。

瀨（瀨）　寒也。从仌，賴聲。

濤案：《詩·大車》正義引《說文》：「冽，寒皃，故字从仌。」今本《說文》無「冽」字，《篇》、《韻》皆有冽無瀨，則瀨必冽之誤，古本說解當作「寒皃」。《下泉》正義亦云「冽字當从仌」。

雨部

靐（靁）　陰陽薄動靁雨，生物者也。从雨，晶象回轉形。𗊒古文靁。𗊒古文靁。𗊒籀文。「靁閒有回」。回，靁聲也。

濤案：《汗簡》卷下之二引作𗊒，與今本弟二重文不同。案，許云籀文「靁閒有回」，則古文云不應有「回」可知，篆體當如郭氏所作。

霆（霆）　雷餘聲也鈴鈴。所以挺出萬物。从雨，廷聲。

濤案：《類聚》二天部引「也」字在「物」字之下，葢古本如此。「鈴鈴」正狀雷之餘聲，「餘聲鈴鈴」四字本相連，不容中間隔以「也」字。《初學記》、《御覽》十三天部「餘聲」下亦無「也」字。《易·繫辭》釋文京云：「霆者，雷之餘氣挺生萬物也。《說文》同。」「氣」當爲「聲」字傳寫之誤，君明《易》注無「鈴鈴」二字，故陸引《說文》亦節之。「《說文》同」者言大意相同，非必字句之皆同。《一切經音義》卷四引亦無「鈴鈴」二字，乃節引，非完文。

魁案：《古本考》非是。《慧琳音義》卷八十七「雷霆」條引《說文》云：「雷餘聲也。鈴鈴，所以提出万物也。」與今二徐本同，惟「挺」誤作「提」，是今二徐本不誤。《慧琳音義》卷三十二「雷霆」條轉錄《玄應音義》，引《說文》云：「雷餘聲，所以挺出万物也。」「聲」下奪「也」字，又奪「鈴鈴」二字。

電（電）　陰陽激燿也。从雨，从申。𗊒古文電。

濤案：《御覽》十三天部引作「从雨申聲」，與小徐本同，葢古本如此。孔編修（廣森）曰：「《十月之交》電與令字通協，今本無『聲』字，葢徐鉉等不達古音而妄改。」《穀梁》隱九年疏引：「陰擊陽爲電」，「擊」當爲「激」字之

誤。」又云：「電者即雷之光」，皆與《御覽》、《選》注所引不同，蓋所據本有異也。

魁案：《古本考》是。《慧琳音義》卷四十四「電泡」條引《說文》云：「電，陰陽相激耀也。從雨电聲。」「相」字衍，「电」字當作「申」，耀同燿。卷八十三「電燿」條引作「陰陽激燿也。從雨申聲。」與小徐本同。卷五十三「閃電」條引作「陰陽相激燿也。從雨电。」《希麟音義》卷七「雷電」條引作「陰陽激輝也。從雨电。」並以會意解之，亦誤。「相」字亦衍，「輝」當作「燿」。

震（震）　劈歷，振物者。从雨，辰聲。《春秋傳》曰：「震夷伯之廟。」
𩂣籀文震。

濤案：《御覽》十三天部、《開元占經·雷霆占》皆引作「霹靂（二字俗當作劈歷），振物也」，蓋古本當作「劈歷，振物者也」，今本傳寫奪「也」字，《御覽》、《占經》傳寫奪「者」字。《穀梁》隱九年疏引「震，霹歷也」，乃節引，非完文。《法苑珠林》卷四引作「霹歷，動也」，「動」乃「物」字之誤。

雪（雪）　凝雨，說物者。从雨，彗聲。

濤案：《文選·雪賦》注引「雪凝雨也」，蓋古本無「說物者」三字。「說物」義不可通，淺人妄竄以配上文「震」之「振物」耳。

霰（霰）　稷雪也。从雨，散聲。𩅿霰或从見。

濤案：《御覽》天部、《廣韻·三十二霰》、《開元占經》一百二《霰占》皆[註288]引作「積雪」，《大唐類要》一百五十二引作「稷雪」，積、稷二義皆不可曉，無庸強通。《類要》又引「陰之專氣為霰」，蓋古本有此六字，今奪。語本《曾子天圓篇》。

霝（霝）　雨零也。从雨，𠱠象霝形。《詩》曰：「霝雨其濛。」

零（零）　餘雨也。从雨，令聲。

濤案：《廣韻·十五青》引「霝，雨零也。从雨，𠱠，象雨零形，或作零」，

又引「零，餘雨也」，是古本「雨零」作「雨霽」，「象」字下尚有「雨」字。從㕚爲象雨霽形，單云霽，語不詞。《御覽》卷十大部引亦作「零，徐雨也」，《玉篇》同。是「餘」乃「徐」字之誤，據《廣韻》則「零」乃「霝」之重文，今本分爲二字，亦誤。許引《東山》「霝雨」，今詩作「零雨」。《鄭風》「零露溥兮」，正義本作「靈」，「靈」即「霝」字之假借，「霝」訓「雨零」，正許書互訓之例。可見「霝」、「零」本一字，古本當作「霝，雨霽也，從雨，㕚象雨霽形。《詩》曰：霝雨其濛。零，霝或從令，一曰零，徐雨也。」

魁案：《古本考》認爲「零」乃「霝」之重文，非是。《慧琳音義》卷七十七「飄零」條引《說文》云：「餘雨也。從雨令聲。」與今二徐本同，是許書原文單有「零」篆。

霽（霽） 小雨財霽也。從雨，鮮聲。讀若斯。

濤案：《御覽》卷十天部引「財霽」作「裁落」，「霽」乃「雨霽」正字，而世俗通用「落」，許書注中往往用通用字者。「財霽」、「裁落」蓋所據本不同也。《初學記》卷二天部又引「小雨纔落曰霽」，纔俗字。

霖（霖） 霖雨也。南陽謂霖雨曰霖。從雨，伙聲。

濤案：《御覽》十天部引此作「南陽名霖雨曰霖」，蓋所據本不同，而宋本有作「南陽謂霖霖」者，顯然謳奪，不得轉以爲古本如是也。「霖」，《御覽》誤作「霶」。又案：爲霶霶，字書所無，「霶」乃「小雨」，皆非。

又案：本部「霖，小雨也，從雨，眾聲。《明堂月令》曰：霖雨。」《禮·月令》：「季春行秋令則淫雨蚤降。」注云：「今《月令》作眾雨。」蓋即此之「霖雨」，惟康成以「霖雨」釋「淫雨」，而許云「小雨」，其說岐異。竊意許書本無「霖」字，《禮》注「眾雨」即「霖雨」之譌，「霖」爲正字，「淫」乃假借字。《爾雅·釋天》：「久雨謂之淫，淫謂之霖。」當用此字也。許所引《明堂月令》當在「伙聲」之下。二徐所見本誤分霖、霖爲二字，又分爲職戎、銀箴二音，不知六經今文率用正字，古文率用假借字。「霖」有淫音，故古文《禮記》假借作「淫」。若作職戎切，則與淫聲甚遠，何能假借乎？《玉篇》有「霖」無「霖」，則知六朝以前《說文》本無此字。

霃（霃）　久陰也。从雨，沈聲。

濤案：《初學記》卷一、《御覽》卷八天部皆引「霃，雲久陰也」，蓋古本如此。今本奪「雲」字，誤。

霣（霣）　雨聲。从雨，真聲。讀若資。

濤案：《御覽》卷十天部引曰「霣，雨聲也」，「霣」乃「霣」字之別體。《篇》《韻》皆有䨡字。

霤（霤）　屋水流也。从雨，留聲。

濤案：《一切經音義》卷十五、卷十六引「霤，屋水流下也」，《文選・潘安仁〈悼亡詩〉》注引「霤，屋承水也」，《魏都賦》注、《寡婦賦》注引「霤，屋水流也」，古本當作「屋承水流下也」。元應書奪一「承」字，《選》注奪「流下」二字，其與今本同者，乃崇賢節引耳。

魁案：《古本考》非是。許君此解實爲聲訓，《文選》注既兩引皆同今二徐本，則許書原文如是。《慧琳音義》卷五十八、六十五「屋霤」條轉錄《玄應音義》，引《說文》云：「屋水流下也。」同沈濤所引。「下」字亦引者所足。卷九十一「檐霤」條引云：「霤者，屋上雨水流下也。」亦衍「上雨下」三字。

霽（霽）　雨止也。从雨，齊聲。

濤案：《一切經音義》卷八引「雨止曰霽，霽晴（當作姓）也」，下三字乃元應所足，非古本如是。又《開元占經》一百一引「霽者，雨止也，雲罷皃」，此乃「霏」字注，傳寫誤「霏」爲「霽」，又衍「也」字耳。

魁案：《古本考》是。《慧琳音義》卷十九「澄霽」條轉錄《玄應音義》，引同沈濤所引。卷四十二「霽澄」條、卷七十四「風霽」條、卷七十八「雨霽」條、卷八十三「蹔霽」俱引同今二徐本，許書原文如是。卷五十五「風霽」條引奪「雨」字。

霎（霎）　霽謂之霎。从雨，妻聲。

濤案：《初學記》卷二、《御覽》十一天部引皆作「霎，雨霽也」，蓋古本如是。今本乃淺人妄改，《廣韻・十二齊》引同今本，亦後人據今本改。

霓（霓） 屈虹，青赤，或白色，陰气也。从雨，兒聲。

濤案：《爾雅・釋天》釋文引作「屈虹青赤也，一曰白色陰氣也」，許君之意以虹霓有青赤白色之不同，皆屬陰氣，「青赤或白色」五字爲句，傳寫元朗書者疑或字爲《說文》之一解，因以「一曰」改之，又于「青赤」下妄增「也」字，謬誤殊甚，非古本如是，亦非元朗本書如是也。《類聚》卷二天部、《御覽》卷十四天部、《開元占經・虹蜺占》引同今本可證。

魁案：《古本考》是。《慧琳音義》卷三十一「如蜺」條引《說文》云：「霓，屈虹也。青赤，或白色，陰氣也。」同今二徐本，上「也」字當引者所增。卷二十四「虹霓」條引《說文》云：「霓，青赤，白色，陰氣也。」卷八十七「霓裳」條引作「屈虹陰氣」，卷九十二「霓裳」條引作「屈虹也」，皆節引。

雲部

雲（雲） 山川气也。从雨，云象雲回轉形。凡雲之屬皆从雲。☳古文省雨。☲亦古文雲。

濤案：《止觀輔行傳宏決》一之二引作「象雲氣在天回轉之形」，蓋古本如此。今本爲淺人刪節，語頗不詞。

又案：《廣韻・二十文》引同今本，乃後人據二徐本改。而《初學記》、《御覽》八天部所引「象」下更少一「雲」字，乃有所節取，非所據本如是也。當以《止觀輔行傳》爲正。《御覽》又引」雲，大澤之潤氣也」，既云「山川氣」，又云「大澤潤氣」，未免重複，且諸書皆云「山川出雲」，不應單指「大澤」，此恐《說文》注中語，或《御覽》自引他書而後人傳寫誤耳。

又案：《北堂書鈔》卷一百五十〔註289〕天部引「雲者，山川之氣」，乃檃括，非原文。

魁案：《類聚抄》卷一天部雲字下引《說文》云：「雲，山川出氣也。」「出」字衍。

霒（霒） 雲覆日也。从雲，今聲。☲古文或省。☲亦古文霒。

濤案：此字《初學記》卷一天部、《御覽》卷八天部引《說文》皆作「霠」，

〔註289〕「一百五十」四字今補。

《廣韻》亦作「霒」，《玉篇》則「霒」「黔」分為二字，霒入雲部（字作今雲），
霒入《雨部》（訓沈雲皃）。竊疑《初學記》、《廣韻》、《御覽》所引皆屬誤字。《說
文》有「雲」無「霒」，自《玉篇》收「霒」，後人不辨，誤以為一字，因而諸
書沿譌作「霒」耳。《文選・虞子陽〈詠將軍〉詩》注引「陰雲覆日」，陰、霒
古今字。

魚部

魴（魴）　赤尾魚。从魚，方聲。鰟魴或从旁。

　　濤案：《玉篇》云：「鰟，籀文魴。」則今本作或體者誤。

鱧（鱧）　鮦也。从魚，豊聲。

　　濤案：《毛詩艸木蟲魚疏》云：「鱧，鯇也。似鯉，頰狹而厚。《爾雅》曰：
『鱧，鮦也。』許慎以為鯉魚。」是古本作「鯉」不作「鮦」矣。《爾雅・釋魚》
云：「鯶，大鮦，小者鮵。」郭注云：「鮦，似鮎而大，白色。」則「鱧」不得
訓「鮦」。《詩・魚麗》與「魴」同列，則必水族之常饌，而非江海之大魚。《爾
雅翼》以為「鯉魚圓長而班點有七，點做北斗之象」，則即今之烏鯉，似鯉而別，
故許君以鯉釋之。今本作「鮦」，乃二徐所改。

鮸（鮸）　魚名。出樂浪潘國。从魚，冘聲。一曰，鮸魚出江東，有兩乳。

　　濤案：《爾雅・釋魚》釋文引「鮸，《字林》云：『魚有兩乳，出樂浪。一
曰出江。』《說文》同。」是古文「有兩乳」在「樂浪」之上，「出江東」作「出
江」。《晉書音義》卷下引「鮸魚出樂浪番國，一名江豚。多膏少肉，一曰出江，
有兩乳。」是古本有「一名江豚」八字。崇賢節引，

　　氏完文而皆無「東」字，則今本「東」字之衍無疑〔註290〕。

鮮（鮮）　魚名。出貉國。从魚，羴省聲。

　　濤案：《止觀輔行傳》五之一引「鮮者，美色也」，蓋古本有「一曰鮮美色
也」六字，今奪。

〔註290〕「氏完」以下文字《校勘記》另起一行，似前有闕文。

魁案：《慧琳音義》卷七「鮮淨」條引《說文》云：「鮮，善也。」《爾雅·釋詁》：「鮮，善也。」豈慧琳誤以《爾雅》爲《說文》，亦未可知，且存疑。

鮐（鮐） 海魚名。从魚，台聲。

濤案：《史記·貨殖傳》索隱正義、《漢書·貨殖傳》注、《文選·七命》注皆引作「海魚也」，蓋古本不作「名」，今本本部諸「名」字皆當改作「也」。

鮫（鮫） 海魚，皮可飾刀。从魚，交聲。

濤案：《御覽》九百三十八鱗介部引無「海」字，乃傳寫偶奪。

魁案：《古本考》是。《慧琳音義》卷三十、卷五十四「鮫魚」條並引《說文》作「海魚也」，與今小徐本同，許書原文當如是。今大徐奪「也」字。《希麟音義》卷八「鮫魚」條引作「海魚名也。皮有文可以飾刀劍也」，「名」字衍，下句當引者述許書之辭。

鮺（鮺） 藏魚也。南方謂之魿，北方謂之鮺。从魚，差省聲。

濤案：《玉篇》云：「鱸，籀文鮺」，今本奪此篆。

鮑（鮑） 饐魚也。从魚，包聲。

濤案：《六書故》引唐本曰：「瘞魚也。」則今本作「饐」者誤。《食部》「饐，飯傷溼也」，非此之用。《周禮·籩人》：「其實膴鮑。」注云：「鮑者，鮑者於煏室中糗乾之。」《釋名·釋飲食》曰：「鮑，腐也。埋葬淹使腐臭也。」皆可爲古本作「瘞」之證。《漢書》注作「鯷魚」，《玉篇》作「裛魚」，皆「瘞」聲之轉耳。

魁案：《箋注本切韻·上巧》（伯3693）194 鮑下引《說文》作「瘞魚」，同戴侗所引，則許書原文當作「瘞魚也」。

魶（魶） 蚌也。从魚，丙聲。

鮚（鮚） 蚌也。从魚，吉聲。漢律：會稽郡獻鮚醬。

濤案：《御覽》九百四十一鱗介部引「魶，蚌也，鮚鰆也」，鰆字注有「音蚌」二字，字書無「鰆」字，亦當作「蚌」。許書無「蚌」字，而《玉篇》云

「蟱，蟱蛤。蚌，同上」，則「蟱」當爲「蚌」之重文。《易》、《爾雅》釋文皆云「蚌，本又作蟱」，《漢書敍》注「臧於蟱蛤」，注「蟱即蚌」，蓋古本《說文・虫部》有「蟱」字，經二徐所刪削。據《御覽》，則此注亦作「蟱」，不作「蚌」也。

又案：《御覽》、《廣韻・五質》引「會稽獻鮚醬二升」，「升」當爲「斗」字之誤，則今本奪「二斗」二字。

魁案：唐寫本《玉篇》120鮚下引《說文》：「鮚，蚌也。《漢律》：會稽郡獻鮚醬二升。」《唐寫本唐韻・入質》694鮚字下引《說文》云：「蚌也。《漢律》：會稽郡獻鮚醬二升。」與唐本《玉篇》引同。則今大徐本奪「二升」二字。「二升」，今小徐本作「三斗」，當是傳寫之誤。《古本考》認爲奪「二斗」，非是。

補 鯖

濤案：《北堂書鈔》酒食部引「鯖，煮肉也」，是古本有鯖篆，今奪。《廣韻》云：「煮魚煎肉曰五侯鯖。」

補 鰈

濤案：本書《犬部》「猰，犬食也。从犬从舌，讀若比目魚鰈之鰈」，是古本有鰈篆。《爾雅・釋地》「東海有比目魚，其名謂之鰈」，許正引此，大徐轉以入《新附》，誤矣。

又案：邵編修（晉涵）曰：「《韓詩外傳》云：『東海之魚名鰜，比目而行。』是比目魚本名鰜，隸變轉今作鰈。」王觀察（念孫）曰：「鰜爲其魚魴鰜之鰜，與比目魚鰈之鰈聲義懸殊，不得以鰜爲鰈。通攷書傳亦無謂『鰜』爲『比目魚』者。竊謂『鰜』乃『鰨』之譌，釋文曰：『鰈本或作鰨。』《玉篇》：『鰈，比目魚，鰨同上。』是鰨，鰈之別體，故《爾雅》作『鰈』，《外傳》作『鰨』，鰨與鰜相似，傳寫者遂誤爲鰜耳。」其說甚確，足證許書之有鰈。

魁案：《古本考》是。《慧琳音義》卷八十五「東鰈」條引《說文》云：「魚也。」可證許書有「鰈」篆。

鱻部

(鱻) 捕魚也。从鱻，从水。 ，篆文鱻从魚。

濤案：《汗簡》卷下之一引《說文》漁作𤋁，葢古本正文篆體如此。許君用古文爲止，今本當依卜重文篆文而改矣。

又案：《左氏》隱五年正義引「魚，捕魚也」，「魚」乃「漁」字之誤。

魁案：《慧琳音義》卷二十三「如漁」條、「此善漁人」條，《希麟音義》卷四「漁捕」條，《類聚抄》卷十五調度部「漁釣具」下皆引作「捕魚也」，與今二徐本同，許書原文如是。

燕部

𦿏（燕）　玄鳥也。籋口，布狄，枝尾。象形。凡燕之屬皆从燕。

濤案：《御覽》九百二十二羽族部引「象形」下有「齊魯謂之𩿨，作巢避戊己」十字，葢古本有之，今奪。

又案：《御覽》引「枝尾」作「岐尾」，亦古本如是。無「籋口」二字，則古書節引之例矣。《類聚》九十二鳥部仍作「枝尾」，疑淺人據今本改，而亦有「作巢避戊己」五字，《廣韻・三十二霰》引亦有此五字，則今本乃二徐妄刪。五字見《鳥部》焉字解，不嫌複出也。

魁案：《古本考》非是。《慧琳音義》卷五十三「燕雀」條引《說文》云：「玄鳥也。籋口，布翅，披尾，象形也。」「籋」當「籋」字之誤，徐鍇曰：「籋音聶，小鉗子也。」「披尾」當「枝尾」之誤。今二徐本，許書原文如是。

龍部

𩙿（龍）　鱗蟲之長。能幽能明，能細能巨，能短能長；春分而登天，秋分而潛淵。从肉，飛之形，童省聲。凡龍之屬皆从龍。

濤案：《初學記》三十鱗介部引「能細能巨」作「能小能大」，「能短能長」作「能長能短」，「潛淵」作「入川」。《御覽》九百二十九鱗介部引「能細能巨」作「能小能大」，《止觀輔行傳宏決》一之二作「能大能小」。二十五時序部「潛淵」作「入淵」，《類聚》九十六鱗介部作「入川」。《後漢・張衡傳》注「能細」作「能小」，「潛淵」作「入川」，「淵」之爲「川」，避唐諱改，其餘義得兩通。《白帖》二十九引「入川」作「入地」，葢傳寫之誤。

又案：《六書故》云「唐本从肉从飛及童省」，葢古本如此。以篆體論之，

左上从童省，右旁上**ᒣ**反，古文及也，**ᒋ**謂从飛省也。許書象形字每云象某之形，今云「从肉，飛之形」，語頗不詞，乃二徐妄改。

魁案：《慧琳音義》卷三十八「蛟龍」條引《說文》云：「鱗蟲之長。能幽能明，能巨能細，能短能長。春分而登天，秋分而潛淵。若飛之形。從肉從童省聲也。」所引自「鱗蟲」至「潛淵」與今二徐本同，則許書原文如是。據文意，「若飛之形」上當有奪文，《希麟音義》卷六「蛟龍」條引《說文》云：「鱗蟲之長也。能幽能明，能巨能細，春分而登天，秋分而潛淵也。**ᒋ**，飛形，從肉從童省聲也。」希麟乃節引，據其引，慧琳所奪當「**ᒋ**」。今大徐作「從肉，飛之形」，小徐作「從肉，飛象形」，當並奪「**ᒋ**」。許書有「象……之形」辭例，此句當作「從肉，**ᒋ**，象飛之形」。合訂之，許書原文當作「鱗蟲之長。能幽能明，能細能巨，能短能長；春分而登天，秋分而潛淵。從肉，**ᒋ**，象飛之形。童省聲。」《古本考》微誤。

龔（龏） 龍兒。从龍，含聲。

濤案：《六書故》云「唐本今聲。晁氏曰：从今乃得聲也。」是古本不从「含聲」。《九經字樣》曰「龏，从龍，从今聲作龕，誤」，是古本有从「合」者，宋小字本亦从合，皆非。《玉篇》字亦非「龕」。

魁案：《慧琳音義》卷六十一「安龏」條、卷八十二「石龏」條、卷八十三「甋龏」條、卷九十一「巖龏」條、卷九十三「為龏」並引《說文》云：「從龍從含省聲。」以會意兼形聲解之。卷八十三又云：「傳從合非也。」是俗有從「合」者，許書不如是也。《慧琳音義》卷十五「龏室」條、卷三十六「龏窟」又引《說文》作「從今從龍」、「從今龍」，以會意解之。卷三十「若龏」條、卷六十六「龏堀」並引作「從龍今聲」，以形聲解之。以會意解當非是，而形聲抑或會意兼形聲，尚難論定。

飛部

糞（糞） 㹟也。从飛，異聲。**翼**，篆文糞从羽。

濤案：《文選·西都賦》注引「翼，屋榮也」，則古本有「一曰屋榮也」五字，今奪。

又案：《玉篇》云：「𦐊，籀文翼字」，是希馮所見本翼爲正字，𦐊乃籀文。

魁案：《慧琳音義》卷七「無翼」條引《說文》云：「翼，翅也。從羽異聲也。」卷四十一「翼衛」條引云：「翅也。上從羽異聲也。」「上」字衍。翅同𦑣。

非部

𧘇（非）　違也。从飛下𦐪，取其相背。凡非之屬皆从非。

濤案：《華嚴經音義》上引「非，猶違也」，蓋古本如是。許書訓解中罕有「猶」字，惟《珏部》寒字注「珏，猶齊也」，據此則此等字爲後人所刊削者不少矣。

魁案：《古本考》非是。《慧琳音義》卷二十二「不非先制」條轉錄《慧苑音義》，引《說文》曰：「非，違也。」與今二徐本同，許書原文如是。未知沈濤所據何本。

𧗿（靡）　披也。从非，麻聲。

濤案：《廣韻·四紙》引作「𩠐也」，蓋古本如是。披、𩠐雙聲字，今本誤奪。

又案：《文選·吳都賦》注引「靡，碎也」，蓋古本之一解。《易·中孚》九二：「吾與尔靡之。」孟王增云「散也」，散、碎義相近。

魁案：今二徐本《說文》作「披靡也」，不知沈濤所據何本。

𨾈（陛）　牢也。所以拘非也。从非，陛省聲。

濤案：《廣韻·十二齊》引「非」作「罪」，乃傳寫之誤，《一切經音義》卷十三引同今本可證。

魁案：《古本考》是。《玄應音義》卷十三「陛牢」引作「牢也。獄也。所以拘非者也。」《慧琳音義》卷五十七「陛牢」條轉錄引云：「牢獄名也。所以拘非者也。」「獄名」二字衍誤。《慧琳音義》卷八十七「陛牢」條引作「牢也。所以枸非。」「枸」字當作「拘」。所引皆作「非」，《音義》「者」乃引者所足，今二徐本不誤。